女文士

林　真理子

集英社文庫

目次

女文士

第一章　氷水

とてつもない暑さだった。

額からどくどくと汗が血のように流れてくる。それを私はハンカチで拭《ぬぐ》っていたが、腋《わき》の下はどうすることも出来ない。おそらくブラウスにはいくつもの汗じみが出来ているに違いないと気にしながら立ったり座ったりしている。

誰しもが二十四歳の元秘書の私を喪主のように扱い、さまざまな采配《さいはい》を仰ぐのだ。今も電話口に呼ばれ、明後日《あさって》の告別式で弔辞を読む高見順に挨拶《あいさつ》するように言われたばかりだ。

「本当に僕がするの？　他にもっといい人がいるんじゃないかなあ」

高見さんはあきらかに迷惑そうだ。彼ばかりではない。新聞での追悼文を頼まれたり、雑誌社から何か書くように依頼された者は、必ずといっていいほど他に適役がいるのではと口にするのだ。

「今日の暑さは三一・五度で記録破りらしいわ。まだ六月だっていうのに、八月上旬の暑さだってラジオが言っていたもの」

隣りの部屋で誰かが言い、通夜《つや》の客にしては明るい声で誰かがそれに応《こた》えた。

「ああ、氷水が飲みたいわね。今だったらまだ間に合うから帰りに護国寺に寄りましょうよ」

「護国寺に何があるの」

「たいした店じゃないけど甘味屋があって、大福や氷水を食べさせてくれる。私、講談社の帰りによく寄るのよ」

「あらいいわね。私、この暑さでどうにかなりそうよ。今すぐ行ってもいいわ」

私は聞くともなく二人の女の会話を聞いていた。通夜で氷水だの大福だの言われるのは、いかにもあの人らしいと苦笑してしまった。この女たちばかりでない。今日の通夜に集まった者の多くは、表情のどこかにしのび笑いの翳《かげ》を隠し持っている。そして顔見知りの私の姿を見つけると、つらくせつなそうに眉《まゆ》をひそめて尋ねるのだ。

「ねえ、眞杉《ますぎ》さん、病院のベッドで胸をかきむしったんですって？　火野さんが書いた、眞杉さんのヨーロッパ行状記を読んで、怒り狂ったって本当？」

最近名前が出始めた若い作家が、鼻の下をハンカチで押さえながら私の前に立った。

一見泣いているように見えるがどうも夏風邪らしい。鼻をぐすりぐすり鳴らしている。

「肺ガンだって新聞には載っていたけど、本当は子宮ガンですって？　でも子宮を取ると女じゃなくなると思ったから必死で抵抗して、それが命取りになったんですって？」

「さあ、どうでしょうね」

私は世間知らずの若い女がよくするように、首をきょとんと傾ける。全く死んだ後も、これほど噂《うわさ》を立てられる女がいるだろうか。

「私ももうあそこを辞めて一年以上になるからわかりませんよ。だいいち先生が病気だったっていうことさえ知らなかったんですもの」

それは嘘《うそ》だ。昨年、昭和二十九年の一月にイタリアから帰国した静枝を私は羽田に迎えた。真冬だというのに白地の単衣《ひとえ》を着た静枝は寒さに震え、極端に痩《や》せたために頬骨が前に突き出ていた。何人かが振り返るほどの異様な風体であった。それを静枝は自分への関心と勘違いしたらしい。

「やっぱり新聞の威力はすごいわね」

わずか見ない間にすっかり黄ばんだ歯を見せて笑った。

「私がヨーロッパに行った時の写真、こちらの新聞や雑誌にも載って大変な騒ぎだったんでしょう。日本を代表してエリザベス女王の戴冠式《たいかんしき》を見に行った人が、こんな旅の疲れを見せちゃいけないわね」

喋《しゃべ》り出すのだが舌がもつれている。私は静枝をおびやかしている薬の強さに思わず身がすくんだ。アメリカからヨーロッパへ旅した九カ月近く、静枝から私あてに届いたものは夥《おびただ》しい量の、金送れ、薬送れの手紙であった。二十二歳の私はありったけの知恵を絞り、ヒロポンを手に入れては行く先々へ送り続けた。静枝の手紙の字は日ましに乱れ、そして口汚く私を罵《ののし》るようになった。どうしてもっと早くきちんと薬を送れないのかと責めるのだ。私は出来る限り命令に忠実になろうとしたが、彼女の言うとおりに出来るはずがない。最後は私も投げやりな破れかぶれの気分に陥ったものだ。

「人間なるようにしかならないのだから。あの人も薬で体を壊せば、自分の愚かさに気づくだろう」

そして空港で静枝はよろけ、とっさに肘《ひじ》をとった私はその体の軽さに思わず息を呑《の》んだ。窶《やつ》れたというのではない。内部が喰《く》われ、むしばまれ、空っぽになったような感触なのだ。この人がいかに病んでいるかがはっきりとわかり、私は怖《おそ》ろしさに立ちすくんだ。一緒に迎えに行ってくれた講談社の編集者柳川さんも、同じようなことを考えていたらしい。

「眞杉さんの着物の裾《すそ》、見た？」

講談社心づくしのハイヤーに、静枝が倒れ込むように乗り込んだ隙《すき》にドアの前に立っていた私にささやいた。

「赤い花模様だから気づきにくいけど、また血で汚れてるわ」

「そうですか。私もよく注意してるんですけど」

「いくら長い飛行機の旅っていっても、半衿《はんえり》が真黒だわ。裾は血で汚して、衿は黒い。あれじゃねえ、男の作家の人たちにいろいろ書かれても仕方ないかもしれないわね。渡航前はあれほどひどくなかった。ヨーロッパで眞杉さん、タガがはずれてしまったっていう感じね」

全く何の得にもならない作家のめんどうをよく見てくれている柳川さんであったが、最後は非難がましい口調になった。そして私は、言葉にしない弁解をひとりごちた。あの人は半衿をいつも女中に替えさせていたから、自分で付けるのは苦手なのだ。確かに裾を血液で汚すのは、女としてこれ以上ないほどみっともないことであるが、更年期の不正出血に加えて静枝は痔《じ》だったのだから仕方ない。手紙でもボラギノールを送ってくれとしょっちゅう書いて寄こしている。昔風に下着をつけない静枝は、自分でも意識しないままに着物に血をつけてしまうのだ。あの時柳川さんに対しついに出せなかった言いわけに、その直後の静枝の思い出が重なる。

「コケシちゃん――」

静枝は小柄でオカッパ頭の私を、いつもそのように呼んだ。

「私ね、あなただけにお土産を買ってきたのよ。行く先々で着物を売らなきゃならないほどの貧乏旅行だったけど、コケシちゃんだけには手ぶらで帰るわけにいかないと思ったの。でも内緒よ、皆に内緒にしといて……」

大ぶりのペンダントと、イタリアで買ったという赤いコートは派手過ぎて私の好みではなかった。けれどもあの時、貧しい私にとって新しいコートはどれほど嬉《うれ》しかったことだろう。自分はぴらぴらの単衣を着ても、私にはコートを買ってきてくれた。私はそのことをせつなくつらく思い出す……。

いつのまにか泣いていたらしい。額を拭《ふ》いていたハンカチを目にあて、私はしばらくうずくまっていた。

「洋子ちゃん、洋子ちゃんってば」

肩を軽く叩《たた》かれる。振り向くと宇野千代さんが立っていた。スタイル社の隆盛はまだ続いていて金まわりは大層いいらしい。通夜にふさわしい夏生地の灰色のスーツを着ていたが、仕立てといい生地といい素晴らしいものだ。宇野千代さんも静枝が死ぬまで羨《せん》望《ぼう》を持ち続け、激しい嫉《しっ》妬《と》を燃やした女流作家だ。けれどもそのことを相手に悟られまいとするあまり、静枝は宇野さんにたえず接近し、彼女もそれに応えた。二人は〝準親友〟といっていいほどの仲にまわりから見られていたし、事実今夜の葬儀の相談にのってくれたのも宇野千代さんと平林たい子さんの二人だ。

「洋子ちゃん、講談社の重役が来ているの。後でいいからちょっとお礼を言ってくれない？　通夜をどこでやろうかってうろうろしていた時に、会社の別館を貸してくれたんだもの」

「本当にそうですね。そうですよね」

私は泣いているのを見られた恥ずかしさで、急いでハンカチを隠そうとしたのだが、涙と汗でぐっしょりになったハンカチは意外な重さを持ち、ポケットになかなかしまえない。

「いいわよ、泣いておあげなさいよ。あの人のために心から泣いてる人なんか、そんなにいやしないんだから」

宇野さんは諧謔《かいぎゃく》とも、意地の悪さともどちらともつかぬ言い方をした。

「だけど随分たくさんの人が来たわね。私とたい子さん、実は心配していたのよ。お通夜に誰も来なかったらどうしようって、だけど昔の編集者って義理がたいし、原爆乙女もちゃんと来てた。あのラジオ放送を聞いたっていう女たちが何人も来たのには驚いちゃったけど」

それはつい二週間前のことだ。ＮＨＫの藤倉アナウンサーがやってきて、それこそ虫の息の静枝にインタビューを試みたのだ。それほど多くの人たちが知っていたわけでもない、ましてやこの数年ほとんど本も出さなかった女流作家に、どうしてＮＨＫが取材をしようとしたのかわからない。静枝は低く泣くような声で、

「誰も身寄りがいない。身内はいるにはいるが、皆知らん顔をしている」

「本当にこれから先、私はいったいどうなるのでしょうか」

と訴えている。身内が知らん顔をしているというのは、彼らに対して失礼な言い方で、実の妹も甥《おい》も静枝にどれほど迷惑をかけられたかわからぬ。人の同情をひこうとするいつもの静枝のやり方なのであるが、ラジオを聞いた人から大きな反響が巻き起こった。五日前に放送されたその番組に対する投書が、偶然にも今日六月二十九日の新聞に載っている。小さな眞杉静枝の死亡記事の横に、

「あれほど苦しそうな病人から話を聞く必要があったのか」

などという投書が四通も載り、今日の投書欄は静枝一色だ。これは黄泉《よみ》の国へ旅立った静枝がとても喜びそうなはなむけになる。普段着の主婦といった女が、臆病《おくびょう》そうにあたりを見渡しながら献花をしに来るが、あれもラジオを聞いて来た連中よと、宇野さんは私に言った。

「ラジオのおかげで、あの人の最後がパッと華やかになったのはよかったわ。洋子ちゃんなんかさんざんなめにあってきただろうけど、死なれるとやっぱりつらい。静枝さんってそういう人よねえ」

自分に言い聞かせるような抑揚のない言い方であったが、私は反射的に大きく頷《うなず》いていた。

「宇野先生だから言うけど、私、眞杉先生と会わなければ人生変わってたと思う」

「そうよねえ、洋子ちゃんは静枝さんの勝手で大学辞めさせられたりしたんですものね、

文藝《ぶんげい》春秋社へ入れてやるっていう話も、それっきりになってしまったし、本当に可哀相《かわいそう》なことをしたわね」

私が言いたかったのはそのことではない。もちろん静枝の我儘《わがまま》に振りまわされたことは事実だが、彼女との四年間は楽しいこと、面白いことも山のようにあった。せっかく入った早稲田を退学したことに悔いはあるが、あの時は公職追放された私の父に、学校を続けさせる金がなくなったのだから仕方ないことだ。静枝のせいばかりではない。私が言いたいのは、学校をやめ約束した就職が出来なかったなどということではなく、私のような娘が見てはいけないたくさんのものを見てしまったという畏《おそ》れなのだ。けれども私はそれを具体的な言葉にすることははばかられた。孵化《ふか》しない人生観のようなものを、目の前の鋭い女流作家に聞かせるのは恥ずかしかった。けれども宇野さんは、私の短かい沈黙で何かを悟ったようだ。

「まあね、静枝さんは男の人のことでいろんなことがあったからねえ。だから今日通夜に来ている連中も、それほど殊勝な顔が出来ないのかもしれないわね。洋子ちゃん、私、ちょっと小耳にはさんだんだけど、あなた武者小路《むしやのこうじ》先生のところへお金を借りに行ったんですって？　静枝さんから頼まれて」

私はこっくりと頷いた。金を送ってください、金をくださいという静枝の呪文《じゆもん》のような手紙。あれは最後のイタリアからだったろうか。意を決したようなとりわけ大きな字が躍っていた。

「武者小路実篤《さねあつ》、中村地平《ちへい》、中山義秀《ぎしゅう》、この三人のところへ行ってお金を借りてきて下さい。あの人たちはきっとそっと借してくれるはずです」

それでも「貸して」が「借して」となっているところをみると、かなり濁った頭で書かれたのだろう。小娘の私に静枝はいろんなことを打ち明けていたし、世間の噂も聞こえてくるから私は知っている。武者小路実篤と中村地平は同棲《どうせい》していた静枝の愛人、そして中山義秀は昭和十七年から二十一年まで籍を入れていた静枝の元の夫である。文学少女だった私が、かなりわくわくしながら手紙を書かなかったかというとそれは嘘になる。私がいちばん会いたかったのは、力強い時代小説を次々と発表し、今や文壇の重鎮になろうとしている中山義秀であったが、彼からは会えないという葉書きが一枚来ただけだ。中村地平からは何の返事もなく、結局会えたのは武者小路だけであった。三鷹《みたか》の彼の家を訪ねたのをついこのあいだのように思い出す。写真で見るとおりの風貌《ふうぼう》だったが、背中が飴細工《あめざいく》のようにぐんにゃりと曲がっていたのには息を呑んだ。男とのことを何も知らない私であったが、目の前のこの枯れて折れかかった老人と、あの静枝とが肌を合わせたことがあるのだという羞恥《しゅうち》で思わずうつむいてしまった。全く何を考えていたのだろう。

老作家はわざわざ私を玄関まで送ってくれ、金を貸せずにすまぬとさえ言ってくれた。

この時も私の中で大きなものがはじけたのに、うまく表現することは出来ない。静枝と暮らし、静枝に振りまわされた日々の間に、私はたとえようもなく明るい聾唖《ろうあ》の少女になったような気さえする。見るものが面白くてそれに目を見張っているうち、声が失なわれていることに気づかない少女、それが私だ。私は静枝によって少しずつ、書くという心を削られ今は何も残っていない。彼女のところを辞めた後は、知り合いの弁護士の事務所で事務員をしている。電話を取ったり、依頼者にお茶を淹《い》れたりと書くこととは無縁の生活だ。私はまだ二十四歳なのに、私の中から書くという最大の、そして唯一《ゆいいつ》の野心が失なわれようとしている。これも静枝と出会ったためだ。

それは私が、新制になったばかりの高校三年生だった時だ。文芸部主催で作家を呼び講演をしてもらおうということになった。何人かが、

「だったら林芙美子《ふみこ》がいいわ」

と騒いだけれど、あんな流行作家が高校の学園祭に来てくれるはずはないと、先生にたしなめられた。そして私たちが次に選び出したのは、伊藤整である。チャタレイ夫人を訳す前だと思うが、それでも彼は西欧風の充分に魅力的な作家であった。私たちの書いた手紙が、彼をどう動かしたかわからないが、あの頃、結構高名な作家も高校レベルの講演会へ顔を出してくれたものだ。埼玉の田舎の高校だったので、謝礼に米や野菜を

添えたことも魅力だったのかもしれないが、世の中がまだ渾沌《こんとん》としたエネルギッシュな時だった。若者に何かを喋るということが、まだ意味を持つような時だったといってもよい。

伊藤さんからは折り返し手紙が来て、自分ひとりでは間が持たないような気がするから、同行者を連れていきたい、その人は女流作家の眞杉静枝さんですと書かれてあった。

「眞杉静枝って知ってる？」

「ううん、聞いたことがない」

部員たちは首をひねったが、私は彼女の作品をひとつだけ読んだことがある。それはある雑誌に発表された短篇だが、男となかなか別れることが出来ない中年女の気持ちをさらっと書いていて、どことなく印象に残ったものだ。

「私はその人、知ってるわ」

私は声をあげた。

「とってもいいもの書く人よ。きっと話も面白いはずよ」

それが私と静枝との始まりだった。よく晴れた秋の日、静枝は伊藤整と一緒にやってきた。手元に写真が残っている。銀ぶちの眼鏡をかけ、瀟洒《しょうしゃ》ないでたちの伊藤整の傍に、和服姿の静枝が寄り添うように立っている。その後ろの女学生、左から三番目が私だ。皆の中でいちばん背が低く唇をきゅっと結んでいる。〝コケシちゃん〟と静枝に呼ばれるオカッパ頭はこの頃からだ。後に外国で派手な振袖《ふりそで》をまとい、同行の男性作家たちの眉をひそめさせた静枝だが、この時は地味な大島である。けれどもきっちり合わせた衿元とは反対に、やけにぐずぐずと着つけてある肩のあたり、帯のゆるみに不思議な色気とだらしなさがあった。

「あの人、女流作家っていうよりも、飲み屋のおかみさんね」

と接待係の一人が言ったのを憶《おぼ》えている。講演会で眞杉はマリー・アントワネットとフランス革命の話をした。歴史や女性の生き方を巧みに織り込んだ語りくちは、女学生たちに好評だった。静枝は喋りながら、目を大きく開いたり、口元をきゅっと上げたりする。日本人離れ、というほど目立つものではないが、大げさな表情はかすかな異和感を人にもたらす。後で聞いたところによると静枝は台湾で育ったという。そしてついでに言うならば、静枝はこの時文芸部員の一人で、茶を運んだり、会場まで誘導していた私にまるで記憶がないというのだ。私たちが照れながら土産と一緒に渡した、部の文芸誌「すみれ」にも全く目を通していなかったらしい。眞杉よりもはるかに忙しかっただろう伊藤さんがそれを読んでくれ、私の書いた小説に目をとめたのが、はからずも私と眞杉とのきっかけになった。

「君は高校生とは思えない鋭いところがありますね。意地が悪いというと失礼かもしれないが、人間の観察が独特です。本当にその気があるのなら伸びるかもしれませんよ」

という伊藤さんからの葉書きには、住所が書いてあり、私はそこを訪ねるようにということだと了解した。まだ買い出しする人で鮨詰《すしづ》めの高崎線に乗り、私は東京の伊藤さんを訪ねた。彼は意外なほど歓迎してくれ、紅茶と夫人手づくりの菓子でもてなしてくれた。これに勇気づけられた私は、

「どうか先生の弟子にして下さい」

と頭を下げたのだ。この時、僕は女の弟子は取らない主義だからと、伊藤さんから持ち出されたのが眞杉の名前だったのである。

「あの人のところへ行きなさいよ。眞杉さんのところには弟子がいないはずだから」

作家になるには徒弟制度のようなものが必要なのだというのが、まだその頃の世間の常識というものであった。もう少したつと同人誌からの作家が次々とデビューしていくのだが、私が知るはずもない。純朴な田舎の高校生は、作家になるために「おんな書生」になるのだと心を決めたのだ。

静枝は機嫌のいい時、

「コケシちゃんは、荷札をつけてここへ来たんだから」

とよく私をからかったものだ。静枝の家は電話がなかったから、私は伊藤さんの手紙だけを頼りに雑司ヶ谷《ぞうしがや》の静枝の家を訪ねたのだ。

「あら、そうなの、ふうーん」

玄関傍の座敷で伊藤さんの手紙を読み終えた静枝は、まじまじと私の顔を眺めた。金《かな》壺眼《つぼまなこ》と悪口を言われてもいいほどの奥目であるが、目の動かし方に特徴があるのでそう引っ込んでいるように見えない。

「本当にあなた、作家になりたいの」

「ええ、出来たらなりたいと思ってます」

「あのね、作家なんて出来たらなりたい、なんて思ってちゃなれませんよ」

大きな目鼻立ちに比べ、低く澄んだ声だ。

「死にもの狂いで、とにかく作家になりたいんだっていう一念を持たなきゃ。ところで……」

静枝はちょっとひるんだような照れたような笑い方をした。

「伊藤さん、私のこと、何もおっしゃってなかった？」

「いいえ、その……」

私は口籠《くちごも》る。そういえばこれから眞杉の家へ向かうと言った時、伊藤さんは奇妙な笑い方をした。

「文学のこと以外は、眞杉さんから何も習わなくてもいいからね」

その笑いは卑《いや》しいといってもいいほどで、紳士然とした伊藤さんとは全く不釣合のものだ。「文学のこと以外」というのは、決していいものではないことは十八歳の私にもわかった。けれどそれを眞杉に伝えてはいけないこともぼんやりとわかる。

「いいえ、これといって……眞杉先生のところにはまだお弟子がいないから、可愛《かわい》がってくれてめんどうをみてくれるだろうっておっしゃってました」

「そう……」

静枝はやわらかく微笑《ほほえ》む、まるで私に媚《こ》びているような優しさだ。

「あのね、私って男の作家からとてもいじめられるのよ。そりゃあ信じられないぐらいにね。なぜかっていうと力ある立派な作家が私にすぐ惚《ほ》れてしまう。それがね、他の男の作家を怒らせてしまう原因なのよ……」

人々の小さなささやき声、自分ひとりだけがささやいているという通夜での油断が、思いがけない小波《さざなみ》になって私と宇野さんのまわりをとり囲んだ。

「中山先生がいらしたみたいです」

講談社の柳川さんが、興奮した声と体をどうやって隠そうか、とでもするように私たちの部屋にかがみながら入ってきた。そうでなくても大柄な中年女だ。

「もうこんな時間だし、お通夜には来ていただけないと思ってたけど、本当にいらしたんですね」

「武者小路先生と中村さんは知らん顔か。そうよねえ、こういう時は本当に迷惑かけさせられて、本当に女に振りまわされた男は来やしないわよねえ。中山義秀がこの通夜に来られるっていうのは、あの人もほどほどのところで別れたからよ。まだ、とことんのところまで行ってなかったからだろうねえ」

宇野さんがしみじみと言った。

私は二年前に見た武者小路実篤の丸い背と、

「申しわけないが、私のところにもいま金がありません」

と言った口調を思い出した。あの老人は宇野さんの言った「とことん」なのだろうか。

私は宇野さんと一緒に中山義秀さんのところへ挨拶をしにいった。「古武士のような」と形容される作家は確かにがっしりとした体つきで、剣道で鍛えた肩や首にぴっちり筋肉がついているのが服の上からでもわかった。

「まあ、中山さんに来ていただけるなんて、眞杉さんもどんなに喜んでるかしらねえ。何よりの手向《たむ》けだわ」

少々はしゃいだ響きの宇野さんをじろりと見た目は、深い皺《しわ》に囲まれていて凄味《すごみ》があった。二年前の時と似た気まずさが私を襲う、けれども似ているが種類は違うものだ。

武者小路実篤と会った時、この老人と静枝とが寝たことがあるのだという事実に私は照れた。けれどもこの鷹《たか》のような作家に、静枝が抱かれたのだという想像は、あまりにもたやすくすっきりとつくり上げることが出来て、かえって私を息苦しくさせる。

「こちらはね、堀内洋子さんっていって、眞杉さんの秘書をしてくれていた人。そりゃあいろいろめんどうをみてくれたのよ」

宇野さんが私を紹介すると、中山さんは黒っぽい背広の膝《ひざ》をきちんと合わせて頭を下げた。

「それはいろいろ迷惑をおかけしました」

「いいえ、そんな」

本当に二人が夫婦であった生々しさを見せつけられたようで、私はとっさに返事が出来なかった。けれども中山さんは、私が静枝から頼まれて出した手紙のことをすっかり忘れているらしい。あるいは忘れたふりをしているのか。

「眞杉さんもしみじみ可哀相だと思うわ」

いつまでも棺《ひつぎ》の傍に座り、みじろぎもしない中山さんを残して、私たちが隣りの部屋に戻った時だ、宇野さんが不意に何かを思い出したように言った。

「誰ひとりとして、男の人といい別れ方をしていないのよ。未練や恨みが残るのは仕方ないとしても、男の人と別れるたびにあの人はみすぼらしくなっていくんですもの。私、見ていられなくって……」

尾崎士郎、東郷青児《とうごうせいじ》といった男たちと浮き名を流しながら、今も華やかで美しい女流作家は言った。

「洋子ちゃん、見ててご覧なさい。今でこそ私や眞杉さんは、一人の男に辛棒出来ないふしだらな女のように言われてるけど、時代は変わってきてるわ。デモクラシーっていうのはまず女を変えるはずよ。あと三十年もたってみなさいよ、私なんか最先端の生き方をしたってもてはやされるから」

「あら、こわい。宇野先生はこれから三十年も生きるおつもり」

柳川さんがおどけたように笑うと、宇野さんは、もちろんよとさり気なく答えた。

「女の文士なんてね、途中で死んだら汚名を全部ひっかぶらなきゃいけなくなるのよ。男の分もね。私、そんなことはまっぴらだから、私はきっと長生きしてやるもの」

「おお、こわ」

柳川さんは首をすくめてみせた後、私の方にぐるりとまわした。

「ところで洋子ちゃん、うちの『婦人倶楽部』に眞杉さんのこと、ちょっと書いてもらえるわよね」

「ええ！　そんな」

静枝のところに居た頃、柳川さんから頼まれて短かいものを二、三書いたことはあるが、私はもう作家になることなどとうに諦《あきら》めた人間だ。

「駄目よ、そんなことを言っちゃ。眞杉先生のところの四年間を無駄にするつもりなの」

柳川さんが叱《しか》るように言うと、宇野さんもそうよ、そうよと私を睨《にら》むように見た。

「どうせこの後、男の作家たちが勝手なことを書くわ。いい、死ぬ直前までいちばん親しくて、眞杉さんが心を許していたのはあなたなのよ。私はさしさわりがあり過ぎるから無理だけれど、あなたがあの人のことを書かなくてどうするの。眞杉さんも、あなたが自分のことを書くのを望んでいたと思うわ」

「洋子ちゃん、このことは眞杉先生があなたに遺《のこ》してくれたチャンスだとは思えないかしら。今だったら男の作家に叩かれたのと、哀《かな》しい死に方で世間の注目を浴びている。書くのだったら今よ。私はねえ、もう編集長にもちゃんと話してあるのよ、あなたのこと」

私は畳の上に座っていたが、スカートの下の腿《もも》の内側が思わず後ずさりをしていた。私がいま感じているもの、それは恐怖だ。ここが通夜の席でなかったら、私は大声でわめきたい。

「女流作家なんてまっぴら、そんな悲しくて業《ごう》の深いものに私はなりたくないのよ」

しかしいつのまにか、私は宇野さんに手を握られている。

「ねえ、洋子ちゃん、書きなさい。一度は作家になろうとした人がすぐにそれを捨てられるはずはないの。女の作家ってそうしてなるものよ。ねえ、書きなさい」

このうだるような暑さの中でその手は冷たく、私は棺の中から静枝が手を伸ばして私の指を握っているような気がした。

＊

「許して下さい」

記一九五四・七・一五　静枝

この頃のやうに、死を近く感じたことはありません。

そして、私の現身《うつしみ》の罪が、死の瞬間どんなに、おそろしい私への責めになるかを、知りました。私は宗教の型式によつて、その罪が救はれるものなら、まだ時間があれば、それを求めてみやうと思ひます。

只今《ただいま》は、ただひたすら、せめて、こゝに書いておく事で、おわびしたい。解きほどかれたい。みんな、いろ〳〵ないみで、私と大小の御縁のあつた人々に、お願ひします。何卒《どうぞ》私を浄《きよ》めて、許して、見送つて下さい。現世においての、多小の私とのつながりを、何卒御心から、洗ひ捨てて下さい。だれのためにも、祝福をのこさない私の苦しみを、何卒たすけて下さい。許して下さい。どなたも――

七月十五日夜
眞杉静枝

棺の横に広げておいた遺言状は、誰にでも見えるようにしておいたから、当然さまざまな波紋を巻き起こした。

「もう去年のうちに死期が近いのがわかったのねえ。さぞかしつらかったでしょうね」

などとありきたりの感想を述べるのは、たいていシロウトというべき人であり、通夜や告別式に集まった作家や編集者たちは、この遺言状から深い意味を探ろうとした。

「やっぱりロンドンの戴冠式へ行った時のことを気にしているのよ。今《こん》さんや火野さんにさんざん迷惑をかけたんでしょう」

「今日出海《ひでみ》さんなんて、もう二度とあの女の顔は見たくないって言っていたものね」

「それよりも、女流作家連中に死ぬまでめんどうをかけたからだよ。そのことをわびるつもりじゃなかったのか」

などという声は好意的な方で、

「いかにもあの女らしい。死んだ後も自分を思ってめそめそ泣いてもらおうという魂胆かね」

などと私に向かってはっきり言う者さえいた。乱暴な言い方であるが、彼は眞杉が何度も原稿料の前借りをせびった編集者である。生前の彼女をよく知っている者ほど、あの遺言状のことを苦々しく思っているのは事実だった。何もあそこまで謝ることはないと、私でさえそう感じる。まるで眞杉の生ぐさい息を首すじに吹きかけられたような文章だ。

「たすけて下さい。許して下さい」

ヨーロッパから送ってきた手紙にも、似たような言葉がさんざんちりばめられていたものだ。

「あなたしか頼る人がいないの。だから迷惑をかけるけどお願いね。すぐに薬を送ってください。お金を工面して頂戴《ちょうだい》。早くしてください。お願いします」

この卑屈で哀しい遺言状は、「新潮」のコラムにも取り上げられている。

「『かきおき』を見ると、眞杉さんはみんなに謝まつている。謝まらねばならないほど彼女は悪いことはしていなかつたはずである」

「『どうもあの人には困るよ』そうは言われても、だれからも女史は憎悪《ぞうお》されはしなかつた。憎悪の対象にされるほど芯《しん》のある悪人ではなかつた。一言で云《い》えば、だらしがなかつただけである。朝おきても口もすすがないとこぼしていたおかみがいる。結婚をしても、主婦としては落第点ばかりとつていた。落第点を強力に上廻るほどの彼女の文学でもなかつた」

かなり辛辣《しんらつ》な文章であるが、これが眞杉とその遺言状にまつわる世間の評価だったかもしれない。

そのうえ告別式のある出来事を、私や講談社の柳川さん、そして宇野千代さんたちはなんとか隠しとおそうとしたのであるが、いつのまにか人々の口の端《は》にのぼっている。怖ろしい早さでだ。

七月一日四谷聖イグナチオ教会での告別式が終わった。戦後すぐに建てられたチャペルはステンドグラスが大層美しく、そこを通す夏の陽ざしを、告別式にしてはやや華やか過ぎるものに変えた。眞杉が姪《めい》の紹介で親しくなったカンドー神父のミサは、なめらかな日本語だが、ところどころ出てくる外国風のアクセントがかえって荘厳《そうごん》な雰囲気をかもし出していたものだ。私は誰にも言わなかったが、死の直前にキリスト教式の葬式を願った眞杉を、せつないほど彼女らしいと思った。菊や線香の代わりに、パイプオルガンの音色と白百合《しらゆり》を選んだのは、最後の彼女の虚栄というものであろう。

通夜にも続いて意外なほど列席者が多かった。それを私は最初、病床からのラジオ出演のためと考えていたのだが、どうも違うらしいと途中からわかった。今年の「新潮」の新年号に、火野葦平《あしへい》さんが「淋《さび》しきヨーロッパの女王」という長い随筆を書いた。ロンドンやアイルランドでの眞杉の奇矯《ききょう》な行動を詳しく書いたものだ。あれを読んだ者はかなりの数にのぼっている。帰国した眞杉はどうやら気が狂っていたらしいという噂さえあったようだ。通夜や告別式に参列した人々の中に、悪評の極みのような女、醜聞に汚れきった女の最後を、ちらりと見たいと思わなかった者がいるだろうか。本当に誰もが純粋に眞杉の死を悼《いた》んでいるのだろうか。

そんなことを考えるのは私がとても疲れているからだ。危篤《きとく》が伝えられて以来、私は駆り出され死の後は跡始末に追われた。だからあの時も私は、平林たい子さん、宇野千代さんの後に続いて、のろのろと教会を出たはずだ。花もあらかた片づけられ、教会の老爺《ろうや》が散ったゴミを掃いている階段の真下にその男は立っていた。三十になったかならないかのまだ若い男だ。灰色の夏背広に、ネクタイだけ黒に換えていたが、その目は告別式にはふさわしくないものであった。意気込んでいからせた肩に、怒りと困惑がほの見える。どちらも葬式には全く不必要なものだ。そして私はその男を知っている。

「阪急航空の佐藤と申します」

男は宇野千代さんの前に立ちはだかった。

「こんな時にうかがって申しわけないのは百も承知です。実はおととし、眞杉先生がヨーロッパへいかれた時の航空運賃をまだいただいておりません。何度かおうちにお邪魔したのですが、このお嬢さんではらちがあきません」

男は私の方を見ないようにしているようだ。

「上司から言われました。今回のお香典の中から返していただきなさいと……」

その時、平林さんと宇野さんの唇がかすかにゆるんだのを見た。二人は微笑もうとする唇の力としばらく戦っていたはずだ。それは、

「まあ、最後の最後まで本当にあの人らしいわ」

というものだったから、もしかするとこの噂の出どころはこの二人のうちの一人かもしれない。いや、もうそんなことはどうでもいいのだ。眞杉が亡《な》くなってそろそろ一カ月がたとうとしている。私をこれほど悩ませているのは、講談社の柳川さんが眞杉の伝記を早く書けと私をせっついていることであった。有能な編集者だと眞杉はよく彼女のことを誉《ほ》めていたが、なるほど本をつくる人間というのは、これほど執拗《しつよう》で口がうまいものかと私は何度も驚かされる。

「いい、コケシちゃんは眞杉さんのために、作家になるのを潰《つぶ》されたようなものじゃないの。自分のめんどうをみさせるために大学をやめさせて、それで出版社ひとつ紹介してくれたわけじゃない。今ね、火野さんだのいろんな人が眞杉さんのことを書くものだから、あの人にとても注意が集まっているわ。だからね、あなたがデビューしやすいのよ。わかるわね、コケシちゃん。あなたは眞杉さんにさんざん利用されたんだから、今度はあなたが利用する番なのよ」

私はこの「利用」という言葉を聞いたとたんに心が萎《な》えてしまう。あれほど身近にいた柳川さんでさえ、私たちの関係を「利用した」「利用された」という風にしかとらないのかという淋しさだ。そして他人に指摘されると揺らぐ自分の心も嫌でたまらない。第三者の目から見るとそうだということは、本当にそうだったのかもしれぬとさえ思ってしまう心がだ。

講談社から東大病院小石川分院に抜けるところにあったあの家。二階建てのそう大きくもない借家なのに、まず女中が出てきて眞杉にとり次ぐ仕組みだ。伊藤整さんから眞杉を紹介された私は、昭和二十四年の五月にあらためて正式にその家を訪ねた。母が用意してくれた土産はもみ殻の中に詰めた卵で、私はその田舎くさい包みをかなり恥じたものだ。

若い娘をひとりで、女の物書きのところへなどいかせるわけにいかないと、東京に住んでいた伯母が従《つ》いてきてくれた。千住《せんじゅ》の大きな材木屋に嫁いだ伯母は、遊び慣れたさばけたところがあるから、内心は女流作家の住居を見たくてたまらなかったのではないかと今でも私は睨んでいる。

玄関を入った六畳のところで、私たち二人は四十分は待たされたのではないだろうか。奥からは三味線と長唄《ながうた》「都鳥」が聞こえている。

〽便《たより》来る船の内こそゆかしけれ

　君なつかしと都鳥……

ぷっと最初に吹き出したのは伯母の方である。伯母は杵屋《きねや》の師範で、何人かの弟子を持っている身の上なのだ。

「これが本調子とはとても思えないわねえ。まるっきり下がりっぱなしだわ」

私に同意を求める。戦争中、伯母が埼玉のわが家に疎開《そかい》していた時、あまりの暇さ加減に、こっそりと私に稽古《けいこ》をつけてくれたことがあったのだ。だから私も眞杉の長唄がいかにひどいものかということがすぐにわかった。

それにしても長々と客を待たせて、へたな長唄を唄い続けるというのはどうしたことだろうかと、伯母も首をひねったものだ。けれども私はすぐに知ることになる。眞杉はいったん自分が夢中になると、他人の思惑など全く考えられなくなる。長唄を中断しなければ、待っている人たちが気の毒だということをなかなか考えられないのだ。その代わりいったんそのことに気づくやいなや、息せききって走ってくる。

「ごめんなさい、どうしましょう」

と大きな目をいっぱいに見開く。本当に悪意はない。ただそのことに気づくのが遅いだけなのだ。

弟子入りを許された私がまずしたことは、朝に晩に眞杉の体を温灸《おんきゅう》で温めることであった。温灸も長唄と並んで彼女が快楽の目を細めるものであった。

「ああ、コケシちゃん、とっても気持ちがいいわ。もう少し続けて頂戴」

奥の座敷の万年床の上に眞杉は寝そべり、私は彼女の肩から腰にかけてのツボを確かめながら、ステンレス製の温灸器を押しつける。夜七時から始まったこの温灸が十時近くなっても終わらないことがあった。

「先生、私、もう帰らなくちゃいけないんですけど」

借りていた部屋がある新井薬師までの電車がなくなってしまう。そのことを告げると、

「あ、ごめんなさい、コケシちゃん、すっかり遅くなってしまったわね。車でお帰りなさい」

眞杉ははじかれたように起き上がり、私にくちゃくちゃの百円札を握らせるのだ。そんな時の彼女は眉毛が下がり、叱られるのではないかと上目遣いに見る幼女だ。女の私でも可愛いと思う。そしてつい、いいわよ、と手を振ってしまうのだ。

「タクシー代をもらえるんだったら、もうちょっと温灸やってあげるわ」

一年もいるうちには、私は弟子や秘書というよりも、友人に近いぞんざいな口をきくようになっている。そして眞杉は眞杉で、

「ま、本当、嬉しい」

とこちらの気持ちに乗じて再びすばやく横になる。

眞杉が美人かどうか私にはわからない。彼女はよく「美貌《びぼう》の女流作家」といわれたが、私は眞杉より大田洋子や、若くして死んだ矢田津世子《やだつせこ》といった人たちの方がはるかに綺麗《きれい》だと思う。若い頃は、向かい合う男の心を惹《ひ》きつけたかもしれぬ目は、その大きさが中年になってくるとかえってわざわいした。目の上の脂肪がとれてくるに従って、少々品がない金壺眼というものになっていったのだ。その頃もたびたびうっていたクスリのせいで、頬のこけ方も尋常ではない。とはいうものの、何かこちらを見るちょっとした拍子に、はらりと濃厚な色香がこぼれることもあった。ちょっと睨むようなしぐさをす

ると、こちらの頰がゆるむような愛らしさもある。

「あれほど世間が美人だ、美人だと騒がなければ、私もちょっとは認めてもいいのだけれど、とにかく眞杉という人は前評判が高すぎます」

ここに来てすぐの頃、私は友人にそんな生意気な手紙を送ったことがある。が、四十代後半という年齢がはっきりと現れた顔に比べ、からだはその進行をかなりゆるめているかのようであった。毎晩温灸をやらされている私にははっきりとわかった。

彼女は頑丈な田舎娘の骨格をしている私とは、まるでからだのつくりが違っている。眞杉が好んで食べる、唐揚げにしたウズラのような細い細い骨の上に、かすかにたるみかけたやわらかい肉がのっている。それは温灸を動かすに従って小波をつくり、私は彼女と関係を持った何人かの有名作家のことを思わずにはいられない。武者小路実篤、中村地平、そして夫であった中山義秀。中山はまだ眞杉に未練を持っていて、とうに再婚した今も、酔っ払うと、

「とにかくあの女は、あそこが最高だったんだ」

とまわりの人にいうという。それでいて最近筑摩《ちくま》書房から出版されたばかりの日本文学全集の自分の年譜からは、眞杉との結婚歴を削っているのだ。

私はその頃、ある同人誌の合評会に行き始めていたので、眞杉に関する風聞はよく耳に入ってくるようになった。なぜなら作家の卵たちの中には、小説を書くことよりも文

壇の噂話を聞き嚙っては、それを披露することに優越感を持つような者がいるのだ。私が眞杉の弟子兼秘書をしているというと、それこそ舌なめずりの表情になったのを私はよく憶えている。

「おたくの先生は、丹羽《にわ》文雄にえらいご執心なんだって」

「原爆乙女を救うってあの人がいっても、他の作家は誰ものらずに知らんぷりなんだってな」

そんなふうにからかわれた日は、私はぷりぷりして眞杉の家へ戻り、かなり乱暴に温灸を押しあてたものだ。

「ああ、気持ちがいいわ、コケシちゃん、あなたがやっぱりいちばんうまいわ」

私の機嫌をとろうと、眞杉はうつぶせでかぼそい声を出すのであるが、私はそれを聞くとさらに苛立《いらだ》つ。私は男との経験がなかったが、それが情痴の際のあえぎ声ととてもよく似ていることを知っているのだ。

自分の掌《てのひら》の下にある、ぐったりときゃしゃなからだが、急に厭《いと》わしいものにも思えてくる。眞杉はその頃になるとすっかり私に気を許していたから、目の前でよくクスリをうった。腕の皮膚は固くなっているらしく、パッと着物の前をはだけ、太ももに注射針をあてる。もうそろそろヒロポンは薬屋では手に入りづらくなっていた時期だ。けれども自分は特別のルートがあるから、これから先も決して不自由はしないのだと眞杉は得意気に言い、注射針を刺し続ける。

そんな時、どうして私は彼女から目をそらさなかったのだろうか。それどころか眞杉の白い太ももを二十歳そこそこの私は凝視していたといってもいい。顔は肌理《きめ》が粗い方だというのに、眞杉の太ももはなめらかに光っている。

やはりあの脳下垂体のせいだろうかと私はぼんやりと考えたのだ。左の太ももの奥に小さな傷跡がある。それは牛のホルモンを手術で埋め込んだところだ。戦後の一時期、若返りの方法としてそんなことが流行《はや》ったことがあった。それを眞杉は実行しているのだ。

さまざまな彼女の欠点が、温灸をしている背から脂《あぶら》となって滲《にじ》み出るような気がした。作家と名乗り、座談会や取材、身の上相談といったものは大好きなくせに、私が来てからの眞杉は全くといっていいほど大きな仕事をしていない。たまに短篇を雑誌に載せる程度だ。書斎に入ることもないし、だいいちこの家には本というものが数えるほどしかないではないか。それに我儘でだらしないことといったら、私も女中のヤスさんも手をやいている。最初は五千円の給料をくれるという約束だったのだが、この一年はたまに貰《もら》う、百円、二百円の小遣いだけだ。それどころかヤスさんに渡す生活費さえ滞ることがあった。台所の隅でヤスさんがもじもじと体を動かし、

「どうしましょうか、先生から戴《いただ》いた分、もうないんでございますけどねえ」

と私に訴えるので放ってもおけない。そのことを眞杉に伝えると、めんどうくさいわ

ねえと顔をぷいとそむけた。

「あなたが新潮社にでも講談社にでも行って、前借りしてもらってくればいいじゃないの。私が小説を書きさえすれば、お金はどんどん入ってくるんだから」

眞杉はもちろん知っていたはずだ。戦後の女流作家の大きなうねりの中に、自分がまるっきり取り残されていることをだ。「空き巣狙《ねら》い」という暴言を吐いた男の作家もいたらしいが、それは負け惜しみというものだろう。男たちが戦争に行かなくても、女の作家たちはほっくりと才能を花開かせる時期を得ていたに違いなかった。

林芙美子、平林たい子、宇野千代といった眞杉の友人たちが、次々と力作を発表し、その評価に力を得て軽やかに階段を駆け上がっていった時期だ。「あの人は所詮《しょせん》少女小説の書き手だから」と、眞杉が内心小馬鹿《こばか》にしていた吉屋信子《よしやのぶこ》も、「鬼火」で女流文学者賞を獲得し、もはや眞杉の敵《かな》う相手ではない。彼女が中でもいちばん陰湿な敵愾心《てきがいしん》を燃やしていたのは林芙美子であったと私は睨んでいるが、小説はもちろん、ジャーナリズム全体の女神のような役割を担《にな》った彼女は、今から四年前、心臓麻痺《まひ》のためにこの世を去った。眞杉がこの時どんなことを言ったのかはっきりと記憶にないのだけれど、葬式から帰り喪の帯を解きながら、

「お芙美さんは、名前が残る人だからいいけれど」

とつぶやいたのだけは思い出すことが出来る。他の女流作家の活躍をぼんやり眺めて

いるように見えても、その実本人の心は複雑なのだ。そういえば眞杉は、私が林芙美子のことを聞きたがるのをうるさがったものだ。

　これに反して無邪気に挑《いど》もうとしたのは宇野千代だったかもしれない。私が秘書になる前のことだが、彼女の「スタイル社」に対抗して「鏡書房」という雑誌社をつくったことがある。が、眞杉に雑誌の運営が出来るはずはなく、この会社はすぐに倒産してしまったと聞く。それに文学少女の私から見て、宇野千代と眞杉とは並べ比べられる作家ではなかった。宇野さんも戦前はその派手な男性関係が喧伝《けんでん》され、眞杉はすっかり自分の同類だと思い込んでいた節があるが、それは愚かとしか言いようがない。眞杉が中山義秀と別れた後は、アメリカ人の若い学者にうつつを抜かし「疲れた、疲れた」と私に温灸をさせている間、宇野さんは「スタイル」を復刊させて日本でいちばん人気の出た女性雑誌をつくった。それればかりではない。いま「中央公論」に連載中の「おはん」は、その古風で清澄《せいちょう》な文章が素晴らしいと今から名作の呼び声が高い。何人もの男性と関わりを持とうとも、それをけろりと肯定し、別の場所で自分の作品世界をつくり上げる。眞杉には宇野さんのような性根も才能もなかった……。

　私は眞杉のことをつらく言い過ぎたような気がする。つきつめて見れば彼女は善良なやさしい女なのだ。他人《ひと》を羨《うらや》むことはあるが憎んだりはしない。男のことを懐《なつ》かしがることはあっても、恨みごとを聞いたことはない。そんな女をどうして本気で嫌ったり出来るだろうか。けれども毎晩遅くまで、彼女の腰にじっと温灸をあてていたあの頃の私のことも察して欲しい。眞杉にさまざまなことを習い、眞杉のひきで、どこかに作品を発表させてもらうという私の計画は全くはずれた。することといったらあまりかかってこない電話を受け取ったり、こうして灸をあてることだけなのだ。外から何の音も聞こえてこない冬の夜に、眞杉の少々くたびれたネルの寝巻きを見ていると、私にはわびしさという言葉が身に沁《し》みた。眞杉ではなく、宇野さんや吉屋さんに弟子入りしていたら、これほど世の中からとり残された気分にはならないかもしれないとさえ思ったものだ。

　そんな時、私を救ってくれたものは眞杉が語る昔話であった。

「武者小路先生はね」

　彼女はかつての威光はないものの、その名前はもはや象徴になっている偉大な作家の名前をこともなげに私に告げた。

「あれで結構うるさいところがおありになったのよ、午前中はね、いつも絵をお描きになるんだけど、かっきり十時にね、お茶よ。それも好みの温度の玉露をお出ししないとうるさかったものよ」

「ふうーん、気むずかしかったんですね」

　ステンレスの温灸器は、かつてその老作家が触れたであろう腰から尻《しり》にかけて上下する。そんな時私は少し照れたものだ。

「そういうことでもないのだけれど、なにしろお育ちがお育ちでしょう。赤ん坊の時からぴっちりと乳母がついていたんですもの、お茶は欲しい時に出てくると思っていらっしゃるのよ」

新聞の広告に名前が出ていない日がないほどの、売れっ子の中山義秀のことを私はいちばん聞きたいのだが、別れて日が浅いせいもあり、眞杉はあまり口に出すことはなかった。

そして好物のピーナッツの砂糖漬けを、寝そべってぽりぽり噛り始める時は、きまって台湾の話が出た。福井の田舎に生まれた眞杉は、少女の頃両親に従いて台湾に渡ったのだ。彼女は「植民地育ちの女」と呼ばれることを何より嫌っていたが、目をくるりと向ける大げさな表情や、食物の好みに彼女が南の国の育ちだということが現れてしまう。

眞杉はピーナッツを細かく砕いたお茶漬けという奇妙なものに目がない。家事万端が苦手な眞杉であるが、ビーフンは手早く上手に作った。眞杉に言わせると、日本でもこの頃店で食べさせるようになったビーフンは、油の使い方が全く下手なのだそうだ。

「たっぷり注いでね、強火でちゃっちゃって炒《いた》めないから駄目なのよ。そこへいくとうちの母親は本当に名人だったよねえ」

眞杉はうっとりと目を閉じる。台湾育ちと言われるのは嫌がる癖に、台湾の話をするのは好きなのだ。

「朝はね、ジャスミン売りがやってくるのよ、台湾の女はね、髪を結い上げた後でジャスミンの花をさす。あれはなかなか風情《ふぜい》があっていいものだったよねえ」

その先のことを私はよく知っている。眞杉が小説に書いたこともあったし、取材に答えているのを聞いているからだ。少女の眞杉は、親が決めた男と気にそまぬ結婚をする。泣きながら嫁いだ相手は放蕩者《ほうとうもの》で、そのことに耐え切れなくなった眞杉は、家を飛び出してしまうのだ。眞杉が何回となく書いた日本のノラの物語の、私はあら筋を言うことが出来るほどだ。

「コケシちゃんも、そのうち海外旅行が自由に出来るようになったら、台湾へ一度行ってみるがいいわ。台中っていうところはそりゃあいいところよ。人情はあるし、食べ物はおいしいし。街中いろんなところにセンダンが植えられていてね、あの白檀《びゃくだん》とは違うけれど、そりゃあ葉っぱが綺麗な木よ。街の真中に川が流れているんだけれど、その岸辺に柳があってねえ、私はそこを歩くのが好きだったのよ。学校の友だちとね、その柳の下で屋台の焼き餅《もち》を買って食べるの。あれは二年生の時だったけれど、解剖実習があってねえ、その後いつものように買い喰いしたんだけれど、一人が吐き出すと、次から次へといっぺんに五人が川に向かって吐いたのよ。あれはおかしかったよねえ」

「えーっ、女学校で解剖実習をするなんて、そんなこと聞いたことがないわ」

「だって私は看護婦学校に通っていたから」

眞杉はあっさりと口にしたが、それはどこにも書かれていない初めて聞く事実だった。

「あら、先生が看護婦していたなんて知らなかったわ」

そういえば太ももに注射針をさす手つきが、鮮やかで手ぎわがよかったと私は思う。

「だけど内緒よ、そんなこと」

眞杉はあおむけになり、今度はここよと肩を私の方へ突き出す。

「今はそんなことはないけれど、昔、看護婦っていったらよほどの莫連《ばくれん》か、貧乏な娘だと思われていたからね。うちはもちろん女学校へ行けるくらいのうちだったけれど、その頃まだ台中には女学校がなかったのよ。女学校も出ていない女だとわかったら、私は男たちにどれだけ苛《いじ》められるかわからない。とにかくあの人たちは、私のことが嫌いで嫌いで隙あらば突き落とそうとしているのだから……」

また深く目を閉じた眞杉は死人のようだ。上から見ると艶《つや》のない肌と、目のまわりの小皺がよく見える。私はそんな時、世界中でこの女のことをいちばん理解し、いちばん知っているのはこの私ではないかと思った。何度も肌を合わせただろう男たちよりも眞杉の奥深くまで覗《のぞ》いている。

私はそんなことを書けばいいのだろうか。柳川さんが言うには、何年か前に眞杉が書いた自伝は大層評判が悪いという。

「あの人は嘘はそんなについていないけれど、やたらナルシスチックで客観視出来ていないところがあるのよ。そこを男の作家たちに衝《つ》かれてしまうのよね。だけどこのままだったら、あの人は下品で男たらしの女ということになってしまう。あんなに可愛がってもらっていたコケシちゃんが、あの人の魂を救ってあげなけりゃ」

魂を救う——。それはどういうことなのだろうか。眞杉のことを正直に書こうとすれば、私はあの人が隠し続けてきたことにも触れなくてはならないかもしれない。けれどもあの人を嫌悪《けんお》と困惑の眼でしか見られない男の作家たちから、その筆を奪うことは出来るかもしれない。

これから二十年後三十年後、もし眞杉のことを知りたいと思う人間が存在したとしても、その人は男たちによって描かれた眞杉しか見ることが出来ないはずだ。眞杉がひどいと病床で泣き叫んだという火野葦平のヨーロッパ紀行、ああしたものが後に残るだろう。それでは眞杉の魂は永遠に救われないはずだ。

私に書けるだろうか。柳川さんは大丈夫と言ってくれたけれど、もうとうに作家になることをあきらめた私が、人の人生を描くことが出来るだろうか。

とにかく私は私の知っている眞杉を書き始めることにする。柳川さんに見せなくてもよい。活字にならなくてもいい。私は初めて書こうと思った。

第二章　落花生

講談社の柳川さんが一枚の写真を見せてくれた。セピア色の印画紙の中に、ほっそりとした少女の静枝がいた。この時代なら日本髪か、それとも耳隠しといった古風な洋髪が普通だろう。けれども静枝はぐるりと無造作に髪をかき上げているだけだ。かんざしもリボンもない。その地味なそっ気ない髪が、日本から遠く離れた植民地の空気を伝えている。

静枝は優しい曲線を描く籐椅子《とういす》に浅く腰かけていたが、目を凝らすと、南国の暑い風やシュロのざわめきが背後に見えるようだ。

静枝は縞《しま》のお召しを着て、硬い表情のままだ。しかし彼女の美しさに私は驚かされた。年をとってから金壺眼と表現された目の上には、楚々《そそ》とした脂肪がのっていて、彼女の目元を切れ長な涼やかなものにしていた。中年になり、険しい斜めの線を生み出した頬も、やわらかい愛らしさだ。

「先生は私に『今もそう悪くないと思うけど、若い頃は本当にたいしたもんだったわ』

ってよく言ってた。でもこうして見ると嘘じゃないっていうことがわかるわねえ」

柳川さんはうふふとかすかに笑った。葬儀から二カ月過ぎていたから、笑いはそれほど不謹慎なものとはいえなかったろう。

「本当に先生、綺麗だったと思わない？　台湾の田舎にいたらそりゃあ目立ったでしょうね。いくら日本人街といったって、年頃の女なんて数が知れているのだから」

私は柳川さんの言葉にあいづちをうつのも忘れて、その写真に見入っていた。静枝の若い頃の姿を見るのは初めてだった。彼女は昔の写真は、すべて台湾に置いてきてしまい、それも引き揚げのどさくさで家族が紛失してしまったと、よく私に言っていたものだ。

「日本人は持って帰れる荷物の量が決まっていたというからねえ、アルバムなんて真先に置いてきたんでしょうねえ。もしかすると私の写真は、あそこらに住む台湾の男たちが奪っていったかもしれない……。そうだわ、きっと。娘の頃、私が歩いていると台湾人の男たちは本当にまぶしそうに私を見ていたもの……」

毎晩私が施してやる温灸が効いてくると、静枝はとりとめもないことを喋り出すのが常であった。さまざまな本音も飛び出す。

「ねえコケシちゃん、私がねえ、吉屋さんやお芙美さんのように不器量に生まれていたら、こんなに人から意地悪されることもなかったし、男の人が寄ってくることもなかったと思うわ……。私だってもっと勉強したり、書いたりすることも出来たはずよ。それなのに、私はちょいとした美人に生まれてきたものだから……」

これ以上楽し気で傲慢《ごうまん》な愚痴はないだろうと思われる言葉をぼんやりと吐きながら、いつしか静枝は寝息をたてている。とり残された私は少し腹をたてて、ステンレスの温灸器を強く押しあてたものだ。

老いという波が土手の石を削っていくような細い女の体に、どうしてこれほどの自信がこびりついているのか私には不思議であった。しかし静枝の妹が持っていたという一枚の古い写真は、多くの謎《なぞ》をいっきに解いてくれた。

静枝は本当に美しい女だったのだ。

あまりにもそのことを意識し、存分に利用したあまり、彼女はそれが永遠に続くものと思い込んでいた。中年になり、彼女は瘦せ衰え、目と頰骨だけが目立つ貧相な女になった。しかし困ったことに、かつて美人だった女の、高慢でにおいやかな空気だけは静枝にまとわりつき、それに騙《だま》された人たちも多い。未《いま》だに多くの男が自分に欲望を抱いていると静枝は信じ、そしてその思いを抱いたまま逝《い》ってしまった。

「私を許して下さい」

という遺書の叫び、あれはもしかすると謝罪ではなかったかもしれない。

私を許して頂戴、だって私はあんなに綺麗だったでしょう、私はあんなに可愛かったでしょう。私を許して、そして私のことをずっと忘れないで頂戴……。

静枝の鼻にかかった声を、私は不意に思い出した。

その声は、家に帰った後も、私の耳の中で響いている。私は初めて原稿用紙を取り出した。作家になろうと思いつめていた日々、どっさりと買い込んだ原稿用紙は、早くも黄ばみ始めていた。

一行書いてみる。

万年筆は考えていたよりもすらすらと動く。最初、思い出を綴《つづ》る手記にするつもりだったのに、私が書いているのは小説だ。私の目の前に見たこともない台湾の山や空が浮かび、私はそれを書き留めようと必死になる。もしかすると私は書けるかもしれない。

＊

雨期が始まろうとしていた。この南の島では晩春や初夏というものは存在せず、雨の後はねばっこく強い陽ざしの日々が始まる。温かく湿った空気を切り裂くように、一匹のヤモリが欄間をかけ上がっていく。朝から何度、その大正十一年度版の時刻表を見つめていたことだろう。

夫が駅長という立場であったから、時刻表は神棚の真下、いちばん神聖にしていちばん目立つ場所に貼《は》られていた。高雄を中心に、旧城、岡山、鳳山《こうざん》という停車場に到着する列車の名とその出発時間が記されている。仕事熱心な夫が、片時も列車のことを忘れまいと貼った時刻表は、はからずも妻の家出の勇気を毎日鼓舞するイコンのような役目を果たしている。

高雄からこの午前六時十五分の列車に乗る。そうすると午後十時四分に基隆《キールン》に到着する。神戸行きの船は月に十便出ているが、あさってはその日だ。

神戸から大阪への行き方もだいたいわかる。大阪には母方の祖父母が住んでいる。銀髪が美しい祖母は、惚《ほ》れ惚《ぼ》れするような巻き紙の手紙の中で、元気でいるか、曾孫《ひまご》の顔を早く見せておくれと静枝に語りかけてくるのだ。

あの祖母のところへ駆け込めば安全は保障されるに違いない。不幸な結婚に苦しんで台湾から逃げてきた孫娘を、まさか邪険に追い返したりしないだろうと考えているうちに、静枝の目からまた涙が流れた。

駅長官舎は、このあたりでいちばんきちんと建てられた日本家屋である。が、外地らしいハイカラさはいろいろなところに見られ、洗面所には白いタイルが貼られている。そのタイルに少し翳り始めた外光が反射され、鏡の中の静枝は白くさえざえと見える。

「なんて美しい女なんだろう」

悲しみと不安の極みの中で、静枝は自分に甘く酔っている。幼い頃から静枝は鏡を見るのが大層好きだ。斜めに首をかしげたり、少し伏目がちにさまざまな角度から鏡に映った自分を眺める。南国育ちらしい浅黒い肌が、もっと白くならないものかと指に唾《つば》をつけてこすったりもした。

「本当に嫌らしい子、暇さえあれば鏡を見ているのだから」

しんから憎々し気に言った母のミツイの言葉も憶えている。けれどもそのミツイも、鏡を見るために姿見の前によく立ったものだ。

ミツイと静枝の母子《おやこ》はよく似ていると人々から言われた。若い静枝にはっきりと現れている長所、鼻から唇にかけての線のやわらかさ、睫毛《まつげ》が長い涼し気な目は、四十前のミツイになると、ぼんやりとくすんだものになるが、それでも二人が並んで立つと、母子以外の何ものでもないという濃厚な思いに、人はやや毒気にあてられたような気分になる。それは二人が、この植民地の田舎にはまれな美人だったということ、そしてもうひとつは、この母子が男運の悪さまでそっくり同じという事実によるものだ。

今から二十二年前、福井県丹生《にゅう》郡というところでミツイは静枝を生んだ。小町娘という評判だったミツイに、眞杉千里という小学校教師が夢中になり、強引に自分のものとしたのである。〝野合〟と人々から軽蔑《けいべつ》される形にせよ、とにかく二人は夫婦となった。だが有名な医院の息子で、しかも教職に就いていた千里の言葉を、ミツイも両親もあまりにも信用し過ぎた。千里は内縁とはいえ既に妻がいたのだ。つまりミツイは〝父《てて》なし子〟を生んだということになる。一時期絶望に陥ったミツイは、子どもを堕《おろ》そうと腹を石壁にぶつけたことさえある。

が、ミツイに対して千里はよほどの執着を抱いたのだろう、前妻を離縁して翌年正式に籍を入れたのだ。ミツイはまだ幼なかった静枝にこんなことを言ったことがある。

「男の人にどうしてもと言われたからといって、たやすく嫁いだりしては駄目よ。よくその人のことを見て、まわりの人の意見を聞いてから判断しなくてはね」

しかし母がそんな親身な忠告をしてくれたのは、静枝の顔が太って丸く、目が埋まりそうだった時までだ。やがて顔から次第に肉が消えていった跡に、ふっくらした頬と薄桃色の唇が残されるようになった頃から、ミツイは静枝につらくあたるようになった。行動に目を光らせ、付け文をされようものなら、

「あなたに大きな隙があったんですよ」

女舎監のような口調で責められるのが常だった。

おまけに困ったことにはと静枝は思う。

「私は綺麗なだけじゃなくて、人の心をとらえて離さない何か大きな魅力がある」

看護婦時代もそうであった。台湾人の同僚だけでなく、日本から来た若い医師たちも、静枝の気を惹こうとさまざまな工夫をしたものだ。

シュロの大木が並木道をつくる台中の病院の前には、毎日のように落花生売りがやっ

てくる。落花生は静枝の大好物であった。これを小耳にはさんだ医師のひとりは、やあと静枝に声をかけ、よく落花生を買ってくれたものだ。茹《ゆ》でたての落花生は白く甘く、殻を割ると白い筋が爪《つめ》の間に入る。癇性《かんしょう》にそうした爪をハンカチで拭いとる静枝を、若い医師は目をそらすことなく眺めていた。そして病院の名入りの茶封筒から本を何冊か取り出す。

「新潮文庫のゲーテの『若きヱルテルの悲み』が手に入ったから持ってきたよ」

彼は目の前の娘が、甘い菓子や半衿を欲するように、本に目がないのをよく知っていた。静枝はどうしても読みたかった「アンナ・カレーニナ」を貸してくれるというのを条件に、一度だけ唇を許したことがある。初めての接吻《せっぷん》はそう深い感慨を彼女に与えず、本の中の伏せ字の正体はこういうことだったのかとぼんやりと思っただけだ。接吻は良人《おっと》だけに許すものだし、結婚前にそれを経験した娘は、泣かなくてはいけないのではないだろうかという考えも、ふと頭をよぎったが、静枝はただ体の力を抜いた。本を読めさえすればいいのだ。この台湾において本はとても貴重なもので、本土から送られてくるものをつてを頼って借りなくてはならない。病院でただ一人「中央公論」を定期購読しているということだけで、静枝はその医師に好意を抱いている。それだけで接吻を交す資格は充分ではないか。

ところがこのたった一度の出来事が思わぬ事件をひき起こした。純情な文学青年であった医師は、ひとつの物語をつくり上げ、それに酔った。やがて彼は自分ひとりだけの読者では飽き足らぬようになり、物語を完成すべく妻に打ち明けるのだ。

ある日乳飲み児を背負った女が、豊原《ほうげん》の静枝の実家へやってきて叫ぶ。

「天照大神《あまてらすおおみかみ》にお仕えする神官の娘が、これほど破廉恥《はれんち》なことをしても平気なのですか」

医者の妻は目を吊《つ》り上げ、二人の間にまるで不貞があったかのように言い募るのだ。病院から呼び戻され、両親から激しい詰問《きつもん》にあった静枝は泣いた。悲しくて泣いたのではない。

「一度病院へ行って、調べてもらった方がいいかもしれない」

というミツイの言葉の怖ろしさ、口惜《くや》しさに泣いたのだ。看護婦をしている静枝は十七歳の生娘であったが、それがどういうことなのかわかる。実習で婦人科へ行ったこともあるから、診察台の上で足を広げた女を見たこともあった。実の母親がそれと同じことを自分に要求しているのだと思ったとたん、静枝は自分がミツイのことをどれほど憎んでいるかにやっと気づいたのだ。

十六で静枝を生んだミツイは、その時まだ三十四歳という若さであった。南国の強い陽ざしが、彼女の肌を粗いものに変えていたが、ゆるめに合わせた衿元からは白くなめらかな皮膚がのぞいている。小さな日本人街で、神官といったら警官と並ぶ名士である。

その妻としてミツイはたえず小綺麗にしていることを心がけているから、姿も声もまだみずみずしい。前年彼女は突然の流産をひき起こし、静枝はその看病にあたったことがある。摘出した肉塊も見たし、下の世話にもあたった。意識が戻ってすぐ、ミツイは下腹部から吐き出した血のにおいとそっくり同じにおいの息をしながら言ったものだ。

「お父さんのせいよ、お父さんがいつまでたっても私のことを可愛がるから……」

奇妙なことに父を嫌悪する気は全く起きなかった。それどころか病室をちらりとのぞきに来た父千里のいかつい肩や、白髪の混じったこめかみのあたりをつくづくいとおしいと思った。父方の祖母が言ったことがある。

「お前のお父さんは可哀相なお人だ。お前のお母さんと一緒になったばかりに、台湾まで逃げ落ちていかなければならなくなった」

その時の謎のような言葉は、成長するにつれ次第に解き明かされていく。誇り高い医師であった祖父は、息子と小商いの家の娘との結婚に怒り狂ったという。理由はそれだけではない。千里はミツイという美少女を手に入れるために、妊《みごも》っていた妻を捨てなければならなかったのだ。この妻と、父親双方から責められ、千里は苦しみ抜いた。その解決方法として台湾へ渡り神官の職を得ることを思いたったのだ。

「あのまま福井にいたならば、眞杉医院の千里さん、師範出の、小学校で教えてなさる千里さんといって、人から頭を下げられたものを……」

ここまで言って祖母は涙をはらはらとこぼしたものだ。しかしこの伝説は、ミツイの手にかかると全く違うものになってしまう。まだ看護婦学校に通う前、静枝はミツイが駐在所の奥さんにこぼしているのを聞いたことがある。

「私はまだおぼこだったものだから、年上の男がやいのやいの言ってきたら、もう追い返すことは出来ませんよ。うちの人ときたら、もう気が触れたみたいに私を追いまわすものだから」

「まあ、ご馳走《ちそう》さま」

膝の上の赤ん坊をあやしながら、奥さんがころころと笑うのを厳しい声でミツイは遮る。

「いえねえ、私にもうちょっと強い気持ちがあったら言うままにはならなかった、こんな台湾の田舎で暮らすこともなかったと思うと、この頃無性に涙がこぼれてきて……」

あれ以来、静枝の父に対する同情と愛情は決定的なものとなったといっていい。たとえ貧しい報酬とはいえ、神官の父は暗いうちに起き、身を潔《きよ》め、長い祝詞《のりと》を捧《ささ》げるではないか、そして静枝が全宇宙でいちばん崇高なものと教え込まれている天照大神と会話を交すのだ。そんな父に対し、母はどうして尊敬以外の気持ちを抱いたりするのであろう。駐在所の奥さんとの会話を盗み聞いたあの日以来、静枝の中で芽ばえた感情は、ミツイの流産で決定的なものになった。そしてそれにさらに追い打ちをかけたのは、

「病院に行って調べなくては」

という言葉である。母親がどうして娘の純潔を信じないのかと見上げた静枝の目の前に、赤くぬらぬらしたミツイの唇があった。まるで肺病やみの女のような赤さだ。娘の不幸に舌なめずりをしている唇だと、静枝は気が遠くなりそうな恐怖の中で思った。

あの時静枝は確信を抱いたのだ。ミツイは、静枝が母親を嫌っていることを知っている。そしてミツイも静枝を愛してはいない。ミツイはきっと自分に仕返しをするに違いないという予感は、静枝の全身をまたたく間に占領したものだ。確かにあの時、巫女《みこ》のように静枝は予感した。けれどそれがそれほど早くやってくると考えなかったのは、あきらかに手落ちというものであった。

医師との事件があって一カ月もしないうちに、静枝は一通の電報を受け取った。ミツイの体の具合がよくないから至急帰ってくるようにというのだ。流産をして以来、ミツイの顔色はすぐれず、動作もゆっくりしたままだったので、静枝は何ひとつ疑いもせずに台中の病院を後にした。列車で二十分ほどだから、どうという距離でもない。しばらくたってから静枝は、自分のそうした無防備さをどれほど呪《のろ》ったことだろう。

静枝を待っていたのは縁談であった。いや、縁談というのとは違う。縁談には選択の自由が残されているが、静枝に知らされたのは男の名と式の日どりであった。

「もうお父さんも納得されていることよ。お前のような危なっかしい娘は、ひとりで置いておいたらこれからどうなるかわからない」

男の名は藤井熊左衛門《くまざえもん》といって、台中駅の助役をしているという。

「あの若さで助役というのはたいしたものだ」

ミツイは興奮したように言ったが、「台湾くんだり」と呼び、この町でのことすべてを割引いて考えてきたのは彼女ではなかったか。

日本人学校の校長も、警察署長も、製糖会社の支店長も、ミツイの口を借りると、

「こんな台湾くんだりまで流れてきたのだから、〝長〟がついてもたいしたことはない」

ということになる。しかも「あの若さで」という熊左衛門はその時三十歳という年齢であった。静枝とは十三歳の開きがある。

「藤井さんは前に豊原の駅に勤めていたのよ。それでたびたび列車に乗るお前のことを見て、ずうっと気に入ってられたようだ」

そしてミツイは大切な宝物を娘にそっと譲り渡すように、前かがみになりささやく。

「女はねえ、思ってくれる男にもらってもらうのがいちばん。こんな幸せなことはないのだよ」

静枝は啞然《あぜん》とした。男から無理やり仕掛けられた結婚で、自分はずっと不幸な人生をおくってきたと愚痴っていたのはいったいどこの誰だったのか。

「私はまだ結婚なんかしない」

静枝は本気でおびえ始めていた。今朝まで白衣を着て、同僚たちと笑いさざめいていた自分が、再来週には花嫁衣裳《いしょう》を着るなどというのは、とても理不尽でおかしなことではないか。

「まだわからないの。あのお医者先生とのことが噂にでもなったらどうするの。お前なんか一生お嫁にいけないようになってしまう」

それに、とミツイは一段と声を落として娘を見つめた。

「それにお前は昔から軽々しいところがある。男の人を平気で近くに寄せつけることだよ。まあ、看護婦をしていたのだから仕方ないかもしれないけれど、お前は他の娘とはどこか違う。私はそれが心配でならない。早くにその芽を摘んでやらなくてはいけないと思っている」

静枝はぼんやりとミツイを見つめ、やはり母親は自分のことを憎んでいるのだと思った。それはなぜかわかる。姿かたちがそっくりな母子だが、自分の方がはるかに若く美しい。ミツイはそれが我慢出来ないのだ。少し道をそれると密林が続き、裸の蕃人《ばんじん》がいる町。日本人は五十人もいない。日本人の女ときたら指を折って数えるほどだ。こんなところでは嫉妬と憎悪の対象となるのは他の女ではなく、自分の娘なのだ。そして母親に憎まれた娘はもうなすすべがない。身を硬くして運命を受け入れるしかないのだ。

随分長いこと鏡の前に立っていたらしい。

家の裏のマンゴー樹林はすっかり薄暗くなり、ペタコと呼ばれる土地の小鳥の声もすっかり静かになった。

「さあ、出かけるのよ」

静枝は鏡の中の自分に向かって呼びかける。

夫の熊左衛門は夜勤で明日の昼まで帰らないと言っているが、それは真赤な嘘だ。高雄まで出れば、娼館《しょうかん》が軒を連ねている。熊左衛門はどうやら馴《な》じみの女がいるらしく、月に二度は泊まって遊んでくるのだ。

高級官員ぶって、毎日糊《のり》をきかせて出ていく白麻の背広の衿に、女の白粉《おしろい》がべったりとついていることさえある。そんな時は、

「お前の体のことを思ってわざわざ外へ行くのだ」

と居直るのが常であった。新婚間もない頃、静枝はこの夫から淋病《りんびょう》を移されたことがある。四年の結婚生活で子どもが出来なかったのは、その治療が原因である。あの時は病気のいまわしさがまだ実感としてわかず、これで熊左衛門と別れられるという喜びの方が強かった。いくら何でも性病を移した夫に耐えろとミツイは言うまい。病いが癒《い》え、すっかり元気になったら自分はきっと東京へ行くのだと静枝は湿った布団《ふとん》の中でにっこりと微笑む。

なぜだかわからぬが、ひとつの希望をかなえるためには、大きくてつらい代償が必要なのだと自分は子どもの頃から知っていた。気味の悪い膿《うみ》が出、排尿するたびに屈辱的な痛みが伴うこの病いを克服すれば、輝かしい都市への道は用意されているのだ。もう夫とも会うことはない。

背が高く肩幅があり、男にしては大きすぎる二皮目《ふたかわめ》を持った熊左衛門を、ミツイは美男子と称したものだが、最初会った時から静枝は愛情を持つことは出来なかった。およそ繊細なところがまるでない男で、読む本ときたら講談本がせいぜいだ。本を読む楽しみを知らない人間というのは、おうおうにして他の人間が本に熱中することを忌《い》み嫌うものであるが、彼がまさしくそうだ。借りてきた本に読みふけっていたため、夕食の仕度が遅くなった静枝に怒り、箱膳《はこぜん》をひっくり返したことさえある。

自分はなんと愚かだったのだろうかと静枝は思う。大正の世の中にあっても、看護婦というものは男の体に触れる女、物識《ものし》りの女と軽蔑する向きがあるが、自分は本当に何も知らなかった。結婚というのは、接吻のその先にあるもの、接吻を何乗かするものと考えていたのだ。接吻は息を止め、しばらくの間別のことを考えていればすぐに過ぎ去っていったではないか。だから結婚も耐えることが出来ると考えていた自分は、まるで子どもというものだ。羞恥と痛みとで体がひき裂かれるような幾つかの夜が過ぎたと思うと、揚句の果てはこの不幸である。しかしこの病いによって自分の人生は好転すると思い込んでいた静枝はやはり幼かった。

彼女が両親に夫の行状を訴える前に、熊左衛門は先まわりしてミツイに取り入ったのだ。

「藤井さんから話を聞きましたよ」

ミツイは口元に、沈痛な線を保ちながらおごそかに言った。

「とてもしょげていらしてお気の毒なくらい。お前があまりにも子どもだから可哀相で外で遊んだと言うのよ。世間にはよくある話だから、一度ぐらいはお前も我慢しないと」

隣りで熊左衛門が神妙なおももちで座っていた。四つしか違わないのだから、ミツイと彼とは姑《しゅうとめ》と婿《むこ》というよりも夫婦のようだ。時々目を合わせたりもする。

静枝は絶望しない自分が不思議であった。それよりもあの時の自分の中に生まれた熱いものは、まさしく闘志であったと静枝は気づく。

きっと逃げてやる。

母親を頼ろうとした自分が馬鹿《ばか》であった。もう誰の手も借りず自分ひとりの手で逃げおおせてみせる。もう母親を愛さなくてはという強迫観念にとらわれることもないのだ。父と妹に対する思いはあるが、それを振りきり身軽になってきっと逃げるのだ。

あの日から、自分は周到に用意を重ねていた。比較的金には大ざっぱな夫の目を盗み、五十円という金をつくった。この一カ月は、納戸《なんど》の奥に信玄袋を隠し、少しずつ着替えや身のまわりの品を詰めていった。

夫が駅長を務める旧城は小さな駅で、静枝の顔を知っている駅員ばかりだ。だから人力車を頼んで高雄まで行き、朝の六時十五分発の列車に乗る。すると夜の十時四分に、米粒のかたちをした台湾の、ちょうど胚芽《はいが》の部分の場所にあたる基隆に着くのだ。半端《はんぱ》な時間だが仕方ない。あさって基隆を出港する亜米利加《アメリカ》丸は、午後の四時に出帆する。台湾の奥から出てきて渡航しようとする旅行者は、近くの宿に泊まるのだが大切な金を使いたくはない。

港より駅の方がはるかに危険は少ないというものだろう。意に添わない結婚でも、四年間駅長の妻として暮らしているうち、鉄路への信頼は静枝の中にある。おかしな人間がうろつく港より、基隆駅の待合い室で夜を明かす方がはるかに賢い方法というものだろう。

静枝はあたりを見渡す。日頃夫からだらしないと叱られることが多いが、今日はこざっぱりと部屋を片づけている。すべてを持っていけるわけではないのだからと、簞笥《たんす》の中の見苦しいものはすべて捨てた。

その時だ、大きな力に静枝はうちひしがれそうになる。準備を終えても、自分はやはりこの家から出ていかないのではないかという予感だ。信玄袋は元に戻し、帰ってくる夫のために米をとぎ、野菜を洗って自分はいつもどおり床につくのではないか。

いや、そんなことはしない。

静枝は自分に向かって怒り、こぶしをふるわせる。私は自分が思っているよりはるかに強い人間だ。きっと明日未明、考えていたことを実現させてみせる。もう何も怖れず、きっとやりおおせてみせる。

十時間後、静枝は高雄の駅に立っている。早朝だというのに、南部第一の都市高雄は、さまざまな村から出稼ぎにやってくる者たちがせわし気に歩いている。奥地から出てきたのか、布団を背負った台湾人の一家が前を通りすぎる。高砂族《たかさご》の祭りの衣裳を着た若い女が二人、いま列車から降りたところだ。

静枝は自分がとても空腹であることに気づいた。昨夜から何も食べていない。苦い唾で口の中が熱くなった。

そんな表情がわかるのか、物売りの若い男がすっとそばに寄ってきた。

「オクサン、ラッカセイアルヨ、オイシイヨ」

「頂戴」

十銭で山のようにきた。現地の者のように殻を下に捨てながら、静枝は落花生をむくのももどかしく、歯でかりりと噛《か》んだ。向こうから煙をたてて汽車が近づいてくる。基隆まで行き、そして日本へと繋《つな》がる汽車だ。もうひき返すことは出来ない。

静枝は奥歯で落花生を噛みくだく。自分はまだ若く美しく、そして才能があるのだと静枝は自分に言いきかせながら、かりりかりりと噛み続ける。

足を開いて立ち、憑《つ》かれたように落花生を頬ばる日本人の女を、けげんな顔で何人かの台湾人が振り返って見ていた。

第三章　うどん

基隆を出た船は、墨色の闇《やみ》の中を進んでいく。旧城とは違い、雨期が終わろうとしている北部の海は赤い。それは夜になるとぬらぬらと粘り気を持ち、東支那海《ひがししなかい》に出ていこうとする船を揺らすのだ。

三等の婦人室に横たわりながら、静枝はやっとラジオ放送が聞こえなくなったことに安堵《あんど》していた。それが乗客へのサービスのつもりなのか、停泊中もずっと台北ＪＦＡＫの放送が流れていたのだ。胡弓《こきゅう》のメロディの支那歌謡の合い間に、女のアナウンサーの語りが入る。支那語で他愛ない話をしているのであるが、それが突然ニュースに変わるのではないかという恐怖に、何度静枝はとらわれただろう。

「昨日のこと、旧城に住む藤井熊左衛門さんの夫人、静枝さん二十一歳が突然出奔しました。静枝さんの所持金は約五十円ほど。縞ものの単衣を着ているはずです。なお熊左衛門さんによると、静枝さんは普段から内地へ帰り、面白おかしく暮らしたいという希望を持っていたということです」

女が急に日本語でこんなことを喋り出すのではないかという想像は、船が台湾から離れるにつれ次第に微笑へ変わっていく。

「私はなんてつまらないことを考えるんだろう」

静枝は思う、夫の熊左衛門はまだ自分が本気で家出したことに気づいていないはずだ。ちょっとむくれて、実家に帰ったぐらいにしか思っていないに違いない。誰もみんな知らないのだ。静枝はくっくっとこみ上げる笑いを袖《そで》で押さえた。自分がこれほど勇気がある女だということをみな知らない。夫も母も隣家の助役の妻も、そして静枝に秋波を送ってくる日本人街の若い警官も、静枝のことをただの女だと思っている。ただの女というのは、夫に従いて熱帯の国に渡り、夫に仕え子どもを育てることしか知らない女、あきらめることしか知らない女たちだ。女たちは台湾に来て三カ月もしないうちに、肌が焼け唇がひび割れていく。そして蕃人そっくりになっていくのだ。

自分はそんな女にだけはなるまいと心に決めていた。看護婦時代は薬屋で売っているクリームを使っていたし、僻地《へきち》に嫁いでからは庭にヘチマを育てその水を毎日取った。時々は分けてもらった黒砂糖に卵を練り込み顔に塗った。そうとも、自分は決してあきらめなかった。だから今のこの喜びがあるのだと、静枝は布団の上で思いきり四肢を伸ばした。新鮮な空気が体中に入ってくるような気分だ。実際は船底の部屋の奥から、早くも船酔いの女の饐《す》えたにおいが漂ってき始めたのだが、そんなことは全く気にならない。

「内地へ行く。それもひとりきりで。私はもう自由なのだ」

心の中で繰り返していくうち、その言葉はたとえようもなく優しい子守歌となった。そして静枝は夢もみずに深い眠りに落ちていった。

どうやら朝が来たらしい。まわりの女たちの身じたくの音が、さわさわとまるでセミの鳴き声のように聞こえ、静枝は目を覚ました。おととい駅のベンチでうたたねをして過ごした疲れが、身体《からだ》のあちこちにこびりついているがこうしてはいられない。昨夜の本の続きをどうしても読みたかった。

静枝は三等船客に許されているデッキへ上がる。まだ早い時間なのでベンチは空いていた。波しぶきで濡《ぬ》れているベンチを拭くこともなく静枝は腰をおろし、ページをめくっていく。こんな生活にどれほど憧《あこが》れていたことだろう。歯も磨かず、髪もとかさず、夫の弁当をつくることもなく、まず朝起きたら本をめくっていく。これこそ静枝が願っていたことだ。

夫の熊左衛門はよく自分のことを、

「だらしない女」

と叱りつけた。もっと飯の菜《さい》をつくれ、もっと廊下を磨けとたえず静枝をせかしたものだ。しかし大食いの夫は、ぺちゃぺちゃと音をたてて飯を頬ばり、皿の上のものを味わったりはしない。あの官舎は風が吹くと裏のマンゴー樹林から砂が運ばれてくる。廊下も障子の桟もすぐにざらざらになった。そんなものをひとつずつつくり上げたり、取り除けたりすることの空《むな》しさで、静枝の心はささくれだっていったのだ。

静枝の知っている行為の中で、本だけがただひとつ空しくなく、積み重なっていくものなのだ。だから自分はこうして読み続ける。実は朝起きると、ぽつんと蒔《ま》かれた不安という種が一夜で急激に成長していることに気づいた。まるで麻の種のようにずんずん伸びている。

大阪の祖父母は、本当に自分をあたたかく迎えてくれるのだろうか。看護婦の資格さえあればどこでも食べていけると考えるのは間違いだろうか。

静枝は息を詰め、精魂を込めて文字を見つめる。今までこれほど必死になって本を読んだのは初めてだ。少しでも気をゆるめると不安やさまざまな邪念が、黒いヴェールとなって文字を見えなくするような気さえする。このまま何も考えず、本に熱中したまま神戸に到着したらどれほどよいだろうか。

「おはようございます」

女の声で顔を上げた。洋装に身をつつんだ若い女が、こちらに笑顔を向けている。女のかけている丸縁の眼鏡で、女が内地人だということはすぐにわかった。「四ツ目」と呼ばれて嫌われる女の眼鏡は、台湾ではあまり見ないものである。

「本を読んでいらっしゃるところごめんなさい」

「いえ、そんな、構いません」

眼鏡と同じように、女の爽《さわ》やかな物言いも普段静枝がめったに触れたことがないものだ。台湾にやってくる者たちは、さまざまな地方の言葉を持ってくるが、やがてそれは土地の言葉と混ざり合って奇妙なものになる。やたら文節が短かく、支那語《しなご》のようなアクセントがつくのだ。しかし眼鏡の女には関西訛《なま》りこそあったが、舌から出る言葉はまるで楷書《かいしょ》のような端正さがあった。

「『大津順吉』を読んでいらしたから、つい嬉しくなって声をかけてしまいました。志《し》賀直哉《がなおや》を読む女の人なんて珍しいですもの」

「前は倉田百三がとっても好きだったんですけれど、今は志賀直哉をよく読みます」

「私も白樺《しらかば》社中の中で、あの方がいちばん好き」

女は心を込めて言った。

「武者小路や長与《ながよ》ももちろん好きですけれども、あの方の本って一行一行が心に沁《し》み入るような感じだと思いません？」

「本当……。まるでお手本にしたいような文章ですものね。初めて短篇を読んだ時は心が震えました」

女との会話はまるで奇跡に近いものに静枝には思われる。あの日本人街で、このような言葉を口にする女がいただろうか。いや、男だっていやしなかった。静枝が最後に知的会話を交したのは、結婚前に接吻をされたあの医師であった。それも台中でのことである。

女は教会に属していて、台北に布教のために訪れていたと言う。

「あなたは内地へお帰りになるところ、それとも行くところですか」

「親戚《しんせき》を頼って行くところなんです。両親が次々に亡くなって私ひとりになってしまったものですから」

嘘がなめらかに出た。嘘というのははっきりと発音するとなんら疚《やま》しいことがないのだと静枝は知る。

「でも親戚のうちにも長く居られないから、どこか働きに行かなきゃなりません。大阪は大きな街だと聞いているからとても怖いわ」

「そうね、あなたのような綺麗な人は、気をつけなきゃならないわ」

女はやさし気に笑い、静枝は驚きのあまり、ごくりと唾を呑み込んだ。自分のことを美しい女だと思ったことは何度もある。よく人からも言われた。しかしそうした賞賛は、台湾の田舎でこそ通用する貨幣のようなものだと思っていた。船に乗り、内地へ渡ったら、あまりにもちゃちで子どもじみていると笑われるだけではないか。しかし目の前のいかにも都会風の女ははっきりと言ったのだ。

「あなたのような綺麗な人」

静枝はどうやら、自分は大変な幸運の主だということがわかりかけてきた。そのことが彼女を大胆にする。

「大阪でどこかよい病院をご存知ないでしょうか。出来たら住み込みがよいのですけれど」

「あら、あなた、看護婦さんだったの」

女の顔には侮蔑《ぶべつ》や皮肉はなく、ただ意外だったらしく、唇がかすかにゆるんだ。

「あちらでも内地の人が看護婦をしていたなんて知らなかったわ」

「もっとも看護婦学校の級で内地人は私ひとりだけでしたけれど」

「そう、でも女性も職業を持っていたら、大阪へ出ても心配はないわ。私はよく家出娘の世話をするけれど、ああいうのがいちばん世話がやけるわ」

女は二十六、七といったところだろうか。自分でも年上ということがわかったらしく、言葉遣いにも微妙なぞんざいさが出てきた。

「だったらＹＷＣＡに行ったらどうかしら」

「えっ」

「キリスト教の女性団体がつくったクラブよ。あそこは働いている女性のための寄宿舎があるから、あそこにいらしたらどうかしら」

「耶蘇《ヤソ》教でそんなことをしているのですか」

自分は神官の娘なのだと言いかけてやめた。あの神道《しんとう》というのも貨幣のようなものではないだろうか。都会にはキリスト教という軽やかで楽しいものがあるらしい。

「あそこは素晴らしいところよ。これから働こうという女性のために、いろいろな学校もあるの。もしあなたが本当にいらっしゃることがあれば、私はご紹介することが出来ますよ」

女は黒革の手提げバッグの中から手帳を取り出した。風が強くなっているのでなかなか破ることが出来ない。が、どうにかちぎって文字を書いてくれた。

「北区天満橋筋《てんまばしすじ》1丁目99番地」

どうもありがとうございますと静枝はそれを帯の間にはさんだ。琉球《りゆうきゆう》沖あたりだろうか、海の色がやさしい。今日はよく晴れるようだ。

「しあさっての朝はもう神戸ね。台湾って遠いところだと思っていたけれど、五日もあれば着くのね」

「いいえ、旅行する方はそうかもしれませんけど、住んでいる者にとってはとても遠いところです。この本だって――」

静枝は膝の上の「新進作家叢書《そうしよ》」を撫《な》でる。

「本は台湾に来るまでに一年以上かかっているんですもの」

そして私のところへ来るまでに一年。本は内地から船に揺られて台北か台中の日本人本屋に並ぶ。そしてそれを誰かが買い、やがて飽きて売る。その後やっと静枝の居た旧城の、古本やガラクタも売る雑貨屋に運ばれてくるのだ。しかし明日からは違う。本は本屋に行きさえすればいくらでもすぐ手に入る。そして本を書いた作家でさえ居るのが内地なのだ。静枝は表紙の「志賀直哉」という文字を、もう一度指で確かめる。なぜだかわからぬが、彼にきっと会えるという気がした。

その潮風のにおいのする紙片に、後になって静枝はどれほど救われただろうか。やっとの思いで辿《たど》り着いた祖父母の家には、早くも夫からの電報が届いていた。もし静枝がそちらに来るようなことがあれば、何とかひき止めておいて欲しいと言うのだ。

「まあ、なんと突拍子もないことをする娘やろ。あんたのお母さんも後先のことよう考えずにどんどん先に行く女やったけど、静枝はミツイ以上かもしれんな。嫁いでからミツイは、あんたのお父さんによう仕えとるでな」

くどくどと同じことを繰り返す祖母は、七十を過ぎて別人のように老《ふ》け込んでいた。そして同居している伯父たちも決して歓迎してくれたわけではない。

「藤井はんが迎えに来る言うてるさかい、それまでは居《お》ってもよろしいで。そやけど揉《も》めごとは起こさんといてな」

何とか夫には知らせないで欲しいと静枝は手を合わせたのであるが、「そんなあほなこと」と一蹴《いっしゅう》された。

静枝は祖父母のところで二晩過ごした後、ひとりで電車に乗って街へ出た。キリスト教のクラブというから、ハイカラなビルヂングを想像していたのであるが、行きついた先は土塀に囲まれた邸宅である。なんでも大阪回生病院の博士の家を借りているという。静枝があてにしていた職業婦人の寄宿舎は、ここからさらに離れた西区南江戸堀にあるのだ。

歩けるほどの距離にあるその宿舎を訪れたところ、十四人の収容人数はもういっぱいだという。

「いろんな教会の支部からやってきた方ばかりなのです。皆さん教会から推薦を受けていらっしゃいました」

束髪に地味なお召しの女は、暗にキリスト教の信者でなければ駄目だとにおわせている。これですべてが終わってしまうのだろうかと静枝は息を呑む。船賃に二十円かかっていたから、宿屋に泊まる余裕などあるはずもなく、祖父母の家も遠まわしに拒絶された。慣れない大阪でうろうろし始めたら、台湾に連れ戻されるのは目に見えている。この宗教がらみの寄宿舎だったら両親も夫も手を出せないだろう。静枝はふと本で読んだことがある縁切り寺のことを思い出した。鎌倉に〝おんな寺〟というところがあるという。夫と別れたくても出来ない女は、必死になってそこへ駆け込む。ひとたび門の中に入ればどんな追手もそれ以上女を咎《とが》めることは出来ない。

寺とキリスト教の寄宿舎との連想がおかしくて、静枝はふっとこみ上げてくる薄笑いをこらえるのに苦労した。これほど切羽詰まると、人間というのは突然奇妙なことを考えるらしい。けれどもおかげでずっと気分が楽になった。

「ここに置いてくださらないと、私は本当に困るのです」

第一声はやや太々《ふてぶて》しく聞こえるほど力強い声が出た。こんなことではいけないと静枝は声のトーンを低くする。

「このＹＷＣＡというところは、困った女を救ってくれるところだと聞いてまいりました。私は二日前に台湾からやってきたばかりなんです」

「まあ、台湾から」

女はまじまじと静枝を見つめる。腰蓑《こしみの》でもつけているのではないかという目だ。彼女があまりにも無邪気な好奇心を隠さないので、静枝はむしろ愉快な気分にさえなってくる。

「十七の時に無理やり結婚させられました。それも二十も年上の男です」

本当は十三歳の開きだが構うことはない。それが証拠に目の前の女は、まあと深いため息を漏らしたではないか。

「その男に連れられて遠い町へ行きました。密林が続いていて、蛇がうようよ出るようなところです。蕃人だけの日本語などまるで通じないところで、私は四年間も我慢いたしました……」

静枝の舌はなめらかに動く。その密林での暮らしは地獄だった。夫となった男はろくに働きもせず、酒を飲んでは妻を殴ったり蹴《け》ったりする。揚句の果ては博奕《ばくち》の借金のかたに、妻を娼館に売ろうとさえした……。このあたりにくると静枝もさすがに気が咎めたが、まじまじと目を見張る女は「まあ、まあ」と感嘆の声をあげ続けるので静枝もそのままやめることが出来ない。静枝は途中で台湾の風物を挿入する。どうやら見知らぬ南の植民地は、女のエキゾチシズムをかきたてているらしいとわかったからだ。

「もっと早く逃げようと思ったのですけれど、雨期が続いて逃げられませんでした。台湾の雨は橋を流すぐらい強いものなのです」

「まあ、そんなとこからよう来やはりましたなあ……」

女は突然大阪弁になる。いきなりよそいきの着物を脱ぎ捨てたようにだ。

「私は幸い手に職がございます。結婚前に台湾で看護婦をやっておりましたの」

「まあ、そうですか？」

女の驚きの表情は、船で出会った女と全く同じだ。台湾のような土地で正式な看護婦がいること、そしてそれを日本人がやっていたことが意外なのだ。

「ですからこちらの寄宿舎に入れていただいても決して迷惑はおかけしません。きっと下宿代もお支払い出来ると思います」

「わかりました、ようわかりました」

女は深く何度も頷いた。そうすると丸顔の彼女は二重顎《あご》になり、人のよさがむき出しとなる。静枝はしめた、と思った。

「私が何とかしましょ。あのね、もうじき東京へ行かはる方が一人います。あの方の後やったらじきに入れます」

「でも私、今日泊まるところもありません……」

本当は祖父母のところへ戻ってもよかったのであるが、そう言った方がさらに同情を引けるだろうというのは、とっさにはじいた静枝の計算である。

「仕方ありまへんなあ。二、三日のことですさかい、うちの部屋に泊まらはったらよろしわ」

静枝はとっさに〝ああ〟という大きな声を上げた。今の女の言葉は、静枝が初めて同性から勝ち得た勝利というものであった。

マントルピースというものを見た時、静枝はなんとまあ大きな竈《かまど》だろうかと感心したものだ。何人もの食事を用意するとなると、やはりこのくらいの大きさのものが必要なのだろう。けれどもそれにしては鍋《なべ》を置く穴が無い。何よりも不思議なのは応接間というべき立派な部屋の壁に取りつけられていることだ。

それは冬になると暖をとるものだと教えてくれたのは同室の富士子である。

「皆さん方もお部屋から出てきて、ここでいろいろお喋りしますんや。人間でおかしなもんで、火が燃えるまわりには自然に集まるものなんですねェ、ほら、こうやって手をかざして火を楽しみますんや。言うてみたら焚《た》き火《び》の大きいもんでっしゃろねェ」

と言われても南国育ちの静枝に焚き火というものはわからない。よく畑で砂糖キビの殻を焼く光景は見たが、そのまわりに集まり火を楽しむ人間などいたことはない。

焚き火ばかりではない。静枝はこの寄宿舎で暮らすようになってからというもの、自分がいかに世間の常識からはずれているかということを思い知らされる。

親切な富士子に案内されて、千日前の繁華街を歩いていた時のことだ。静枝は自分の着ているものが、他の女のものとまるで違うということに気づいた。袂《たもと》のあたりがぺらぺらと軽い。昼にうどん屋へ入った。台湾の甘辛いものとはまるで違う、薄味のつゆをすすりながら、あたりを見まわす。富士子の袖口をじっくりと観察するまでもなかった。女たちは裏のある衣裳をまとっているのだ。

「私もね、おかしいなあと思いましたんや、こっちでは五月とゆうても袷《あわせ》の季節ですからねえ。そやけど台湾の人はそういうもんやと思いましたん」

静枝は恥ずかしさのあまり、箸《はし》を置いてしまった。台湾では四季をとおして単衣ものしか身につけない。袷を着るのは婚礼の時ぐらいのものである。

なんと物識《ものし》らずの女だこと、やはり日本の女ではないのよと、陰口を叩かれているようだ。そうでなくとも寄宿舎にいる女たちというのはインテリが多く、大部分が教師である。富士子も清水谷高女で英語を教えている女だ。彼女ばかりでなく、他の女たちも大半が英語を喋ることが出来た。

聖書を教えるために訪れる、外国幹事のミス・レーガンと夜遅くまでしみじみと会話を交している。台中でごくまれに、旅行や商用で訪れる西洋人を見かけたことはあるが、このように間近で接するのは静枝にとっては初めての経験である。

「ハウ・アー・ユー、ミス・マスギ」

ひとりひとり誰にでもそうするように、ミス・レーガンは静枝をぎゅっと抱き締め、頬に軽いキスをする。その肩の広さとかすかに漂ってくる腋臭《わきが》に少しとまどったものの、慣れてみればどうということはない。それどころかミス・レーガンはなんと美しいのだろうかとさえ思う。よく西洋人のことを怖いとか、気味悪いなどという者がいるが、それは言葉を交したことがないからだ。ミス・レーガンは大きな茶色の瞳《ひとみ》でじっとこちらを見つめ、ひと言ひと言ゆっくりと喋る。それはまだ英語が流暢《りゅうちょう》とはいえない日本人のために言葉を選んでいるのであるが、その切実さのために静枝は心を奪われる。話の内容はほとんどわからぬが、なんと哀《かな》しいまでに一心に語りかけてくる女だろうかと思う。彼女と意志を通じ合いたいというのは、もはや静枝の悲願にさえなっているのだ。ＹＷＣＡには英語のクラスがあり、夜間部も設けられている。そこに通いたいと思うものの、やっと見つけた小さな診療所の仕事は七時過ぎまでかかることがあり、門限に間に合うのがやっとだ。とても英語を習うどころではない。

寄宿舎から通いたかったために、住み込みを避け、それも早い時間に帰れるところという条件をつけたため、大きな病院に勤められるはずはなかった。やっと探し出した西天満の診療所は足元を見られて、一カ月わずか八円という給料である。寮費を払ったら、後はちり紙を買うのがやっとの生活であった。

同僚は静枝がＹＷＣＡの寄宿舎から通っていると知って仰天した。

「あんた、あんなとこヤソ御殿いうてえらい立派なとこやないの。そこの寄宿たら、金持ちのハイカラさんが住むとこやろ。あんた、やめときい、うちらの住むとこやない。ちゃんと探したら、天王寺あたりに賄付《まかないつ》きで五円ぐらいのとこ、いくらでもあるよ」

しかし彼女たちには言わないが、ＹＷＣＡに暮らすことは、静枝にとって重大な意味がある。内地に渡って十日もしないうちに、台湾から両親と夫が追ってきた。予想していたことであったが、それはかなり早い。仕事を休むための段取りや、船に乗る準備にもう少し時間がかかるかと思っていたのだ。直前にＹＷＣＡに移った自分の幸運に、静枝はどれほど胸を撫《な》でおろしたことであろう。

さっそく祖父母の家に静枝は呼ばれ、話し合いがもたれた。そのやりとりをほとんど静枝は記憶していない。ただひたすら謝るのだ。夫の目を決して見ることがないよう、ずっと頭を下げていればいい。そうして怒声と責めが終わるのを待つのだ。それだけを考えていた。

妻のこの抵抗に怒った熊左衛門は、何度も妻が寝起きしているYWCAに押しかけた。その時は恐怖で身がすくんでしまったものだが、最初に会った丸顔の女、舎監の佐々木民子や何人かの幹事が見事に追い払ってくれた。

「この寄宿舎は、たとえ実の父親でも男性は出入り禁止です。もしこれ以上乱暴なことをなさったら警察を呼びますよ」

駅長という田舎紳士の矜持《きょうじ》が、〝警察〟という言葉に怯《ひる》んだ隙に、寄宿舎のドアはぴったりと閉ざされたのだ。熊左衛門は紺色の背広を着ていたが、それはちょうど静枝の単衣のように、ぴらぴらと三十燭《しょく》の電灯の下で揺れた。ああ、嫌だとおぞましさのあまり涙が出そうになる。あんなものを着ている男、あんなものを着なくてはいけない土地と、自分は永遠に訣別《けつべつ》を告げたのだ。もう二度とあそこには戻らない。どんなことがあってもだ。

一カ月後、母のミツイの手紙が短かくそっけなく、かの地での騒ぎの顛末《てんまつ》を伝えてきた。

「けれども私にはいつかこうなるのではないかという思いがあった。お前は昔から軽いところがある。ちゃんとした奥さんに収まるのかという不安があったが、それがあたってしまった。大阪という都会で、お前があばずれにならなければいいのだが」

〝あばずれ〟という言葉だけが静枝の心を刺した。あの夜、いくらか酒を入れていただろう熊左衛門が、激しく寄宿舎の呼び鈴を鳴らし続けていた夜のことだ。階段のあたりには寝巻き姿の女たちが何人か、亡霊のように立ちつくしていた。

「さあ、皆さん、おやすみなさい。もう何の心配もいりません、さあ、早く部屋に戻りなさい」

何度も佐々木民子が声をかけたが、女たちはいつになく頑固で身じろぎもしない。まるで階段を上って戻ってくる静枝を迎えようとしているかのようであった。悲しみと恐怖をようやく封じ込めて静枝は階段をひとつずつ上がる。青白い女たちの顔には非難よりも、むしろ異様なものを見つめる畏れがあった。

「もうご主人のいる方」

「男の人が追ってきた女」

考えてみると彼女たちは全員男を知らないのだ。二十七歳の富士子にしても敬虔《けいけん》なクリスチャンで、おそらく男とは手を握ったこともないに違いなかった。処女でないことがこれほどつらいと思ったことはなかった。自分は出来の悪い半端者《はんぱもの》なのだ。英語も喋れず、教師でもない。そして過去という厄介なものまで背中にしょっているのだ……。あの時のひとつひとつの記憶を呼び戻しながら、火のないマントルピースの前で、静枝は自分の未来を考える。自分はいったい何をすればいいのか。このまま貧しい看護婦をしながら、恵まれたまわりの女たちに嫉妬のほむらを燃やし続けるのか。そんなことは嫌だと静枝は唇を嚙む。

もっと自分のことを深く考えてみよう。富士子や民子といった女たちは、立派な女学校を出、その上の専門学校まで卒業している。豊かな教養を持った女たちだ。けれども自分も話をしていてそうひけはとらないような気がする。特に文学の話をしている時がそうだ。静枝は彼女たちの知らない作家や本まで知っていて、よく感心されるではないか。

それに静枝の話は大層面白いと言われる。思い出してみるがいい。YWCAに駆け込んだ日のことだ。自分は山ほど嘘をついた。けれども民子はそれをすべて信じ、ついには大きく心を動かしたではないか、最後は涙ぐみそうにまでなったほどだ。

「私は嘘つきの才があるのだろうか」

いや、そうではないと静枝は自分で答える。物語をつくっただけなのだ。遠い南の国から逃げてきた女の話。自分の容貌《ようぼう》と同じように、自分の語るさまざまなことがらは、人の心を大きくとらえるらしい。これがものを創《つく》り出す才というのではないだろうか。台湾に居た頃、夢みたことがある。自分にも本が書けぬかという思いだ。それはあまりにも強く長く考え続けたために、今や夢と願望との違いがつかぬ、しかし夢と願望というのはどう違うのだろうか。半分死人の〝夢〟というものに比べ、〝願望〟の方がはるかにたくましく鼓動を波立たせている。台湾から自分を船に乗らせたのは、夢ではなく願望ではなかったか。自分は本当にものが書けるかもしれない。ああ、そんな気がしてたまらない。

静枝は火のないマントルピースをまた目を凝らして眺める。静枝はここに来て初めて、キリストというものに祈ってもいいような気がしてきた。

第四章　最《も》中《なか》

五時二十分、六月といっても早朝の水は冷たい。掬《すく》った指にも、叩きつけた頬にも、水は痛みにも似た鋭さを与える。が、さらに大量の水を掌にのせ、額から鼻へと流す頃には若い肌はしっとりと水を受け止めている。まるで化粧水のように吸い上げて、細胞のひとつひとつを呼吸させるかのようである。

洗顔したばかりの自分の顔を鏡で眺めるのが静枝は好きだ。台湾を出奔したばかりの頃よりもはるかに肌理細かく、白くなっていく自分の顔を確かめるためでもある。けれども朝の洗顔にそんな余裕があるはずはない。もうじき礼拝が始まる時間で、静枝の後ろにも、手拭《てぬぐ》いを持った寄宿生が列をつくっている。

「お先に」

どれほど急いでいる時も、優雅に会釈《えしやく》することを静枝はここに来てから習った。

いったん自分の部屋に戻り髪を結った後、静枝は礼拝の列の中に加わる。ラベンダーの朝焼け色に染まった講堂の窓は、もうじき近くの工場から吐き出される煙によって灰色の雲が加わるのであるが、今のところは清教徒の童貞女の祈りにふさわしい清々《すがすが》しさである。

その中のひとりの先導により、寄宿生たちは声を合わせる。

「我らの日常の糧《かて》をあたえたまえ。我らが人に許すごとく、我らの罪を許したまえ……」

目を閉じ、指の付け根が白くなるほど両の手をきつく合わせ静枝は祈った。信者ではないが、自分ほど神に感謝している者はないのではないかと静枝は思う。本当に感謝してもしたりないぐらいである。

思えば台湾から内地に来る船の中で、YWCAのことを教えてもらい、キリスト教に近づいてからというもの静枝のツキは始まったのである。

おととし大正十二年は東京で未曾有《みぞう》の大地震があり、たくさんの人が死んだ。東京は全滅したらしいとまで長いこと言われたものだ。それなのに静枝は大阪にいたために、何の災難にも遭っていない。もしあの時、寄宿舎に置いてもらえなければ、台湾から追ってきた夫から逃れるために静枝は東京へ行ったに違いないのだ。

その夫さえ昨年の秋、正式に離婚してくれた。台湾で育った女が、内地へ行っても路頭に迷うだけだと夫はたかをくくっていたに違いないのだが、静枝はすぐさま寄宿舎の舎監や幹事たちに護《まも》られたのだ。数回にわたって押しかけてきた熊左衛門を、童貞女たちが、毅然《きぜん》とした態度で追い払ってくれたことを、静枝は今でも奇跡のような幸運と考えている。そして静枝はこの喜びを同室の富士子に話したことがある。

「本当にこの神さまを知ってから、私、いいことばかり起こるの。これほど御利益《ごりやく》が大きい神さまって他にいないと思うわ」

この静枝の無邪気さは、当然熱心な信徒である富士子を驚かせ呆《あき》れさせた。

「そういうの、功利的ていうのと違いますやろか」

悲し気に彼女は首を横に振った。

「神さまというのは、私たちのことをいつも考えてくださってはるけど、そんな現世の欲ばかり言うのは、いちばんいけないと私は教わってきましたんや。ええことが起こるから、神さまを信じるなんて考え方、キリスト教の教えとかけ離れたもんやと私は思うわ」

はっきりと静枝を非難した富士子であったが、彼女は今年の春、教会で知り合った年下の青年医師と結婚した。ほら、やっぱり神さまで得をしたのではないかと静枝は少し笑ったが、じきに考え直して神妙に十字を切った。その時既に、静枝がキリスト教から与えられた幸運は大きなものになりつつあったからである。

イタリアの声楽家ロンコニーの独唱会が、大阪基督教《キリストきよう》女子青年会の主催で行なわれることになった。その時手伝いに駆り出された静枝は、後援先の大阪毎日新聞社の男たちと知り合うことが出来た。新聞記者というからにはりゅうとした背広姿を想像していたのであるが、彼らの何人かは着流し姿である。中には矢立てを持ち歩く者さえいて、新聞をつくっている者とは思えないほどの旧態依然とした格好である。

大正十一年に堂島に新社屋が完成した折、

「これだけ建物がモダンになったのだから、社員は洋服を着なければいかん」

と社長が怒鳴ったというのは有名な話であるが、それでもまだ洋服よりも和服の方がはるかに多い。しかしくたびれた久留米《くるめ》を着ている男たちは案外親切で、小説を勉強していると話した静枝に、今度は何か見せに来るようにと言ってくれたのである。

さっそく書きためた随筆や短篇小説を持っていったところ、子ども向けのものを何か書いてみる気はないかと言われた。

「子どものもんと言うと、うちの婦人記者は馬鹿《ばか》にしたようなこと言うて、よう書かんのや。あんた若いのに文章もしっかりしとるし、何よりも生意気でないのがええわ」

すぐさま何か書かせてくれるのかと、感動のあまり目の前がぼうっと白くなったが、どうということはない。初めて与えられた仕事は、「子供の午後」という欄に寄せられる作文を清書しろということだ。子どもの書いたものは、そのままでは使いものにならないので、大人が手を加えて書き直すのである。

初めての書く仕事だったがもちろんこれだけで生活していけるはずもなく、昼間の看護婦の仕事も続けた。診療所からの通勤の帰り、もうすっかり馴じみの場所となってい

る中之島《なかのしま》の図書館へ行き、婦人閲覧室の広い机で原稿を書く。この日常を何気なく話したところ、

「なんや、あんた、そんなおとなしそうな顔して看護婦やったんか」

大久保という部長は目を丸くした。

「看護婦ゆうたら、あばずれか流《なが》れ者《もん》の女がやるもんやと思とったわ。看護婦みたいなもんして、ようあんた文が書けるな」

いかにも新聞記者らしい大声で言われ、静枝は驚きと口惜しさのために涙が吹き出した。静枝が内地に来て知ったことのひとつに、看護婦に対する人々の偏見がある。女が働くことがそう珍しくない台湾では、看護婦もひとつの職業として認知されていた。そう高い地位というわけでもないが、そうかといって人々に蔑《さげす》まれることは全くない。それなのに内地では、働く女というのは一段低く見られ、その中でも看護婦はきちんとした家の娘が就くものではないとさえ思われている。

神の前では誰でも平等であると、朝晩聖書や祈りによって教わっているYWCAの女たちでさえ、

「看護婦さんなのにおえらいわ」

という言葉をよく前置きとして使うのだ。だから目の前の男が、

「えっ、看護婦だったのか」

と叫んでも無理はない。無理はないと思うものの涙はあとからあとから出てくる。

しかし大久保は根はやさしい気持ちのいい男で、悪気はまるでなかったらしい。やがて詫《わ》びのような形で、子供欄の大きな仕事が静枝に舞い込んできた。この中の科学ページを定期的に静枝に任せてくれたのである。「夕焼けはなぜ赤いのか」「ツバメはどうして定期的にやってくるのか」などといった話題を、子ども向けの短かい文章に書けという。

図書館で静枝は嬉々《きき》として本を拡《ひろ》げた。いくつかの図鑑や科学雑誌を読んで要点をつかみ、それを平易に展開していく作業は面白いものだ。世の中からは軽んぜられたり、何の教養もないように思われている看護婦であるが、医学や薬学の基礎は学んでいる。こうした本を読むことは何の造作もないことだ。

そして最後に、組み立てた文章を原稿用紙に清書する時、静枝はちょうど目の前に小さな子どもがいるように声に出して読み、そのなめらかさと優しさを確認していく。

「太陽さんが西に沈んでいくものだということを、皆さんはもう知っているでしょう。この時、厚い空気の壁の中を光がくぐります。それで、赤以外の色はみんななくなってしまうのです」

静枝は子どもが決して嫌いではない。台湾にいた頃は、日本人街の幼い児《こ》の相手をよくしてやったものである。当然のことながら、結婚した後は幾人かの子どもの母親になるつもりでいた。しかし新婚間もなく、熊左衛門から性病を移された時、手当てをしてくれた医師は気の毒そうに言ったものだ。

「この病気にかかるとどうもいかんなあ。流産することも多いしなあ。まあ、あんたは若いんだから気長に待つことだろうなあ」

その時は夫や自分の体を襲った病いを呪ったものであるが、今となると子無しであることは自分の運命にどれほど大きな利点になっているかわからない。

もし子どもがいたら、台湾から逃げ出すことはまず考えなかったであろう。どれほどつらくともすべてを諦め、他の女たちと同じように日焼けした手で、子どものお襁褓《むつ》を洗う人生であったろう。よしんばもし内地に帰ってくることが出来ても、これほど自由で楽しい日々が可能だったとはとても思えない。

子どもというものも神の存在と同じで、静枝が心の底から必要とした時に、ひょいと出てきてくれればいいのである。将来、他の男と結ばれることがあれば、きっとその時に授かるのではないかと静枝は楽天的に考えている。神はきっと静枝の願いをかなえてくれるはずである。

その神に向かって一カ月というもの、静枝は熱心に祈り続けた。たとえ富士子から「功利的」と言われようと、欲しいものがある時は静枝は礼拝も欠かさず出席し、自分だけの祈りの言葉をこっそりつけ加えたりする。今のところ神と静枝は蜜月《みつげつ》の最中だといってもいい。新築なったＹＷＣＡの寄宿舎には、三十人ほどの娘がいたが、おそらく神を愛し、信じていたことにかけては静枝がいちばんだったろう。なぜなら静枝ほど運のいい女は他にはいないからである。

先日、大阪毎日新聞から辞令が下った。半年にわたって静枝が書いた子供欄の文章が認められたのである。「文芸通信員」という名称は、いってみれば嘱託で編集部から頼まれた仕事をその都度こなす。とはいうものの辞令の書類もきちんと渡され、社員名簿の別ページに名前が連なるものだ。三年前、台湾から着のみ着のままで港に着いた若い女が描いた、

「小説家になりたい」

という夢は着実に進んでいる。これが神の御業《みわざ》でなくて何であろうか。

静枝は小さな深呼吸をひとつし、心の中で願いごとをつぶやく。彼女は全く気づいていないが、そのしぐさは父親が神官を務める台湾の神社での祈りと全く同じだ。指のからめ方が違うだけである。

「神よ、どうぞ私を早く本物の小説家にしてください。子ども向けの記事を書く記者だけではなく、本物の小説家に、出来るだけ早く」

つぶやいた後、静枝は自分があまりにも欲求が激し過ぎるのではないかと十字架の前で少し恥じた。

しかし気にすることもない。まわりを見渡してみても、この寄宿舎で静枝は群を抜いて美しい女なのだ。あの大阪毎日の大久保部長のように、神も依怙贔屓《えこひいき》するのは当然ではないだろうか。

「まあ、そんなら正式にお勤めが決まらはったの。ほんまによかったわあ」

一年ぶりに会った松子は、黒くけぶった瞳《ひとみ》をそう動かすことなく、それが特徴のゆっくりとした大阪弁で静枝を祝した。この松子も神が自分に与えてくれた贈り物のひとつではないかと静枝は時々考えることがある。

松子は三百年続く船場《せんば》の木綿問屋、根津家の若御寮はんである。普通だったら、家の采配《さいはい》に忙しい身の上なのであるが、彼女に恋い焦《こ》がれて熱望の末貰い受けた夫は、結婚後も彼女が自由に暮らすことを約束したという。

幼い頃から本を読むことが何よりも好きだったという松子は、「なにわ倶楽部《クラブ》」という文学サークルの一員となり、読書会や観劇会も娘時代と同じように屈託なく楽しんでいる。富士子に誘われ、このサークルに初めて出席した時、静枝は松子という女にそれこそ息を吞んだ。たいていの女が地味な縞ものを着ている中で、松子だけが晴着のような友禅をまとっているのだ。帯留めも大粒のダイヤが燦然《さんぜん》と輝いている。ちょうど季節だった半衿の梅の刺繡《ぬい》も、ぶ厚いびっしりとしたものである。

「そら、根津さんのおうちときたら、いくらお金があるかわからへんもの」

帰り道、驚きを何度も口にする静枝に、富士子は得意そうに言ったものだ。

「旦那《だんな》さんが、お金によりかけてあの人をお人形さんみたいに着飾らせてるんやわ。今日着てはったおべべも、伊東深水やらに描かせたいう話やもん」

伊東深水といえば、静枝も知っている日本画の新進である。

「松子はんなあ、うちの勤めてる清水谷高女に通ってはったんやけど、不良いうことで退学させられたんや。口さがない人がいろんなこと言うけど、私は違うと思てるの。あの人はなあ、ほんまのお姫さんや。ちょっと変わってはるとこがあるけど、船場の御寮はんてこういうもんやって、よう見とくとええわ」

大阪に暮らしているうちに、静枝は船場がいかに特殊な町かつくづく思い知らされていた。船場と口にする時の大阪人の表情は違う。大阪市の中心にあり、東西の横堀川、土佐堀川で隔離されたこの町は、富豪の商店が立ち並ぶいわば「商人の貴族」が住むところである。この中でも一、二を争う老舗《しにせ》から、運転手つきの車で集まりにやってくる松子に、静枝はつい不躾《ぶしつけ》な視線を向けてしまう。これほど豪奢《ごうしゃ》で華やかな女をそれまで見たことがなかった。

宝石に身を包んだ台湾の富豪の女たちなら時々見かけたことがある。しかし松子はあしたけたたましい綺羅《きら》ともまるで違っていた。踊りを知っている体がいかにも柔らかそうで、しんなりと絹ものが体によく似合う。何よりもあの喋り口調ときたらどうだ。それまで大阪弁というのは早口で、相手を威嚇《いかく》するようなアクセントがあると静枝は思っていたのであるが、松子の口から漏れる大阪弁は、ゆるゆるとかぼそく、まるで短歌を暗誦《あんしょう》しているようである。

このような松子を、他のメンバーも何とはなしに遠まきにしていたし、静枝はもちろん側《そば》にも近寄れなかった一人だ。しかし昨年富士子が西宮に嫁いだ折に、祝い物の相談をしたことからいつのまにか言葉を交すようになった。

たいていの人間がそうであるように、彼女も静枝が台湾育ちということに大層興味を示した。

「台湾から来やはったの。まあ、遠いところからよう来やはったわあ。実家《うち》は船会社でしたから、台湾の話、よう父がしてくれました。花がいっぱい咲いて、お砂糖がとれるとこでしょう」

貧し気な静枝の様子が気になったのか、半衿や帯締めを呉《く》れたこともある。しかしそれがあまりにも派手やかで豪華なことに静枝は困惑した。こんなものは松子以外の女には似合わないのだ。

とはいうものの、大阪毎日の記者になったことを「なにわ倶楽部」の中で真先に報告したいと思ったのは松子である。けれども静枝は仕事が忙しくしばらく倶楽部に顔を出せなかったし、松子は松子で別荘で暮らすことが多い。二人が顔を合わせたのは実に一年ぶりであった。静枝はさっそく毎日新聞就職の話をする。それは静枝が初めて持った優越の感情であった。

「まあ、それはほんまによかったわあ。私も嬉しいわあ」

しかしこの美しい富豪の女に嫉妬を期待するなどというのは無理なことであった。ただ子どものような羨望が、松子のぽってりと紅が濃く塗られた唇に浮かんだ。船場の女らしく、松子はいつも昔風の白塗りの化粧をしているのである。

「ええなあ、新聞社の記者にならはったら、作家の方にいつでも会えるんでしょう」

「そんなことは無理ですわ。そういう重要な仕事は、正式な記者の方がするんですもの」

「でも新聞社に勤めはったらきっとかなうと思うわ。私はねえ、芥川龍之介《あくたがわりゅうのすけ》にいつかきっと会いたいのよ。あの方の書くもんはみんな好きやわ、食べてしまいたいくらい好きやわ」

松子は人妻にしてはやや長い袂《たもと》を揺らすようにした。

「私はね、あの方の『地獄変』を何遍読んだかわからへんわ」

「私もね、志賀直哉の本は、それこそ宝物みたいにしてますわ」

「有島武郎《たけお》も、波多野秋子さんていう婦人公論の女記者の人と心中しはったやないの。ああいうところに勤めはると、作家の人とも親しくならはるんやないの」

静枝は自分よりも三つ年下の、松子のこの子どもっぽさに、時々吹き出したくなるような時があった。そうかと思えば、思いがけないほど知略に富んだ言葉を口にすることもある。

「なあ、志賀直哉にいつかお手紙書かはったらどう。東京の大地震からこっち、谷崎潤一郎やら、偉い作家が何人も関西に引越してきたそうやないの。志賀直哉も確か奈良に居るて、誰かが言うてたわあ」

そんな話を読書会の際に誰かが口にしたことがある。小説家志望の学生だったかもしれない。

「なあ、眞杉はんはもう大阪毎日の記者やったら、その名前で手紙書けばよろし。ぜひ会って話を聞かせてくださいっていうて、駄目で元々やわ。もし相手がええっていうことになれば、眞杉はんの手柄になるんやないの」

「だけどね、根津さん、新聞っていうのは分担が決まってますの。私がやっているのは子供欄で学芸欄じゃないの。ちゃんとした大人の作家に会うことはまずないと思うわ」

「そんなら、子どものこと聞けばよろし」

松子はこともなげに言う。

「志賀さんにも子どもいやはるんでしょう。そしたら、子どもをどう育てるか聞けばよろしいわ。簡単なことやないの」

そんなことが出来るのだろうかと、何日か考えた末、大久保に相談すると、なるほどなあとこれまたぽつりと言う。

「それは面白いかもしれんな。ああいううるさ方もなあ、女の名前で手紙出したら取材さしてくれるかもしれんわ。あんた、うちの編集部の名前で手紙書いてや」

「えっ、そんなこと」

つい立てのぎりぎりのところに立っていなかったら、静枝はおそらく後ずさりしていたに違いない。

「あんな偉い方のところに、私のような者がお手紙出すなんて、そんな、そんなこと出来ませんわ」

「何をおぼこいことを言うてるんや」

つい最近、やっと背広を着始めるようになった大久保は、はずしたカラーの衿から喉《のど》仏《ほとけ》をかりかりとかく。

「作家なんていうたかて、たかが文士やないか。まあ、志賀だの武者だのは学習院や帝大を出てまだましな方やがな、他の連中ときたら、他の世界やったら生きていけんような半端もんばっかりや。あんたもな、うちの記者になったからには、あいつらの上に立たなあかん。書いていただく、なんて思てたらあいつらに嘗《な》められるだけや。もちろん礼儀正しゅうはするがな、こっちが書かせてやってるちゅう気持ち持たなあかんで」

不思議な陶酔が静枝を包む。初めて聞く言葉であった。新聞記者になるというのはこういうことかと、体のどこかが歓《よろこ》びのあまり小さく震えている。今までは雲の上の人のように思っていた人たちを大久保は、何と乱暴に表現したことであろうか。大久保が彼らをひきずり下ろしたことで、彼らはより一層静枝に近づいてきたのである。自分が憧れている職業をけなされた怒りなど全くうかばない。

その夜、いつものように中之島図書館で静枝は手紙を書いた。午後九時まで開いているこの図書館は、いつのまにか静枝の書斎のようになっている。

便箋《びんせん》は柳屋のものを買った。アール・ヌーボー風の白いあっさりとした白百合の便箋だ。二通書いた。一通は志賀直哉で、もう一通は武者小路実篤へあてるためだ。最近近所に武者小路実篤が越してきた、どうせ奈良へ行くなら、ついでに彼からも話を取ってくるようにと大久保に言われたのだ。七年前に彼は「友情」という小説を連載したことがあり、大阪毎日とは縁があるという。

三度も書き損じて、やっと一通めの武者小路あての手紙が出来上がった。といっても彼への手紙も、志賀へ出すための手紙の下書きのようなものである。

「わたくしは、大阪毎日の記者をしております眞杉静枝と申します」

こう書き出すことの誇らしさといったらどうだ。

「かねてより先生の御作《おさく》を拝するにつけ、ぜひお話を伺わせていただきたいと思っておりました」

それは少し違う。「お目出たき人」や「その妹」をもちろん読んだことがあるが、なぜかあまり心に響かなかった。世の中には武者小路を神のように崇拝する人が多いようであるが、静枝は彼のことをやや風変わりな人物のように見ている。トルストイに心酔し、「新しき村」をつくってみたり、そこで三角関係を起こし、再婚してみたりと赤新聞を賑《にぎ》わせることがしょっちゅうだ。

それよりも何よりも、武者小路の顔が静枝はあまり好きになれない。少し突き出た厚い唇も、茫洋《ぼうよう》としているようで神経質に切れ長の目も興味は持てない。白皙《はくせき》という言葉がぴったりの志賀直哉とはまるで違う。松子と同じように、静枝もまた文学者というのは美男子が好きである。田舎紳士めいた風采の武者小路よりも、憂愁の額を持つ志賀こそが、静枝の考える文学者なのだ。

志賀への手紙は一層の心を込めた。

「なんとか、なんとか、おめもじがかないますように」

出来たら自分の写真を一葉同封したいぐらいだ。ただの美しい女ではない。ただの女性新聞記者ではない。大阪毎日にも何人かの女性記者がいるが、断髪していたり、あるいは野暮ったい着物の無器量の女ばかりだ。美しい女でしかも女性記者の自分は、志賀直哉に会う当然の権利を有しているはずだ。

八月のその日、着ていく衣裳のことをどれほど静枝は悩んだことだろうか。水浅葱《みずあさぎ》の絽縮緬《ろちりめん》は、最近買った夏の一張羅である。これに撫子《なでしこ》を織り出した絽の帯を締め、白いパラソルをさした。夏のよそゆき姿の女は何人もいるはずなのに、大阪からの大軌電車の中でも男たちは静枝だけをちらちらと見る。何度かレエスのハンカチで鼻の頭を押さえたが、緊張のせいなのかあまり汗をかかない。

奈良へ出かけるのはこれが初めてであるが、武者小路の家も志賀の家も駅から歩いていける距離だ。特に武者小路は非常にわかりやすい奈良公園の裏手だというので、ここを最初にすることに決めた。志賀の家を詳しく教えてくれるはずだし、静枝にはひとつの目論見《もくろみ》があった。もしかすると志賀は自分のことを引き止めるかもしれない。もう少しゆっくり話でもしていくようにと彼が照れながら言う情景は、静枝の空想の中で何十回となく繰り返されているのだ。

奈良駅近くの「湖月」という店で、静枝は、名物の「七大寺最中《もなか》」を二箱買った。地元の菓子というのはいかにも気がきいていないが仕方ない。手ぶらでいくことのきまり悪さをふと思ったのである。今までも子供欄の記事で、大学の研究者を訪ねたりしたことがあったが、土産を買うのは初めてだ。契約記者はこうした経費はすべて自分持ちであるが、俸給《ほうきゅう》はその分悪くない。看護婦と原稿書きとを掛け持ちし、ようよう払っていた新館の寄宿舎の寮費、二十五円を払ってもたっぷり残る。敬慕している作家を初めて訪れるのに、ささやかな自分の成功の証《あかし》を持参しない手はないのだ。

東大寺の塀に沿って下ったあたりは、豪邸が立ち並んでいる。いかめしい武家屋敷をそのまま使っている医院もある。武者小路の家は、少々くたびれた土塀に囲まれた大きな二階家だ。おそらく彼が書いたのであろう「武者小路」という肉厚な文字の表札が門にかかっていた。

出てきた若い女性に案内を乞《こ》うと、庭に面した座敷に通された。当然のように下座に座布団《ざぶとん》を置く。いくら人道主義や平等を唱えていても、こうしたところが華族のお坊ちゃんらしい。

蟬《せみ》が悪意を持っているのではないかと思うほどうるさく鳴いている。それが一層の暑さを駆りたてていた。陽盛りの午睡の時間をはずしてきたのであるが、武者小路はなかなか姿を現さない。電車の中よりもこの座敷の方がはるかに暑く、静枝は先ほどからハンカチを握りっぱなしだ。

先ほどの女中が、井戸で冷やしたらしい麦茶を運んできた。白磁の薄手の小皿には、なんと静枝が持参したばかりの最中がひとつ載せられていた。客の土産をすぐに出すのがこの家のやり方らしい。

麦茶を半分ほど飲んで、静枝は自分がとても空腹であることに気づいた。着付けや化粧に念を入れていたため、昼食を摂《と》る時間がなかったのだ。目の前にはうまそうな最中がある。麦茶は冷やしたためにかえって渋味が増し、ひどく舌に残った。主人が来る前に菓子を食べるなどというのは行儀が悪いことであるが、まだかなり待たされそうである。

静枝はつと手を伸ばし、薄紙をはがした。ひと口嚙んだところ、思っていたよりも固く重量感のある餡《あん》が歯の裏側にこびりついた。それを剝《は》がそうと舌を動かした時、襖《ふすま》ががらりと開き、眼鏡をかけた大柄な男がそこに立っていた。

「あっ」

静枝は最中を慌《あわ》てて口から離した。皿の上に投げ出すように戻したが、歯がたがくっきり残っている最中は見るからに滑稽《こっけい》である。

「みっともないところをお見せいたしました。わたくし、大阪毎日の眞杉でございます」

初対面の挨拶が終わってもしばらく動悸《どうき》がおさまらない。

「今日は先生に、お子さま方の教育方針についてお聞きしようと思ってまいりました」

注意を話に向けながら、食べかけの最中を手提げの中に入れようと思ったのだが、まるで初舞台の役者だ。本人が上の空で喋っているのだから武者小路がそのことに気づかないはずはない。

「僕にも最中を持って来なさい」

女中に言って持ってこさせた。

「これは僕の大好物なんです。よくおわかりでしたね。さあ、一緒にいただきましょう」

彼も歯を立て始めたので、静枝も口にしないわけにはいかない。初対面の大作家と二人差し向かいで、菓子を食べるというのはまことにきまり悪かったが、静枝は覚悟を決め、えいとばかり頬ばる。力を込めて嚙んだので皮がほろほろとこぼれそれを左手ですくった。

ふと目を上げると、武者小路はじっとこちらを見つめている。もの珍しい小動物を眺めているような目だ。

「いえ、どうぞ続けてください。あなたのようにうまそうに堂々とものを食べる人は初めてですよ。普通の若い女がものを食べている場面はめったに見られるものじゃない。もう少し見させて下さい」

彼はよく画《え》を描く。これは画家の目だと静枝は思った。絵を描く者の観察眼が武者小路に奇妙なことを言わせているのだ。それならばモデルとして、そう恥ずかしがることはない、ゆっくりと咀嚼《そしゃく》していこうと静枝は決心する。

「おいしいですか」

「ええ、とっても」

武者小路の眼鏡ごしの目が、にっこりと微笑みかけた。

＊

蝉の声が一層高くなった。開けはなたれたガラス戸から、熱気を包んでその声は座敷に届く。真夏の昼下がり、この奈良の邸町《やしきまち》からは蝉の声以外は何ひとつ聞こえない。

静枝は首すじにひと筋、ふた筋流れる汗を拭うこともなく、じっと動かずにいる。最中を噛るさまを見られて気まずさのあまり、身の置きどころがなかった先ほどのことが嘘のようだ。奇妙な安逸さに包まれて、静枝は何度声をたてずに笑ったことだろうか。

男の話は大層面白かった。

「子どもなどというものは、親があれこれいじったり、心配しなくてもいいのですよ。自然が親の代わりに心配してくれます」

「まあ、自然がでございますか」

「そうですとも。たいていの親よりも、自然の方がずっと賢い。だって見ていてご覧なさい。この夏の陽ざしが、子どもたちの肌をこんがり焼かせて丈夫にする。親が同じようなことをしようと思ったら、体中灸をしなきゃならん」

武者小路は決して諧謔を口にしようとしているわけでなく、もちろん静枝に媚びようとしているわけでもない。ごく真面目《まじめ》に言葉を選んでいるのだが、その厚めの口元から時々、温かい微笑を誘われるものが飛び出るのだ。

「子どもは自然が心配してくれるのに任せておいて、僕らは遠くにいてその手助けをすればいいんです。ねえ、あなたもそう思いませんか。ときにあなたはお子さんがいらっしゃるんですか」

「生憎《あいにく》とまだ独りでございます」

堂々とこう言える自分を、なんと幸せ者だろうかと思う。夫、熊左衛門との離婚はわずらわしいことばかりであったが、勇気を持ち努力をした甲斐《かい》があったというものだ。その静枝の幸福な思いは、さらに目の前の男によって完成されていく。

静枝が独身だと聞いたとたん、武者小路の顔がぱっと赤味を持ったのである。彼の無邪気さに静枝は驚かされた。貴族の家に生まれ、作家としての名声をほしいままにしている男。それどころではなく、彼を神のようにあがめる人々は世間に多い。

静枝は自分のこの心地よさの原因が次第にわかり始めてきた。情欲でなく、憐《あわ》れみを含んだ好奇心でもない。純粋な賞賛の目で男からじっと見つめられているのは、静枝にとって初めての経験である。それがありきたりの男でなく、地位と教養をたっぷりと所持している男が、静枝を深い感嘆の思いで見ている。この突然の幸運は、はしゃぎ心でなく、静枝に静謐《せいひつ》をもたらす。若い女がよくするように体をくねらせたりしたら、この唐突に授けられた視線は逃げてしまいそうだ。しかし時折、静枝は微笑まずにはいられない。別れた夫も、接吻を交した医者も「淋しそうな」と表現した微笑である。

「あなたは笑うと、セザンヌが描く女、そっくりになるね」

「セザンヌでございますか」

ロダンやルノアールといった西洋の芸術家の名前は知っているが、セザンヌというのは初めてである。

「そう、最初に会った時から誰かに似ていると思っていたけれど、そう、あの帽子をかぶった女だ」

武者小路はひとり頷く。

「あなたは西洋女のような顔をしている」

「まあ、そんなことを言われたのは初めてでございますわ」

「西洋女というと、みんな鷲《わし》のような鼻をした大女を思いうかべるけれど、フランスの画家のモデルになる女の中には、スペインの血が混じった者がいます。そういう女たちは髪が黒くて、あなたのような顔立ちをしているのですよ」

「そうですの……」

「そうだ、セザンヌの画集を見せてあげましょう。岸田劉生《りゅうせい》から貰い受けたものがあるのですよ」

麻の着流しのかすかな音をさせて彼は立ち上がった。「新しき村」で鍬《くわ》を振るうという話は本当らしい。四十一歳とは思えない軽やかな動きであった。

　また蟬の声の中に静枝はひとりとり残される。庭の楓《かえで》からの木漏れ陽がやや橙《だいだい》色《いろ》がかり、芝居の灯のような鮮かさを持ち始めた。

　夏の翳りは突然やってくる。そろそろ辞去しなくてはならない時間だ。志賀直哉との約束もある。しかし静枝は彼の方にもはや期待を持っていない。

　同じ日に、同じような幸運が二度訪れるとは考えられないことである。奈良を訪れるまで、美男子の志賀に心を惹かれていた。取材に行った折に気に入られ、親しく声をかけてもらう、などといった文学少女じみた空想をしていたのも事実だ。しかし今ここで起こった現実の重さに、そんなことは吹き飛んでしまう。

　あの武者小路実篤が、自分を熱いまなざしで見つめた。まるで西洋女のようだとも言った。積極的にあちらの絵画を紹介してきた彼にとって、それは最大級の誉め言葉に違いない。

　夏しつらえの襖が開いて、明石《あかし》縮《ちぢみ》を着た女が入ってきた。妻の安子だということはひと目でわかった。武者小路の前妻房子との三角関係をめぐる確執は、静枝が台湾から逃げてきた年のことである。だから新聞を見たりすることもなかったが、その後の風聞で充分に知っている。安子と愛児と一緒に、武者小路は写真に収まることもある。

前妻とは違い、控えめな賢夫人だという評判の安子は、しとやかに手をついて挨拶をした。昨年二人めの女の子を生んだばかりの彼女の肌は、透きとおるように美しい。静枝はふと息苦しくなった。まさか初めて会った男の妻に嫉妬などあり得るはずがないではないか。静枝はこの重さは「大作家の妻」という安子の称号によるものだと結論を出す。先ほどのように若い女中が茶を出してくれた方がずっと気が楽というものだ。安子は盆の上に紫色のガラス鉢をのせている。こんもりとかき氷が盛られ、毒々しいほど赤い蜜《みつ》がかかっていた。今さっき裏戸が開く音がしたのは、氷水の出前だったようだ。それを妻が運んでくれたのである。静枝は急に自分が歓待されてきたような気がして仕方ない。おそらくこの家は、主《あるじ》の意志で、ゆっくりとものごとが動いていくのであろう。

「どうぞ、溶けない前にお召し上がりください」

それだけ言うと、安子は再びすうっと襖を閉めた。茶の道を知らない静枝であるが、それが充分に作法にかなったものだということがわかる。それは静枝がついに手に入れられなかったものなのだ。

日本へ帰ってきて初めて知った、女学校を出た女なら、ひととおりの茶道や生け花を学んでいるということをだ。この頃、看護婦をしていた前歴をひた隠しにし、台湾の女学校を卒業していると言い繕っている静枝は、それで時々困惑することがあった。植民地育ちと高くない学歴とが、自分から何か大切なものを奪っているのだと自覚している。

自覚しているからこそ、もの言いには大層気を遣い、やわらかく女らしく喋るようにしているのだ。が、安子のようないかにも良家の夫人然とした女を見ると、静枝の中で何かが萎えていく。それが今日は特に強いようだ。

　氷の粒子はざらついた光を放ちながら、水になっていく。ガラス鉢の縁はあっという間に水路となり、氷の山をとり囲む格好になった。喉がとても渇いていたが、アルマイトの匙《さじ》を持つ気にはならなかった。もし氷をすくって食べたりしたら、これを運んできた女に負けるような気がした。

　しかしいったい何に、誰が負けるというのだろう。

　静枝は自分のこの勝ち気さを訝《いぶか》しいとも、空怖《そら》ろしいとも思い小さな舌うちをした。

　氷が半分以上溶けた時、襖が開き武者小路が戻ってきた。

「申しわけないことをしました。随分探したのですが、画集は今年引越してきた時に、日向《ひゅうが》の方に置いてきたかもしれません。今度使いが行く時に必ず持ってきて貰うようにいたしましょう」

「そんな、よろしいんですのよ。どうぞお気を遣わないでくださいまし」

「それと、君、これから志賀の家へ行くんでしょう」

　のぞき込むようにした目のあたりに、少年じみた嫉《ね》たみ心が見え、それはさらに静枝の確信を深める原因となった。

「彼の家はわかりますか。ここからそう遠くありませんが」

「住所をお聞きしているのでわかると思いますの。志賀先生のおうち、と尋ねれば誰かが教えてくれるでしょう」

「それでも初めての人にはわかりづらいかもしれません。僕が地図を描きました」

原稿用紙でもなく、半紙でもない。おそらく絵を練習する時に使うのであろう、上等な和紙であった。万年筆で大らかな線と文字が書かれていた。

「ここを右に出て南大門の方へおゆきなさい。右手に物産陳列所が見えてきますが、まだ先にいきます。そして幸上《さいわいかみ》というところを曲がるのです」

説明のため武者小路は静枝に近づく。一日に何度も湯をつかうのか、汗のにおいがしない。静枝はそのことをもの足りないようにも、嬉しいことのようにも思った。


学芸部の隅に、通信員の席はある。出社した者がその時使うようになっているので私物は置かないように言われている。インク壺《つぼ》とペン立てが置かれているだけの、殺風景な机の上で静枝は手紙を書いている。

「ご多忙のところ、お時間を頂戴いたしましてまことに有難う存じます。おかげさまでよいお話を伺うことが出来、世の父母にとってどれほどの指針になったことでありましょう」

これは志賀直哉に宛《あ》てた手紙であるが、以前のように何度も下書きをしたりしない。全く彼は期待はずれであった。

奈良の借家は、武者小路と較《くら》べものにならないほど小さな家で、四人の子どもたちの遊び騒ぐ声がつつ抜けである。それはいいとしても、美しい妻に団扇《うちわ》で涼をおくらせながら取材に応じる志賀が、静枝に興味を持つはずもなかった。団扇の風ばかりではない、温かいぬくぬくとした空気は、静枝を完璧《かんぺき》に拒否していた。

「子どもというものは、親の手元で育てるのがいちばんだと思っています。よく家庭教師をつけたり、寄宿舎に入れたりする親がいますが、僕はああしたことは反対ですね」

話もありきたりだと思うのは、おそらく志賀が静枝を一顧だにしなかったからに違いない。彼が静枝を見る目は、「子どもの話を聞きにきた取材記者」以外の何ものでもなく、「西洋女のようだ」と賛美してくれた武者小路とはあまりにも差があり過ぎた。

その志賀直哉を取材した記事は、先日、九月五日に掲載されたのであるが、今まで放っておいたのもそのためだ。四日前九月十九日に武者小路の方の記事が出、それを送るためのついでといってもよい。いつのまにか二人の立場は、静枝の中で逆転している。

志賀の方の記事には、借りてきた子どもとの写真が添えられている。武者小路の方は文字だけだ。が、静枝ははっきりと彼の顔を思い浮かべることが出来た。

数年来御不例が続き、葉山で静養なさっている天皇をお見舞いに、摂政宮《せっしょうのみや》殿下が東京をお発《た》ちになった。その写真を見た時、静枝はなんと武者小路に似ているのだろうかと思ったものだ。

台湾で神主をしている静枝の父は、当然のことながら皇室崇拝者である。幼い頃は毎朝一緒に、日本、ひいては宮城の方へ向いて拝礼をしたものである。両陛下のお写真は、家のみならず台中の街のいたるところで見ることが出来た。が、その皇太子のお顔を知ったのは日本に来てからだ。それもぼんやりと記憶していただけであったが、先月奈良へ出かけてからぴったりと重なった。

顎の出具合、真面目そうなおももち、眼鏡の形まで似ている。武者小路も由緒《ゆいしょ》ある貴族の出だ。高貴な血がどこかで繋がっているのだと考えることは静枝の歓びである。

自分はそんな男に、あのような激しい目で見られたのだ。しかし勝利の手ごたえはあの時だけであっけなく終わってしまっている。その後、静枝宛の手紙が届いたと聞いて息が止まりそうになったが、学芸部の副部長は呑気《のんき》に言ったものだ。

「あんた宛になってたけどなあ、このあいだの取材のことと思て、こっちで開けさせてもろたで。中はな、ああ書いてくれ、言い忘れたことがある、ちゅうようなことが幾つかあったな。見るか」

見るか、と言われても、いったん他人の手で開封された手紙は充分に穢《けが》されたような気がして、手にとる気にはならなかった。ただそれだけのことだ。

またいつもの生活が始まった。新聞社の半端仕事をこなし寮の自分の部屋に帰る。年とった祖父母がたまには寄ってくれというので、大阪郊外の家に泊まったりもする。本を読んだり、雑誌を開いたりすると、まるで何かのしわざのように武者小路の名が飛び込んでくる。今さらながら彼の価値というものがわかるにつれ、あの奈良の昼下がりのことは夢のように思われてくるのだ。しかしなすすべは何もない。自分はただ一度きり会った「西洋女に似た婦人記者」ということで終わってしまうのであろう。

けれども人はこれをチャンスと呼ぶのかもしれない。大阪の文学青年たちでつくっている「なにわ倶楽部」の幹部に、昨日静枝は呼ばれたのである。

「おたくの記事見たで。志賀直哉やら、武者小路やらに会って、たいしたもんやないか」

川口といって船場の化粧品問屋の若旦那である。神戸の高商を出たものの、小説家になる夢を捨てることが出来ない。おっとりとした気のいい男なのであるが、早口の大阪弁でまくしたてられると、武者小路という名さえひどく下卑て聞こえた。

「な、な、眞杉はん、もう二人に会うたんやろ。そやったら橋渡ししてもらえんやろかな。今度なあ、うちらで主催して『ベートーベンの集い』ちゅうのやるやろ、客が集まるか心配なんやけど、その前に有名な作家に講演してもらえんやろかな。奈良へ引越して来たのも何かの縁や、なあ、いっぺん頼まれへんやろか。お礼はそんなに出せへんけど、世のため人のためや」

最後の言葉に大阪商人のふてぶてしさが滲み出ているようで、静枝は目をそらした。もちろん断わるつもりだった。たった一度だけ会った縁で、武者小路に頼みごとをするなどというのは絶対に嫌だ。しかも相手ははっきりとわかるほどの好意をこちらに示した。それを質のようにして、すぐに仕事を頼むというのは静枝の誇りが許さない。

しかし、他にどんな方法があるというのだと、もう一人の静枝がささやく。用もないのに彼を訪ねるわけにもいくまい。まさかもう一度会ってくれと手紙を書くのだろうか。

ふと若い娘らしい高慢さと悪戯心《いたずらごころ》が静枝を揺り動かす。これに賭《か》けてみるのだ。もし武者小路が快諾したら、彼の気持ちは本物だったことになる。もし理由をつけて断わってきたら、あの時間は静枝のささやかな思い出になるだけである。

「手紙を書くくらいは出来るわ」

静枝は言った。

「でもあまり期待はしないで頂戴。私だってたったいっぺんお会いしただけなのですもの」

そしていま静枝は便箋を拡げている。柳屋の上等のそれは、武者小路が描いてくれた地図を思い出させた。

「あの時間はわたくしにとって宝石のようなひとときでございました。あの幸福を大阪の若い方々にも分けてあげとうございます。どうか引き受けてくださいませ。どうかもう一度、わたくしにいろいろなことを教えて下さいませ。どうか、どうかよろしくお願いいたします」

祈りを込めて封をする時、静枝はまた若き皇太子の顔を思い出していた。彼に関係するすべての行動に、いつのまにか敬虔さがつきまとうようになっている。

だから賭けに勝った時も、静枝はあまり喜ぶことはやめようと思った。自分が武者小路を連れてきた恩人だというような顔をせず、裏方にまわるのだとけなげに考えたほどだ。

堂島ビルの婦人会館のホールは、立見も出るほどの盛況であった。仕事をこっそり抜けてきた、といった風の詰襟姿の小使いの姿を見た時、静枝はすんでのところで泣き出すところであった。これほど武者小路は青年たちに愛されているのかと思うとせつない。現にこのホールでも静枝は武者小路に近づくことさえ出来ないのだ。

「やっぱりベートーベンって聞いたから、先生出てくれはったんやろなあ」

憎らしいことに川口は見当違いのことを言う始末だ。

しかし講演終了後、茶菓の接待をしていた女が静枝を探しに来た。

「先生が眞杉はんはどないしなはったんやて聞いてはるんや」

ホールの応接間に入る時ほど、静枝は羞恥と緊張を持ったことはない。さっき手洗い所で何度も見たから結い上げた髪は乱れていないはずである。大阪毎日新聞の給料が入ってくるようになってから着物もごくたまに買えるようになった。その夜の静枝はひわ色の銘仙《めいせん》を着ていた。これは静枝にとてもよくうつる色である。黒いショールと合わせたのも気がきいているはずだ。静枝は着物の着方がだらしないと人からよく言われるが、これは胸が大きいためである。一見ほっそりした体に見えるが、乳房が大きく前に突き出し、胴のあたりが急激にくびれている。台湾で時たま中国服を着たことがあるが、ぴったりの体つきだと看護婦仲間に言われたものだ。

が、そんな言いわけを誰に言えるわけもなく、静枝はすぐ衿元が崩れる自分を、いつもひけめに感じなくてはならなかった。

「あっ、先生、眞杉はんが来はりました」

ドアを開けると、背広姿の川口がまず目に入った。手に二冊の本を持っているところを見ると、早くも署名をしてもらっていたのだろう。

「先生、先日は本当にありがとうございました。また今日はいろいろご迷惑をおかけいたしまして……」

「いや、いや。大阪で話をするのは初めてですが、みんな一生懸命に聞いてくれるから嬉しいですよ」

「本当に皆さん、よく笑っていましたね」

傍の背の高い男が、親し気に応える。どうやら武者小路につき添ってきた書生らしい。

「眞杉さん、あなたのおかげでいい経験をさせてもらいました。関西の青年たちと何人も会えて本当によかった」

静枝は落胆する。あの奈良で見た彼の目の光はすっかり消えているではないか。そろそろ電車の時間だと武者小路が立ち上がったので、その部屋にいた人々はぞろぞろと出口へ向かった。背の高い男がインバネスを着せかけたほんのわずかな時間、静枝は武者小路の真横に立つ格好となった。

「もうじき和歌山へ引越します。近くまで来たら遊びにいらっしゃい」

これはあきらかに社交辞令というものだろう。こうした言葉を送られた人間は、もうその人と二度と会うことはないのだと静枝は悲しく頷いた。

奇跡というもの、待ち望んでいるものは白い色をして光っている、ということを静枝が知った朝であった。その葉書きが特別なものだということがわかったのだろうか、いつもは戸口に置く郵便配達夫がわざわざ声をかけて静枝に手渡した。

特徴のある大らかな「実篤」という文字が目に飛び込んできた。講演会依頼の手紙を書く際、祖父母の住所にしておいたのだが何という好都合だったのだろうか。ＹＷＣＡの外出許可を貰って、昨夜からここに来ている。おまけに祖父母は信仰する〝えべっさん〟の月まいりに出かけた最中であった。

「十月二十八日に仏蘭西《フランス》絵画展が朝日会館であります。もしいらっしゃるお気持ちがあれば二時までにいらっしゃい」

二十八日といえばあさってである。葉書きを受け取った祖母に、転送したり、電話をかけたりする才覚などあるはずもなく、もし静枝がYWCAの寮に居たら、行くことは不可能だったに違いない。これは運命だと静枝は思った。奈良を訪れてから、武者小路の本をそれこそむさぼるように読んだ。岸田劉生がほとんど装丁した彼の本は、どれも凝っていて美しい。「友情」も「一本の枝」も「耶蘇」も読んだ。正直言って倉田百三を読んだ時ほどの狂おしいまでの感動は得られない。武者小路がなぜあれほどトルストイを愛したのかもわからないし、ヒューマニズムの意味もいまひとつつかみかねている。しかし文字がページの中で呼吸していたのは確かだ。実際に会い、言葉を交した男が書いた本だと思うと、静枝は信じられないほど昂《たか》ぶった気持ちになるのである。

その男が、自分ひとりだけのために書いた文字と文章、それがこの葉書きなのだ。

「二時までにいらっしゃい」

が、静枝が会場に着いたのは一時過ぎであった。居てもたってもいられない思いで早く家を出てきてしまった。武者小路がいるはずがないと思っていたから、背丈があり肩幅もがっちりとした彼の後ろ姿を見つけた時、静枝は少しおびえてしまった。

が、武者小路は丁度振り返った。やあ、来ましたねと笑いかける。そこには彼と同じ年頃の数人の男が立っていて、何やら談笑していたが皆さりげなく静枝を無視した。

「今日は若手の絵ばかり飾ってありますが、セザンヌやルノアールもありますよ。といっても複製も混じっていますが」

小さな窓があり、その横に三枚の絵が飾られていた。その真中は女の顔の絵だ。

「これをご覧なさい。あなたに似ているでしょう」

少女といってもいいくらいの若い女で、高くつき上げるような帽子を被《かぶ》っていた。静枝の動悸が早くなる。武者小路は自分の過去を知っているのだろうか。女の帽子は看護婦のそれによく似ている。しかし彼は、絵の中の少女は乳しぼりをしていて、帽子はフランスの農村の女性がよく被るものだと教えてくれた。

「この絵は僕たちが愛着があって買ったのです。すぐにあなたを思い出した」

まっすぐに絵の方を向いているので武者小路の顔は見えない。軽く腕組をした袖から見える手首が美しいと思った。

静枝はもう一度絵を見る。相手と同じ感動を得ようと骨を折ったのであるがとてもむずかしい。しかしそれを素直に口にすることは許されるような気がした。

「でも、この女の人はなんていうのかしら、貧相な感じがしますわ」

「貧相だなんて、そんな、君……」

武者小路はこちらを向いた。苦笑いをしている。

「涙が出るほど美しいじゃありませんか。それまでね、西洋の画家たちは王さまやお妃さまばかり描いて、乳しぼりの女なんか誰も気にもとめなかった。けれどもミレーやセザンヌはこういう人間たちを初めて美しいと思ったのですよ。君、素晴らしいと思いませんか」

彼の目の中にあの光が戻り、それにさらに鋭い輝きが加わった。

「こういう労働する人たちがいちばん美しく、神が与えてくれた才能を持っているっていうことを僕たちに教えてくれるのが、こうした絵なんですよ。ねえ、あなたは『新しき村』のことをご存知ですか」

「はい、もちろん知っておりますわ」

本を読むのと同じ熱意で、静枝はそれに関する記事を読んだのだった。新聞社の資料室へ行けばわけのないことであった。

彼が大正七年に創立した理想郷は、マルキシストたちからもくだらぬ夢物語と嗤《わら》われながら、十五年の今日まで続いている。

「あの村ではね、すべての人がこの乳しぼりの少女でありセザンヌなのですよ。わかりますか、つまり村人たちは、労働する者であると同時に、芸術家でもあるのです。皆、昼間は種を蒔き草を刈る。そして夜になるとそれぞれの芸術にいそしむ。僕は近いうちにその中からきっとセザンヌやミレーが出てくると思っています」

武者小路は自分に言い聞かせるように言った。「新しき村」の莫大《ばくだい》な運営資金にあてるために、彼が印税の多くを差し出しているというのは有名な話であった。

立ったまま彼は長いこと「新しき村」について語った。いつのまにか静枝は涙ぐんでいる。彼が語ったことすべてを理解出来ているわけではないが、静枝は彼のすべてに感動していた。未だかつてこれほど長時間、これほど熱意を込めて自分に語ってくれた男がいるだろうか。相手の誠意にどうやったら応えられるのかと、静枝は苛立った声を出した。

「先生、私もどうかその村に入れてくださいまし」

「そんなことを言っても、すぐに宮崎へ行くことなど無理でしょう」

「だったら何かお役に立ちたいわ。ねえ、教えてください、私に何が出来ます、何をしたらいいんでしょう」

「君、その涙を拭きなさい……」

武者小路がいくらか照れたように言った。

「何も泣かなくてもいいじゃないか」

「だって、私、本当に今のお話に胸がいっぱいになったのですもの」

「君は、本当に純粋な人だ」

静枝は否定しなかった。本当にそうだと思う。ずっと他人も言ってくれなかったし、自分でも気づかなかった。しかし今はっきりとわかった。謎がとけたような思いだ。自分にいちばんぴったりする言葉は「純粋な人」なのだ。これほど簡単なことにどうして今まで気づかなかったのだろうか。

「とにかくここを出よう」

「お友だちはよろしいの」

「彼らは彼らの用があるだろう」

武者小路は慣れた手つきで円タクを止めた。おととしから大阪に出現したその車は、市内どこまで行っても一円という触れ込みだ。

「天王寺まで行ってくれ」

彼の声はなぜか怒っているように聞こえる。

「引越しで騒がしいので、しばらく友人の家を借りて一人で住んでいるのです。あなたのようにすぐ泣く女の人は初めてですよ。レストランにもどこにも行けやしない。あなたがいけないのですよ」

十分前まで人道主義と「新しき村」についてレクチャーしていた作家はつぶやいた。

第五章　鰯《いわし》

静枝は憂鬱《ゆううつ》の中にいる。

その憂鬱というものは彼女が初めて知る種類のものであった。何も手に入れていないつらさ、もだえよりも、手に入れたものに失望することの方が、はるかに苦悩は深く、無常に近づくのだということを知った。

時は昭和に変わって五年たっている。大正から昭和にかけてのめまぐるしさというのはおそろしいほどで、はっきりと静枝の人生を二分していた。

大正の最後の年に奈良の武者小路の家へ取材に行った。それから彼のもの狂おしい恋文が届くようになり、関係を持ったのはまさに昭和元年だったではないか。

あの昭和という名前が新聞に大きく載った時、国民の多くは希望と祝福とをもってその元号を見つめたものだが、自分ほど熱いまなざしを持って見つめたものはいまいと静枝は思う。多くの幸福がいちどきに訪れると思ったがそれはそのとおりになった。

まず次の年、昭和二年に武者小路が主宰する雑誌「大調和」に、静枝の作品が掲載されたのだ。「駅長の若き妻」という小説は、もちろん台湾でのあの日々を綴ったものである。熱風にのって砂がさらさらと音をたてて舞う村、バナナと砂糖キビの他はなにもない村。はるか年上の夫を持ち、一生この台湾の田舎で暮らすのかと時には死さえ思った。静枝は輪廻《りんね》というものをぼんやりと信じていたから、人は死ぬときっと生まれ替わるのだと想像した。

そうしたら自分はきっと内地の大都会の女になり、思う存分本を読み、面白いものを見聞きするのだ。そしてなれるものならば小説家というものになりたいと願った日々。それを静枝は文章に綴った。

それまでも同じようなテーマを選び、同人誌で習作を書いていたからそうむずかしくはない。いつかきっと大きな雑誌にデビューする日のために、いちばんうまそうな部分はとっておいたのがよかった。この「駅長の若き妻」という短篇を武者小路は大層誉めてくれたものだ。

「君の書くものは骨太で前向きのところがある。それは日本の女にはとても珍しいものだよ」

日本の女には珍しい、日本人らしくないというのは、彼の最大の誉め言葉である。彼はゴッホやセザンヌが描く、輪郭のしっかりした女が好きなのだ。ルノアールの女は少し肥満し過ぎているが、ゴッホが描く女はよい。しっかりと結ばれた唇のあたりから顎の線が美しい。君の目から鼻にかけての彫りの深さは、まさに西洋女のものだねと、武者小路はうっとりと言ったものだ。そんなことを指摘出来るのも、彼がそれほど間近で静枝を見ているからである。

はっきり言えばその時、武者小路は静枝を陽のあたる縁側で抱きしめながら言ったのだ。傍らに炬燵《こたつ》があるのを憶えているから、あれはまだ春の早い頃、彼が上京して小岩に居を構えていた頃だろう。

あの日から幸運、そう静枝が望んでいた多くのものは、いともたやすく、優し気に寄ってきた。

志賀直哉はもちろん、長与善郎《よしお》、千家元麿《せんげもとまろ》、倉田百三といった第一級の文化人との交流。皆で芝居をしたことがある。「新しき村」演劇部第一回公演で、静枝はかなり大きな役さえ振りあてられたのだ。

長谷川時雨《しぐれ》が主宰する「女人芸術」からも声をかけられ短篇を書いた。ここで吉屋信子や林芙美子といった女流作家とも知り合った。芙美子は顔色がとても悪いくせに煙草《たばこ》を手から離さぬ。言葉の端々や動作に、彼女の作品に書いてあるとおりの素性が滲み出ていた。おっとりとした吉屋信子とは対照的である。

時雨の家での集まりの時、静枝はいつも末席に控えているのであるが、次第に興奮で血管が波うってくる。大阪で同人誌の仲間と交していた書生くさい文学談議ではない。

本物の職業作家たちの集まりに自分はいるのだ。主に芙美子の口から辛辣な言葉が飛び出す。しかしそれがいかにも女流作家の集まりらしい。

静枝は動悸を静めるために、時々帯の上に手をやる。ある女流作家から「くねりくねりとした動作」と非難されたしぐさである。しかし静枝は自分の乳の上に手を置かずにはいられない。呼吸を整えるためと、ここに触れることを許している男への感謝の思いである。

いま自分が手にしている多くのものは、武者小路がもたらしてくれたものである。静枝は関係を持ってから、彼を神のようにあがめる青年たちの気持ちがわかるようになった。武者小路は膨大な力と善意を持ち、それを惜しみなくまわりの人々に与える男である。武者小路の毎月の多額な稿料と印税は、ほとんど「新しき村」に消えていくというのはあまりにも有名であるが、彼は個人の富や才能も、多くの人々と共有してこそ価値を持つものだと本気で信じていた。静枝はこれほど無私な人間を見たことがなかったので、感動のあまり何度涙ぐんだことであろうか。

「先生はご立派すぎる……」

とても私のような女を好きになってくださるような方ではない、という言葉を呑み込んだ。するとごっくんと喉が鳴って静枝は泣き笑いのような顔になる。するとその顔が可愛いと武者小路は接吻するのだった。

武者小路は接吻が大層好きな男である。ロダンの彫刻に心を奪われて以来、男と女の最も美しい動作だとさえ言う。しかし日本人はそれを照れながら罪悪感をもってするので醜くなってしまう。仏蘭西では路上でもこの接吻をする恋人たちがいるのは、それが崇高で当然の行為と認知されているからだとも言った。

「唇は愛する人のためにとっておくとしても、いまにあらゆる人々が、相手の額や手に接吻出来るような世の中になったらどれほどよいだろうか」

二年間、半同棲《はんどうせい》のような暮らしをしてきて静枝は知った。武者小路という人間は社会主義と呼ばれるべき思想はもたぬが、愛情に関しては全くの共産主義者だ。そしてその共産主義ははなはだ彼にとって都合のよいものである。自分という男を何人かの女たちで共有して欲しいのである。

静枝が武者小路の家を初めて訪れた時、かき氷を出してくれた夫人がいた。髪を地味なひっつめに結っていたが、白粉気のない肌から若さが匂《にお》うようであった。二人めの子どもを生んだばかりだと聞いた。静枝は当然、彼女が正式な妻だとばかり思っていたのであるが違っていた。本妻は「新しき村」にいる房子という女性で、新夫人との籍はまだ入っていないのだと聞いた時の驚き。

「妻《さい》はとてもよい人で僕のためにつくしてくれる。娘はとても可愛い。僕は君のことをとても愛していて幸福だ。僕はこの状態をしばらく見守っていこうと思っている」

と武者小路は重々しく言い、静枝は素直に頷いたがそれで納得出来たわけではない。武者小路の後を追って上京した自分だ。相手もそれに応えて、毎日通ってきてくれる。武者小路は西洋の影響を受けているから、照れずに「愛している」とささやく。

静枝は男の口からこの言葉を初めて聞いた。

静枝は「好きだ」「惚れている」と男たちからささやかれたことはあったが、「愛している」という言葉は武者小路によって教えられた。明治の始めに「ＬＯＶＥ」が翻訳された時、「御身《おんみ》大切に」になったと聞いたことがある。まだこなれていないこの日本語を、武者小路は楽々と発音出来る、極めてまれな日本人だ。

その彼がいずれ自分を籍に入れ、正妻にしてくれないはずはない、と信じていた自分はなんと無知だったのであろうか。正妻の座は今の安子夫人からもぎ取るものだと思っていたが、まだ一人いた。順番待ちで言えば静枝は二番目ということになるのだ。

そのことに気づき始めてから、静枝は急に自分の立場が大層厭わしい。昨年はたて続けに「大調和」に作品を発表したが、人々はそのことをどう思っているのだろうか。静枝が欠席した「女人芸術」の集会の席で、

「この頃は体を使って小説家になろうとしている人がいるから」

という発言があったと聞いた。吉屋信子は、徳田秋声にとり入っている山田順子のことだろうと慰めてくれたが、彼女と自分とがいったいどう違うのか。武者小路からは見

るのを禁じられたが、赤新聞に静枝たち二人のことが載ったという。彼がこの種の新聞に登場するのは初めてではない。大正の終わり、房子と安子との三角関係をめぐって、相当世間を騒がせたことがある。

事実はともあれ、武者小路の子どもを二人成し、誰もが正妻と認めている安子は評判がよい。清楚《せいそ》な日本美人で、万事が控えめという噂だ。それに反して房子の悪評は静枝のところにも伝わってくる。自分勝手で気が強く、しかも浮気性だという。「新しき村」の青年の誰かれと問題を起こし、それがコミュニティ全体の亀裂《きれつ》となったことも一度や二度ではない。

房子との生活にすっかり疲れ果てた武者小路は、入村希望の安子の面接に立ち会い、すっかり彼女に心を奪われてしまう。二人の関係に気づいて、一時はたけり狂った房子であるが、今は別の男と村を出て暮らしている。

「武者さんは、一人置きに女の趣味が悪い」

と里見弴《とん》が漏らしたと聞いて、静枝は眠れなくなった。愛人だというだけで、世の人々は悪意を持つ。それもおとなしく妾《めかけ》生活をしていたり、あるいは芸者や女給といった類《たぐい》の女だったらまだ寛容である。彼らが許せないのは、その愛人が野心を持ち、自分の名前で世の中に出たいと欲することである。

静枝は自分の作品がきちんと評価されず、「新潮」や「中央公論」といったところから無視されるのは、武者小路のせいだろうかと考えるようになった。彼のことを第一の愛人とも恩人とも思う一方で、自分の足首に枷《かせ》をつけ、人々の嘲笑《ちょうしょう》の的にしているのもこの男かと息が荒くなる。そしてそんな後は、自分に対する嫌悪でしばらく沈んでしまうのだ。

もう以前のような澄んだ目で、武者小路を見つめることは出来ない自分に気づく。会う前は彼のことを醜男《ぶおとこ》だと思い、愛し合うようになってからはなんといい顔だろうとため息をついた。が、今はやはり決して美男子ではないと言いきれるのは、心が冷めているからに違いない。

彼は毎日十一時になると麴町《こうじまち》の静枝の家にやってくる。決して泊まっていくことはない。まるで小役人が役所に通勤するような律儀《りちぎ》さで、武者小路は静枝の借りている二階家の引戸をひく。

この家は自宅から歩いていける距離を考え、当時番町に住んでいた武者小路が見つけてきたものである。電車を使わずに来れるところというのが彼の希望であった。毎日散歩をすることになれば体にもよいと彼は言った。健康と色ごととを両立させようとするところに男の無邪気さがあった。

二階は男のアトリエになっている。彼はますます絵にのめり込むようになり、画材を置きのびのびと創作出来るところが必要なのだ。だから通勤という形容もあながちはずれてはいない。さしずめ麹町の静枝の家はアトリエ付き妾宅《しょうたく》か、あるいは妾付きアトリエなのだろうか。

小一時間絵を描いた後、男は静枝のつくった昼食をとる。

彼は奇妙な癖をいくつか持っていて、魚は真中にちらりと箸をつけるだけだ。後で使用人たちに食べさせねばならぬ貧乏公家《くげ》のなごりらしい。鯖《さば》や鰯《いわし》は青魚と呼んで絶対に受けつけない。何でも子どもの頃、祖父の妾であった老女から、こういうものは下品で毒のあるものだと厳しく言いわたされたというのだ。

ところが鰯は静枝の好物である。七輪で尾が真黒に焼けたものに醬油《しょうゆ》を垂らして食べるとこれほどうまいものはないとさえ思う。台湾での身がぶくぶくした川魚とはまるで違う。鰯の味は大阪の祖父母の家で憶えたものである。

男が通い始めた頃、静枝は鰯を焼くのを遠慮していたのであるが、この頃は平気で食卓に並べる。そして目の前でむしゃむしゃと食べる。嫌な顔をされてもさほど気にならなくなった。

この半年、静枝をして怒り悩ませているものが三つあるのだ。

ひとつは昨年房子がやっと武者小路の籍を抜き、安子に正妻の座を譲り渡したことである。それについて男は、

「長女が小学校に入ることになり、どうしても安子を入籍しなければならないのだ」

と釈明している。男は子どもに全く目がない。「パパ」「ママ」とハイカラな呼び方をさせ悦に入っている。房子との間には子どもが出来なかったので、中年になってから得た子どもをそれこそ嘗めるように可愛がっているのだ。

よくあの房子が決心をしたものだと静枝は思う。最初会った時からどうしても好きになることが出来なかった女だ。村外会員として武者小路と「新しき村」を訪れた時、房子が出迎えてくれた。彼女は男が出来るたびに村を出ていき、また平然と戻ってくることを繰り返しているのだ。しかし武者小路夫人としての権力は未だに持っていて、他の女たちが粗末な木綿をまとっているというのに、白粉をはたき、お召しの縞ものを着ている。

「安子さんとはまるで違うじゃないの」

房子は腕組しながら開口一番にこう言ったのだ。

「おでいさんは女の趣味がよく変わるから私にはわからないわ」

静枝はこの時武者小路を罵倒《ばとう》したことになっている。怒りと嫉妬のあまり、満座の中で彼をさんざん踏みつけにしたというのだ。しかしそんなことは房子の言いふらしたことに決まっている。自分はあの時、房子の悪意にじっと耐えているだけであった。かつて青鞜《せいとう》で平塚らいてうの妹分と言われた房子は、ずけずけとものを言い、わざと乱暴に振るまうのを楽しんでいるところがある。

しかし彼女が、安子より静枝の方がずっとましだと公言しているのは事実であった。静枝に対する感情が嫌悪だとしたら、安子に向けてあるものは憎悪である。かつて同じ「新しき村」村員で、一緒に住んだことのある安子の裏切りを、未だに房子は許していないのだ。

「あの女に籍を渡すのだったら、眞杉の方を正妻にしたい」

という発言は捨てられた前妻のものとしては確かに奇妙なものであるが、別れてもなお武者小路は房子を買っているところがある。魂と魂とがどこか結びついているのだと彼は言うが、いわゆる腐れ縁というやつであろう。

それに房子は未だに不思議な人気と力を持っているのである。特に武者小路の友人関係に、彼女がかつて綿密に張りめぐらせていた糸がある。

志賀直哉の夫人は、房子が紹介して添わせた女だ。武者小路の従妹《いとこ》であるが、不遇な子持ちの後家を房子は巧みに志賀に近づけた。現在彼女は志賀との間に子どもを持ち、有名作家の妻として幸せに暮らしている。おまけに前夫との間の子どもは房子が引き取っているのだ。

武者小路に連れられて行った志賀邸で、静枝が歓迎されないのは当然であった。

志賀は四年前自分を取材しに来た女性記者が、同じ日に同じ目的で出かけた、武者小路の愛人となっていることに不快さを隠さない。

夫人は夫人で、静枝をどう扱っていいのか悩んでいる風を時々露骨に表し、小さな意地悪をしたものだ。けれどもそれももう少しの辛棒だと静枝は思っていた。

「君のことをいちばん大切に思っている。君のことで僕はいちばん愚かになるからだ」

接吻と同じように、翻訳調の言葉を幾つか並べた後、男はこう言ったものだ。

「妻とは子どもの父親、母親という仲でしかない。彼女はとても体が弱いのだ。だからもう何年も触れていない。そう、兄と妹のような仲なのだよ」

ところがその安子がおととし出産していたことを知ったのはつい最近のことである。教えてくれる者が誰もいなかったのだ。

「サンデー毎日」を拡げたら、庭で寛《くつろ》ぐ武者小路の一家が写っていた。子どもたちがバドミントンをしている。縁側の籐椅子に座る夫人の腕の中に、すやすやと眠る赤ん坊がいる。

静枝が悩んでいる二つめのことは、この赤ん坊のことなのだ。今は賢夫人としておさまっている安子も、少し前まで人の夫に手を伸ばすいたずら女と言われたことであろう。それなのに妊娠したことにより立場は逆転したのだ。それまで争いを何度となく繰り返してきたが、どうにも切れなかった房子との仲を、これによって武者小路はきっぱりと清算した。

そして安子は晴れて武者小路夫人である。あの頑固で意地の悪い房子が籍を差し出したのは、あちらの子どもたちが可哀相という同情ゆえだ。

もし自分が武者小路の子どもをつくったとしたら、事態はきっと変わっていたに違いない。条件が同じになったら、男は本当に自分の愛する女を選んでくれるはずだ。それなのに静枝はどうしても妊娠しない。前の夫にうつされた忌《いま》わしい病気が原因なのかとも思う。

「一度お医者さまに診てもらいましょうか」

と武者小路に言ったところ、

「そんな必要はない」

きっぱりと言われ、その口調の冷たさに静枝は傷ついた。武者小路はよく書いているではないか。結婚とは、恋愛とは子どもをつくるためのものだと。子どもとは男と女の愛が生み出すみずみずしい果実なのだ。それなのに武者小路は自分にそれをつくらせようとはしない。自分とのことは、決して実ることのないひとときの花のように考えているのではないだろうか。

そして最後にこれがいちばん大きなことであるが、金の問題があった。

文学全集が一冊一円で買えるという爆発的な円本ブームの際、武者小路はまとまった金を手にしたのであるが、それは跡かたもなく消えた。「新しき村」の借金に補塡《ほてん》したためである。

それなのに彼は新たな金喰い虫をもうひとつつくったのだ。日向堂《ひゅうがどう》という美術品店である。美術品店といっても、高価な骨董《こっとう》が置いてあるわけではない。武者小路が愛するゴッホやルノアール、セザンヌの複製画を置いてある。友人の梅原龍三郎や中川一政《かずまさ》、そしてこのあいだ亡くなった岸田劉生の絵はオリジナルだ。「売品目録」には六十円から八十円の値がついている。最後に武者小路本人の絵も提示され、十円からと記してあるのが何やらおかしい。

武者小路はこの店を静枝に任せると言った。君の好きなようにしてくれ、と言ったものの、彼は儲《もう》ける気がまるでない。この店を自分の本の愛読者、あるいは「新しき村」支持者たちのサロンのようにしたいのである。

二階は喫茶店になっているが、会合が出来るように黒板もある。木曜の晩は武者小路を中心とした小さな講演会が開かれる。十銭の会費をとり、半分は「新しき村」の資金へまわす。あとの半分は村の東京支部に行くことになっているのだ。が、盛況だったのは最初のうちだけで、この頃はぱらぱらと人がやってくる程度になった。おまけに昼間は神田という土地柄、貧乏な学生が多い。一杯十銭の珈琲《コーヒー》を惜しんで、店で出す無料の番茶をがぶがぶ飲む連中だ。彼らのめあては日向堂に置いてある洋楽のレコードである。クライスラーの自作自演盤などを、うっとりと目を閉じて一日中聞いている学生もいる。これではとても、使っている小女の給料も出ないと静枝は愚痴を言った。

「あの店は出来るだけたくさんの人に、美しいものに触れてほしくてつくったんだ。特に学生さんにね。一日中居てくれる人がいるなんて、実に素晴らしいじゃないか」

例によってとりあおうとしない。公家の血と、トルストイの思想とが混ざり合って、金に関して極めて恬淡《てんたん》な人間が出来上がった。それは本人を見ればすぐわかる。身のまわりを構わない彼は、いつもへこ帯にちびた下駄をひっかけている。たまに大島を着ていることもあるが、それは兄のお下がりだという。

こういう男に金のことを言っても仕方ないと思うものの、静枝の口から自然とため息がもれる。房子の気持ちがほんの少しわかるような気がした。房子も武者小路の「新しき村」という道楽を最初から見つめてきた女だ。男が自分の思想のために金のかかるものをつくると、女は現実的にがさつにならざるを得ない。この頃の静枝は、武者小路に口やかましく金のことを言うようになった。

静枝がその男に出会ったのは、武者小路が地方へ講演に出かけた日のことである。以前は講演旅行というと必ず静枝を連れていってくれたのであるが、日向堂が出来てからそれもなくなった。静枝は二階にたむろする学生たちのことをいまいましく考えながら、やや乱暴にハタキを使う。給料がしょっちゅう遅れるせいか、小女も身を入れて働かない。せっかくの梅原の額に埃《ほこり》がたまっているのをさっき見つけたばかりだ。この時、

「失礼ですが眞杉静枝さんですね」

いきなり声をかけられた。まだ若い男だ。白麻の背広にパナマ帽を手にしているが、衿のあたりになみなみならぬしゃれっ気が見える。

「僕は中村地平と申しまして、少々ものを書いております。といっても、とてもおたくの先生のようにはいきませんが」

男は〃おたくの先生〃という言葉を自然に発音した。静枝は嬉しい。通りをいく人の中には、

「あれが武者小路の第三夫人だとさ」

聞こえよがしに言っていく者さえいるのだ。そうかといってぎこちなくそのことに全く触れないというのもおかしなものだ。中村地平という男はさりげなく、静枝の立場は知っていると告げているのである。

おそらく武者小路の熱心な読者だろうと静枝は見当をつける。若いくせになかなかいい身なりをした彼は、東京の資産家の次男といったところか。おそらく武者小路に会えると聞いてここにやってきたのだろう。

「せっかくいらして申しわけないけれど、先生はいま関西にご旅行なのよ」

「いや、僕は眞杉さんにおめにかかりたくてここに来たんですよ」

男は意外なことをまたさらりと口にした。

「眞杉さんがこのあいだ『若草』にお書きになった『異郷の墓』はとてもよかった。実は僕も台北高校を出ているんです」

「まあ、そうですの」

小説に書くことはあっても、静枝は台湾のことを話題にする人間が大の苦手である。自分なりに都合よく言い繕った過去が、そこからほどけてしまうような気がするのだ。

「僕は台湾が大好きで、高校はあちらへ行きました。眞杉さんはよく台湾の風景を書いていらっしゃるので、僕は懐かしくてたまりませんよ。僕もいつか台湾のことを本に書いてみたいと思うのですが、いつになるやらわかりません」

男はかなりの饒舌《じょうぜつ》で、静枝はいつ女学校のことを言い出すかとひやひやした。眞杉さんは台中の女学校出身だと聞いていますが、あそこにそんなものがあったんでしょうか。

しかし男は全然別の言葉を発するのだ。

「今日はおめにかかって本当に嬉しいです。僕はあなたのお書きになるものをすべて読んでいますから、あなたが違った人だったらどうしようかと思っていましたよ」

えっと静枝は思わず聞き返す。

「つまり僕なりに美しい人を想像していたのですがそのとおりでよかった」

静枝は赧《あか》くなる。武者小路の西欧化された言動に慣れているというものの、青年の卒直さは唐突だった。

「僕がきっとこんな風じゃないだろうかと思っていたとおりの方ですね。写真で見るよりもずっとお綺麗だ」

さらに若い男はぬけぬけとそんなことを言うのである。

「あの、ここに座ってもよろしいでしょうか」

彼は紫檀《したん》の椅子を指さした。これは武者小路が何かの祝いに梅原から貰ったものである。中国通の梅原らしく、凝った細工のいいものだ。

「どうぞ、おかけになって」

静枝は小女に言いつけて、上から珈琲を持ってこさせることにした。佐藤千夜子《ちやこ》の「東京行進曲」が聞こえてくる。誰かが流行歌のレコードを持ってきたのだろう。チャイコフスキーだ、ベートーベンだなどといつも論争を戦わせているが、本音を言えばこういうものが聞きたいのだ。

中村地平という男は珈琲をすすりながら、今年東京帝大の美術史科に入学したこと、仲間と同人誌をつくり始めたことを語り始めた。帝大生ということで静枝の警戒心は失《う》せる。今の世の中でこれほど確実な身分証明書はないといってもいい。

「僕はね、新しい文学をやりたいんですよ。新しい文学といっても、おたくの先生たちのようにすぐに古くなる新しさじゃない」

「まあ、おっしゃること」

ここは武者小路の経営する店だ。静枝は軽く睨んで咎めようとしたが、その声に甘さがあるのを自分でも気づいた。

「だってそうでしょう。白樺社中の人たちは書いていることがもう世の中からずれていますよ。本人たちはそのずれていることに気づかないから始末に悪い。芥川龍之介や谷崎潤一郎に皆が飛びつく世の中ですからねえ」

「そんなことおっしゃると困るわ。ここをどこだと思ってらっしゃるの」

静枝はこの風変わりな帝大生をたしなめようとするのだが、心のどこかで奇妙なものが生まれている。密《ひそ》やかに快哉《かいさい》を叫ぶ声とそれを制する声。もっともっと。もっと武者小路をおとしめてほしい、いや、自分は何を言おうとしているのだ。

「加藤武雄もいいと思いませんか。このあいだ出した『饗宴《きょうえん》』なんて傑作ですよ」

「そうね、そうかもしれないわ」

「横光利一なんかどうですか、川端康成《かわばたやすなり》なんかもこれからの注目株ですよね。僕はね、今は井伏鱒二《いぶせますじ》に夢中なんですよ」

「井伏さん……」

何かの会合で彼に会ったことがあるような気がする。目の前の青年に刺激され、めまぐるしく記憶が交錯していく。

「女性だったら林芙美子かあなたでしょう。三宅《みやけ》やす子なんか早くどこかへ消えてしまえばいい」

「あら、あら」

この男と喋るのはどうしてこれほど楽しいのだろうか。今日も売れない絵葉書きや複製画に囲まれ、埃をはたく一日だろうと思っていたのに、いきなり快活な好男子が現れたのだ。

「ねえ、眞杉さん、僕たちの同人誌を読んでくださいよ。そして批評をしてくださいよ。僕は今それを手に持っています。さあ、そんなハタキは置いて読んでくださいよ。僕の前に座って下さい」

第六章　焼　芋

昭和六年、静枝は三十一歳になった。三十を過ぎた女というのは、突然大きな不運を背負わされたような感慨にひたるものであるが、愛人という立場ならばなおさらだ。

静枝はこの頃ようやくわかった。愛人になるということは二つの時計を持つことである。ひとつの時計は全く動かない時計。生産することのない時計といってもよい。世の中の女たちはにぎやかに子どもを育て、乳をふくませ、そして這《は》いまわるのを追う。子どもはずんずんと育ち、そして家族は増え実っていく。豊かにやさしく時を刻むこの時計を静枝は持っていない。

そしてただ男を待つだけの生活の中では、もうひとつの時計だけがせわしく動く。そして静枝は確実に老いへ向かって進んでいくのである。武者小路から、

「西洋女のように均整のとれた顔だ。理想的な骨の上に、やわらかい綺麗な肉がのっている」

と賞賛された頬に、昨年あたりから斜めの淡い線が入るようになった。もうじき頬骨

が浮き上がるぞ、という合図である。母のミツイがそうであった。若い頃は評判の美人だったのに、ある時から頬骨が出て急に老け込んでしまうのだ。

そういえばこの頃、武者小路は静枝をあまりモデルにしなくなった。それよりも彼が時々赤ん坊の顔をデッサンしているのを知っている。すべてに無頓着《むとんちゃく》な武者小路は、愛児の顔を描いた画帳などをよくそのへんに置いておくのだ。

太い眉のこの赤児《あかご》は、おそらく三年前に生まれた三女に違いない。ついこのあいだまではほとんど眠っている顔ばかりだったのに、今ではもうこのように、大人と同じもの問いたげな表情になるのだろうか。静枝は男と妻との間に生まれた子どもの成長を、そんな風に垣間見《かいまみ》るのが常であった。

自分にも子どもが出来さえすればすべては変わるのではないか。そう考えることが、今の静枝にとって唯一《ゆいいつ》の希望であり打開策であった。そもそも武者小路が前妻の房子を捨て、現夫人の安子に走った原因は、彼女の妊娠である。生まれた子どもの可愛さから、武者小路は悪妻と言われながらも、あれほど惚れていた房子を捨てたのだと多くの人がいう。それならばもし自分に子どもが出来たとすれば、その幸福な妻の役は自分が手に入れることが出来るかもしれないと静枝は考えたことがある。

しかしそんな幸運は起こらなかった。若い頃夫から性病を移された静枝は、台湾での荒っぽい治療によって非常に妊《みご》りにくい体になっているのだ。

しかし武者小路はこれを歓迎している節が確かにある。

「もし君に子どもが出来れば、僕はきっと大切にするよ、子どもはいいものだよ。すべての源になるのだからね」

つき合い始めた頃、武者小路は明るく無造作にこれを言ってのけ、静枝はどれほど嬉しい気持ちになったことだろうか。しかしこの一、二年、

「いい産婦人科の先生を紹介してくれるというので、行ってみようと思うの」

とさりげなく持ちかけると露骨に嫌な顔をする。

「そんなことをしてまで子どもをつくる必要はないよ。子どもは授かりものなのだからね。子どもがいた方がいいと神さまが思われたうちには、きっと神さまが子どもを授けてくださることになっている」

ということは自分たち二人には、子どもはいらないと神は言っているのかと静枝は唇を噛む。あたり前だ、家庭を持つ男と愛人と呼ばれる女との間に子どもが出来たりすれば、さまざまな問題が生じるのは目に見えている。自分は動かない時計をじっと抱えたまま、武者小路を待ちながらこのまま老いていけばいいというのか。

結局静枝は自分の望みの健全さと大きさに打ち負かされているのである。世間では静枝のことを、一度結婚を経験し、今は有名作家の愛人となっている女、世間の常識の枠からはずれた女のように見ているようだ。宇野千代や岡本かの子といった他の女流作家

のように、自分だけの道徳をつくり出し、その中で楽し気に日々をおくっていると信じている。けれどもそれは違う。静枝がいまいちばんに欲しているのは夫と温かい家庭である。

武者小路夫人として世の尊敬を集めている安子にしても、その昔は「新しき村」に入植した画家志望の女であった。立派な〝変わりもの〟の娘だったはずである。それが今は上品な着物をまとい、愛らしい子どもを抱いて名流夫人におさまっている。自分と安子との間にいったいどれほどの差があるのか。彼女は運がよく妊ることが出来、自分はそれが不可能というだけではないか。

考えれば考えるほど安子が手に入れた幸せは手が届きそうだ。そしてその単純な羨望は男への単純な嫉妬になる。

三女の辰子《たつこ》がよほど可愛いらしく、武者小路の「通勤」はこのところ三日に一度の割合になっている。祖師谷《そしがや》の自宅に画室をつくったと人づてに聞いた時、静枝は激しく泣いた。

「それじゃあもうここにいらっしゃらない、っていうことじゃありませんか」

そんなことはないと武者小路は愛人の肩にやさしく手を置く。彼のむっちりした指のところどころに顔料がついている。プロレタリア文学が時代の大きな流れとなって以来、彼も不遇の日々をおくっていた。彼の名前は大きなものとして遇されていたが、それは敬遠というかたちとなり、どの出版社からも声がかかってこない。よってこの数年の彼の絵に対するのめりこみ方には異常なものがあった。

「今までと同じように僕はここで絵を描く。そして君と話す。それはもう僕の生活なのだから変えることは出来ないよ」

そして彼はこんな風に愛人を諭した。

「妻や娘たちへの思いには義務がつきまとっている。義務、わかるかい。けれど君への感情には義務がいっさいない。それだけ純粋で強いものなのだ。君は純粋で貴いものを僕から貰っているのに、これ以上何を悲しんだり悩んだりするんだい」

日本を代表する人道主義者であり、愛と善意を説く作家である武者小路も、こういう時は何ともいえない狡猾《こうかつ》な口調になる。抗議する女にはいっとき甘い菓子をあたえておこうという男独特の優しさに満ちている。

「君がそんな風に悲しそうになると、僕は本当につらくなるんだよ。ねえ、僕たちの恋愛につらいとか苦しい、なんていう感情はおかしいと思わないか」

そう言いながらも武者小路は羽織の紐《ひも》を締め直し、そわそわと帰り仕度を始める。五時過ぎになると彼はこの家を出るのをきまりとしていた。夕食は家でとるためである。

今さらながら静枝は男の不実さを思う。しかし当の武者小路はそれを不実だとは感じてはいない。愛人の家へ通うのも当然ならば、家へ帰るのも当然と言わんばかりの軽やかさで立ち上がりインバネスを羽織った。「通勤」と以前武者小路が戯《たわむ》れて口にした言葉が、静枝の脳天を貫く。そうだ、これは本当に通勤なのだ。会社が退《ひ》け、温かい食事が待っている家族のところへ、一刻も早く帰ろうとする勤め人そのものではないか。〝義務〟は安子と娘たちの側にあるのではない。本当は自分の方にあるのだと気づいた時、静枝は駆け出していた。

玄関にある男の下駄をつかんだ。そしてそのまま居間に戻りそれを火鉢の上にほうった。

「これで帰れるものならお帰りなさいよっ」

武者小路の好みで炭は備長《びんちょう》の上等のものを使っていた。さっき彼自らが炭を足したので、火鉢はちょうどいい加減に赤くさざめいている最中であった。これに向かって下駄を投げつけたのだ。

静枝の想像だと下駄は炎をあげてすぐに燃え尽きるはずであった。しかし武者小路の下駄はちびて汚れてはいるが、桐《きり》の柾目《まさめ》の通ったものである。おまけに昨日の氷雨《ひさめ》のせいで充分に湿っていたらしい。炭の上の下駄に何の変化も表れない。

武者小路は平然と黒の鼻緒をつまみ上げた。横のへりが薄く茶色に変色している。

「静枝」

彼は怒ってはいなかった。ただ悲し気に当惑していた。

「こんなことをしてはいけない」

本当にそのとおりだと静枝はうなだれた。自分は何と愚かなことをしてしまったのだろう。今までも、帰らないでと拗《す》ねてみたり、泊まっていってくれと肩にしなだれかかったことは何度もある、しかしこれほど乱暴な行動に出たのは初めてだ。何と恥ずかしいことをしたのだと静枝は自分を悔いた。武者小路を見送ることも出来ない。火鉢の傍でぼんやりとうなだれる静枝はやはり憐れに見えたのだろう、武者小路は玄関の戸を閉める前に声をかけた。

「明日また来る」

引戸が閉まる音を聞いた時、静枝の中で何かがぱちんとはじけた。それは力とも勇気とも言ってもよいものである。

「もっとみじめになるのだ」

ここまで落ちてしまったのだからとことん確かめてみたいことがある。今までどうしてしなかったのか不思議なことがひとつあった。それは武者小路の家をみることである。五年前、記者として奈良の家を訪れた時、彼の妻を見た。あの時はもちろん静枝は客として扱われていたから、彼の妻は氷水を出してくれた。その時控えめな綺麗な女だと思った記憶があるが、あれから歳月はたっている。彼女の顔にも自分と同じような老いの

きざしは現れているはずだ。それをひと目でも見ることが出来たら。そして武者小路の三人の娘たち、

「いとおしい者たち」

と彼が呼ぶ三人をこの目でしかと確かめたい。そうしたら武者小路の手にしているものがいかに大きく、自分が何も持っていないかということに気づくはずだ。みじめさと哀しみに自分はうちひしがれることだろう。そしてその二つがいきつく先に絶望がある。絶望！　それこそがいまいちばん自分が手にしたいものだと静枝は思った。

絶望には力がある。すべてを断ち切る強さがある。それにめぐり会うことが出来たら、自分はこの武者小路との生活を捨てることが出来るのではないか。いや、そんな前向きのことは考えていやしない。ただ自分は目の前の大きなものに身をゆだねたいのだ。この気も狂わんばかりのつらさから逃れられるのならば、喜んで絶望を受け入れることも出来ると静枝は思う。

気がつくと三和土《たたき》の上に足袋のままで立っていた。汚れた足袋の親指で下駄を探し、それを履いた。鍵《かぎ》をかけてくることを忘れていたがどうということもない。とにかく武者小路の姿を見失わないことが先決だ。角を曲がると見慣れたインバネスの後ろ姿があった。

四ツ谷の駅へ向かう道を、武者小路はいつものせかせかした足どりで歩いている。途中市ヶ谷の士官学校の軍人とすれ違った。今年の九月、奉天で中国との戦争が始まって以来彼らは威勢がよい。立ち止まることをしない武者小路を肩ではじくようにして前に進む。

今にも雪が降りそうな寒さである。静枝は無意識のうちに持ってきた天鵞絨《ビロード》の肩かけを口元までひき寄せた。武者小路が後ろを振り返るような男でないことは知っている。しかしこうしなくては不安でたまらない。早い薄闇が降りてきた町の中を、静枝は女探偵のようにひたすらぺったりと軒に寄って歩いていく。

武者小路は四ツ谷から省線に乗った。インバネスを着ていることを除けば、彼の身のこなしは背広姿の勤め人とそう大差ない。あたり前だ。ほぼ毎日のようにこの電車に乗っているのだから。静枝は車輛《しやりよう》の端で顔を見られないように後ろ向きに立った。武者小路はあれだけの場面があった後だというのに、物思いにふけることもない。快活な調子で懐《ふところ》から雑誌を出して読み始めた。「星雲」という文字が遠くからでも見える。長与善郎らと今年一月に創刊した雑誌である。文壇の主流からすっかりはずれてしまったことの憂《う》さを、彼は自分の雑誌をつくることで晴らしているかのようだ。雑誌をめくる手つきは責任者としてのそれで、時々は頷いたりする。

静枝はかすかに首を曲げ、座っている彼の足元を見ようとした。さっきかすかに焼けこげのついた下駄だったのに、こうして白熱灯の下で見ると何も気づかない。くたびれたただの大きな下駄だ。静枝にはそのことが自分に対する大きな裏切りのように思われた。

武者小路は新宿駅で降り、小田急線に乗り替えた。それも手馴《てな》れた様子である。さすがに定期券は持っていないが、祖師ヶ谷大蔵《そしがやおおくら》の駅では顔見知りらしい駅員に挨拶を受けたりする。

駅前はこれといった建物はなく、百姓家がぽつりぽつりと建っているだけだ。武者小路の住む町が、あまりにも田舎であることに静枝は驚いた。ここまで来ると相当の遠出をしたという疲れさえ出てくる。武者小路はこれをほとんど毎日続けているのだ。

彼はすたすたと駅を左に折れ、桑畑の横の小道を入っていった。四ツ谷の駅を出た頃は薄墨を溶かしたようなあたりの空気であったが、今は墨汁である。都会のように街路灯があるわけもなく、田舎の道は全く暗い。だから静枝はもうおびえることなく武者小路の後を追うことが出来た。

彼は三軒似たような家が続く、その真中の家に入っていく。切符を買うよりも、駅の改札口をくぐるよりも、はるかになめらかに彼の体は動いた。「お帰りなさいませ」という女の声を聞いたような気がしたが、それは静枝の幻聴かもしれない。彼女は枯れたケヤキの陰に立っていたが、その場所からだと武者小路の戸を開ける音さえ聞こえないのだ。

武者小路が家の中へ入った後、静枝はもっと大胆に塀に近づいていった。武者小路家の居間は二階にあるのだろうか、黄色い灯がともされた。何と暖かい色なのだろうかと静枝は呆《ほう》けたように立ちつくした。

「お父さま、お帰りなさい」

「あなた、お疲れだったでしょう」

「お父ちゃま、お帰り」

さまざまな声があの灯の下にはある。何人もの人間の息と声がなくては、こんなやわらかい黄色にはならぬ。一人で暮らす女の家の灯は白くて冷たい。それは道を歩いていてもすぐにわかるはずだ。

武者小路を本当に狡《ずる》いと思った。女の家の白い灯を楽しんだ後で、彼にはこんなぬくい灯が待っていたのだ。そして自分を裏切り続けている夫を、こうして毎日待てる安子を心から憎いと思った。あの女は自分の幸福を守るためにはすべてに目をつぶり、芝居をすることが出来るのだ。なんというしたたかな女だろう。同じ女でも、妻という女はしたたかなことをしても許される。それどころか賢い女のようにも言われる。ところが自分は愛人と後ろ指を指され、したたかなという言葉だけが拡大され喧伝されるのだ。こんな女に負けるまいと、静枝は凍土《とうど》の上に立ち、足を踏んばる。唇も嚙みしめる。みじめさのどん底からゆっくりとたち上ってくるものは、まさしく闘志というものであった。

絶望を得ようとここまで来た静枝なのに、別のものを手に入れてしまったようなのである。

師走《しわす》も中頃になってから、今年限りで日向堂を閉めると言われた時も、静枝はそう驚かなかった。中国から集めた美術品や、岸田や梅原など友人たちの絵を置いたり、二階でレコードを聞かせたりと、武者小路が採算を度外視して始めた店であったが、最近はいささか度が過ぎていた。学生たちは格好のたまり場を見つけたと言わんばかりにノートや本を持ち込み、珈琲一杯で半日近く居続ける。店番をさせていた小女は学生の一人と恋愛沙汰《ざた》を起こす始末だ。それより何より店主である武者小路と、店長である静枝がすっかり投げやりになっているのだ。「日向堂」は言ってみれば、二人の恋愛の所産のような店である。二人の仲が冷ややかなものになれば、店の品々にうっすらと埃がたまっていくのは当然だったかもしれない。

静枝は午前と午後の二回、決まった時間に顔を出すようにしているが、それを見計ってやってくるのは中村地平である。東京帝国大学美術史科に在籍中の彼は、たいてい学生服であるが、時々はりゅうとした背広で現れて静枝をまごつかせる。九州は宮崎の大変な資産家の息子だということを、友人の口から聞いたことがある。

静枝が彼を常に歓迎するのは、地平が静枝を武者小路の愛人としてではなく、ひとかどの女流作家として扱うからである。

「ねえ、眞杉さん、このあいだ『星雲』で『キリコの絵に題す』という随筆を書いていたでしょう。キリコをあんな風に理解する女の人がいるなんて驚きだったな、彼のメタフィジカルな主題がちゃんとわかっているんだから」

「まあ、あんなものを読んでいてくれたなんて、とても嬉しいわ」

「僕はね、あなたのものはたいてい読んでいますよ。長谷川時雨が、『女人芸術』に書いたあなたの『町の子供』を激賞していたっていうじゃありませんか。あれはとてもいい文章ですよね。いったいいつ本にするんですか」

「私の書いたものなんか、いつ本になるかわかりませんわ」

静枝は自分の声がとても意地の悪いことに気づいた。ついこのあいだのこと、ある出版社が武者小路に若い女流作家の本を出したいと仲介を依頼したことがある。当然自分の名を推薦してくれると思ったところ、武者小路は「新しき村」の会員である別の女を紹介した。そのことで二人は何度か激しく争ったばかりなのだ。

武者小路は、

「すべてものごとを公平に見たいから」

と言い張り、静枝は静枝で、

「それだったらなおさらあんな女には負けない。あなたは世間の思惑を気にしているのだ」

と応戦した。

武者小路の心が、もう自分から離れかけているのを静枝は充分に知っている。今度の日向堂の閉店にしても、自分との関係に何らかのふんぎりをつけたいからに違いない。今の静枝は死期を告げられた病人のようなものである。死ぬ日はもうだいたい見当がついているのであるが、とりあえずまだ生きて呼吸している。来たるべき日に備えて自分は覚悟しなければいけないのだ。みっともないことだけはすまいと静枝は思っていた。よく別れた男のことを悪《あ》しざまに言ったり書いたりする女がいるが、それは自分をみじめにするだけだ。みじめさには慣れているつもりであるが、書く場所においては毅然とした態度でいたいと思う。しかし今年は短篇小説を六篇書いただけである。それも名もない小さな雑誌にである。自分がいま武者小路と別れたとしたら、有名作家にとりついた無名の女流作家のような図式で語られるに決まっている。自分はとるに足らないものとしてうち捨てられ、武者小路はあの黄色い灯のつく家へと帰っていくのだ。その日のことを考えると静枝は茫然《ぼうぜん》とする。自分が死ぬ日を想像出来ぬように、武者小路を失くした日というのも未だに静枝には思い浮かべることが出来ないのだ。それなのに確実に二人は今、愛の死期に向かって進んでいるのだ……。

「眞杉さん、どうしたんですか、急に考え込んでしまって」

地平が少し咎めるようにこちらを見た。垂れ気味の、男にしては黒目がかち過ぎた目は、こんな時にとても幼く見える。まるで西洋戯画に出てくるような顔だと思うと、静枝はかすかに心がやわらぐのである。

「ご免なさいね。もうじきこの店を閉めると思うと、何だかとても淋しいような気がして」

「そうか、噂には聞いていたけれどやっぱり本当だったんですね」

地平の大きな目が曇る。育ちのいい男だけに見られる素直さで、彼は自分の感情をすぐあらわにするのだ。

「前は茶話会とかいろいろあったけれど、この頃は先生、すっかりこの店に来ませんものね。それに、これ。ほら」

彼は近くにあった棚から、竜文の染付《そめつけ》の瓶を取り上げた。いかにも美術史を専攻する学生らしく、丁寧にそれを掲げた。しかし口調には蔑みが込められている。

「これが李朝《りちょう》だなんてとんでもないと思うなあ。ごく最近のものですよ。それも大量生産のね。僕が初めてここに来た頃は、こんなおかしなものは置いてありませんでしたよ。いったい先生はどうしたんでしょうか」

「この頃画を描くのがお忙しいのよ。だから仕入れのことなんかにもあまり構っていられないんでしょう」

「ねえ、こんな皿で台湾へ行って飯を食いたいと思いませんか」

それはシャムの青磁の高坏《たかつき》であった。

「これにバナナの葉をのせてビーフンを盛る、やあ、豚肉とピーナッツの炒《いた》め物《もの》もおいしいなあ」

「ふふふ、中村さんは食べることばかり」

「だってそうじゃないですか。眞杉さんは思い出しませんか。こんな寒い冬の日、台湾のことばかり僕は考える」

台湾に憧れ、台北の高等学校に進んだ地平は、静枝との話題をいつもそこにもっていこうとする。

「ビールを飲みながらカエルの揚げたやつを喰う」

「ふふ、私はあまりカエルは食べなかったわ」

「たらふく食った後は、甘い餅菓子を食べてやる」

「あの砂糖をまぶして、上に食紅を落としたやつ」

二人はしばらく微笑み合う。が、目をそらすのはいつも静枝の方だ。この若者が突然強い目に変わるからである。

「いつか眞杉さんを連れて、台湾へ帰りたいなあ」

「そんなの無理だわ」

息苦しさから、静枝はやや焦点をずらす。

「私はもう若くないから」

「若くなくたって誰でも台湾へは行けますよ。それに眞杉さんはまだ若い」

地平の固い髭剃《ひげそ》り跡のある喉仏が、無邪気に上下に揺れた。

「年とってるっていっても、僕よりもせいぜい二つか三つ上でしょう」

「三つよ」

静枝は無造作に答えながら、頭の中ですばやく計算を始めた。しかし頭が酔っている時のようにふわふわとうまくいかない。確かこのあいだ彼は二十三歳だと言っていたから、自分よりも八歳下になる。しかしそれがどうしたというのだろう。恋をするわけでもなく、ましてや結婚するわけでもない。相手が勘違いしていたらそのままにしておけばいいのだ。

しかし地平の視線は相変わらず熱っぽく静枝に注がれている。

「閉店する前に友だちを連れてこようかな」

「どうぞいらしてちょうだい。その時はきっといろんなものをお安く出来てよ」

「そいつはとても美男子で女たらしなんですよ。だから連れて来るのが心配です」

「まあ、私は、美男子で女たらしが大好きよ」

「また、そんなことを言う」

地平は恨めし気な表情になる。まだこんな風にこちらを見る若い男がいることを武者小路に教えてやりたいと思った。

地平がその美男子の女たらしを日向堂へ連れてきたのは二日後のことである。

「津島修治といって僕と同じく帝大生で、やっぱり小説を書いているんですよ」

なんとその男は学生服ではなく対《つい》の着物を着ている。それが亀甲《きっこう》が込んだ結城《ゆうき》だということにすぐに静枝は気づいた。地平のように、いや地平よりも富裕な家の息子なのだろう。

「津島とは井伏鱒二先生のところで会ったんですが、顔を見たら何だ、お前じゃないか、っていうことになって。しょっちゅう学校で見ていた顔なんです。こいつは」

まるで小学生が報告するように地平は津島を指さした。

「学校にも時々着流しで来ますしね、やけに目立つんですよ、それにちょっとした顔でしょう」

津島はその紹介が耐えられない、という風におどけて首をすくめた。まだ少年っぽさが残る地平に比べ、不思議な虚無が眉のあたりに漂っている。皮膚が老人のように乾いているのは、おそらく深酒のせいだろう。彼は棚に並べてある武者小路の絵を眺め始めた。時々小馬鹿にしたような笑みをもらす。おそらくいま流行りのアカがかった学生なのだろうと静枝は推理した。ここに来る学生は武者小路の信奉者が多いが、時々こういう輩《やから》が混じり、武者小路と聞いただけで薄笑いをうかべるのだ。

「ねえ、ねえ、津島ってすごい奴《やつ》なんですよ」

地平は静枝を喜ばせたくてたまらないらしく、ためらいなく近づいたかと思うと、口を静枝の耳元に寄せた。

「あいつはねえ、もう女を一人殺してるんですよ」

「えっ、何ですって」

「去年、カフェの女給と心中してるんですよ。あいつは生き残って女は死んだんですけどね」

「おい」

地平の声は津島に届くか届かないかの微妙なものであったが、彼は気配で察したらしい。振り向いた時に意地の悪い笑みをうかべていた。

「これ、さっきそこで買ってきたんですが、あんた食べますか」

いきなり懐から新聞紙にくるんだ焼芋を取り出した。静枝は不意をくらって躊躇《ちゅうちょ》する暇もない。

「ありがとう、いただくわ」

手を伸ばした。津島はまるで男根のようにぐいと一本差し出した。静枝は傍の売り物の皿を出した。高麗《こうらい》ものだというが、もうじき閉店だ、構うことはない。静枝がその皿に皮を落とし始めたので、二人の若者もそれに見習った。少し冷めかかっていた焼芋はあまり甘くなく、静枝はやっとの思いで喉に押し込んだ。うまそうに芋を咀嚼するのが地平で、いたずらに皮をいじっているのが津島だ。

ふと視線を感じる。それは地平ではなく津島であった。

「お前が夢中になっているシャンというから来てみたけど、そう悪くないね」

津島のこの不躾さは、さっきの心中話の意趣返しというものだろう。

「だけどなあ」

彼は静枝を見てニヤリと笑った。

「あんたとは一緒に死にたくないよなあ」

「酔っているのね、この人」

「すいません、神田で待ち合わせした時にもう飲んでたんですよ」

「酔ってないよ」

津島の言葉には北の方の訛りがあり、それがどぎつい言葉をかなりやわらげている。

静枝はそう腹も立たず、無礼な若者を見つめた。

「いい女だけどさ、眞杉静枝さんとは一緒に死にたくないよ」

眞杉静枝さん、という言葉に自分の多くの噂を間接的に聞いたと思った。

第七章　茹で卵

別れのきざしが見える男と女には、さまざまな事件が降りかかる。二人が強く結びついていた頃には何とか乗り越えられた障害も、今はああわずらわしい、つらいと、お互いの目をそらしてため息をつく日々が始まる。

静枝の妹の勝代は二年前寡婦《かふ》となった。小学校の教師をしていた夫が亡くなったのである。二人の子どもを抱えて、台湾の実家へ戻った妹が静枝は不憫《ふびん》でならない。

「何でもしてあげるから言って頂戴。先生もあなたのことをそれはそれは心配してくださっているのよ」

静枝は何度かこの言葉を便箋にしたためたが、書いているうちにふと涙がこみ上げてくる。それは若くして未亡人となった妹に対する憐れみだけではない。

自分の実の妹ならば、武者小路にとっても特別の存在ではないか。経済的に援助をするのが無理ならば、せめて手紙一本書いてくれないだろうか。東京へ来た時は寄ってくれとでも一言書いてくれればいいのだ。台湾でも高名な彼が励ましの言葉をかけてくれたら、勝代はどれほど感激するだろうか。

「人の夫を奪ったりして、お前はどこまで世間に対して恥さらしの真似《まね》をすればいいのだ」

と以前巻き紙の手紙を書いて寄こした父親も、少しは心を和らげるかもしれない。

しかし武者小路に、静枝の妹を慰撫《いぶ》しようとする気持ちなど微塵《みじん》もないようである。

「私が少しでも仕送りをしてやればいいのですけれど……」

という静枝の言葉を全く世間話として聞いている。それについての反応は全くない。自分の肉親にこれほどすげなくされると、静枝はますます頑《かたく》なな気持ちになる。お前はやはり愛人なのだと、男の沈黙の陰で宣言されているようだ。もし自分が妻という立場ならば、これほどの仕打ちを受けるだろうか。好むと好まざるとにかかわらず、彼は家長として妻の嘆きに耳を傾けなければならないはずである。

「先生は私のことを軽んじていらっしゃるんだわ」

絵筆を洗っている武者小路の丸っこい背を眺めていたら、そんな言葉がすらりと出た。それは今までの甘えや媚びとはまるで違う。だから武者小路も珍しく真剣に反対した。

「僕が君を軽んじているなんてどうして思ったりするのだろう」

彼はやや緩慢な動作でゆっくりこちらを振り向いた。五十に近づいてから、腹や肩に確かな肉がついている。そのつき始めた頃も知っていると、静枝はこの七年間の歳月を思った。

せつなく狂おしいものが薄くなるのと反比例して、理がかった思いは強くなる。せつなさが一歩退いた場所に、強さはさらに一歩進み、今まで口にしなかった言葉を吐かせる。

「ええ、先生は私を軽んじていらっしゃいますとも。そうでなかったら私をこんな風に口惜しい屈辱的な立場に置いたりはなさらないはずだわ」

武者小路と自分とは全くの迷路へ入り込んでしまった。二人にはもはや結婚という出口はない。あるものか。彼は二番目の妻に満足し、彼女が生んでくれた三人の娘に心が蕩《とろ》けている。この迷路から逃れるには二人は元の入口までひき返し、そこで別れるしかないのである。

これが屈辱でなくて何だろうか。男は自分を選ばなかった。これからも選ぼうとはしないのだ。

「先生は私にひどいことをなさいました」

最近思わず過去形になってしまうことが多い。そうするとみじめになって、このうえなく傷つくのは静枝自身である。だから言い直す。

「先生は私にひどいことをなさってますわ。私、自分に自信がありませんの。あとどのくらいこのひどい仕打ちに耐えることが出来るだろうかって、時々考えてしまいますの」

「君は私のことを愛してはいないのか」

　この白樺派の作家は、普通の日本の男がほとんど口にしない「愛する」という言葉を、大正の時代からさらりと口にするのだ。

「私のことを愛していてくれさえすれば、そうした屈辱だとか、ひどいという言葉は出てこないものだ」

　半身をこちらに向けた不安定な姿勢で、ひと言でいってのけた。

「君、愛情があればそんな発想はしない。君はもう僕に飽きてしまったからそんな言い方をするのか。どんなにつらくっても耐えてみせると言ったのは嘘だったのかい」

　武者小路は、生徒を説得しようとする老教師のような口調となった。静枝はこみ上げてくる嗤《わら》いをこらえるのに骨を折った。愛していれば愛人という立場に耐えられるはずだという男と、愛しているからこそどんなことをしても夫婦になりたいと願う男と、どちらが誠実であるかは考えてみるまでもない。

　けれども武者小路のその不誠実さを愛らしいともいとおしいとも思った日々もある。あれは本当に同じ自分だったのだろうか。

「私はもう自信がないのです」

　もう一度静枝は口にした。

「本当にこれ以上、我慢出来るかどうかということに不安なのです。もしかすると先生のおっしゃるように愛情が足りないのかもしれませんが」

静枝の痛烈な皮肉は、武者小路の表情を変えた。彼は完全にこちらに向き直り、太い絵筆をまるで刃《やいば》のようにまっすぐに立てた。

「君はあの若い男を好きになったのだろう」

「若い男というのは誰ですか」

静枝は空とぼける。自分と中村地平との仲が日向堂で噂になっていたのは既に知っている。しかし武者小路の嫉妬に燃えた顔を見るのも悪くないなと思った。彼の口元の大きな黒子《ほくろ》が小さく震えているのを見つめているうちに、静枝は次第に落ち着いてくるのを感じた。

「中村とかいう帝大の学生だ。お前たちは店で夫婦気取りでいたそうじゃないか」

「何をおっしゃるんですか、中村さんは作家になりたがっているし、台湾に住んでいらした。それでいろいろとお話が合うんですよ」

「それならば誤解を招くようなことはやめるべきじゃないか」

「誤解も何も、店をやっていれば来たお客さんとお話するのは当然です。それにもう日向堂は閉店したのですから、中村さんとお会いすることもないわ」

「お前は昔から軽々しいところがある。それはもうどうしようもない」

静枝はそれと同じ言葉を、昔、母親のミツイから聞いたと思った。台中で看護婦をしていた頃、若い日本人医師と接吻をかわした。それを知ったミツイが、憎々しげに言ったのだ。

「お前は本当に軽々しい。きっと男に騙されるだろうよ」

自分は騙されたのだろうか。この妻ある男が自分に近寄ってきた時の言葉をずっと信じてきた。

「私は君に出会って、初めて女を愛するということを知った。君は私に新しい人生をくれたのだ。決して悪いようにはしないよ、だから時間をくれ」

恋の初めの頃の武者小路の顔を思い出す。もう広くなりかけていた額いっぱいに汗をかき、眼鏡の奥の目がすがるようにこちらを見ていた。そうだ、彼は騙すつもりはなかったのだ。いずれはどうにかなるだろうと思っていた見通しの甘さと楽天主義は、いかにも白樺派らしいと静枝は、いつのまにか冷たい微笑を浮かべている。

「お前はまたそんな風に私を見る」

武者小路は憮然《ぶぜん》として眉を上げた。そして威厳を振り絞るようにして、年下の愛人をたしなめた。

「もうそんな風に私を見てはいけないよ、そんなことをしたら私たちは駄目になってしまうかもしれない」

しかし静枝が同じ笑いをうかべたのは、それからすぐの二日後である。五時を過ぎ、そろそろ帰り仕度を始めていた武者小路は、今にも雪が降り出しそうな真冬の空を案じて縁側の障子を開けた。そしてさっと顔色を変えた。

「大変だ、新聞記者が来ている」

「えっ、何ですって」

静枝は読みかけの本を閉じ、障子を細く開けた。カラタチの垣根の向こうに鳥打ち帽の男が二人いる。一人は大きなカメラを手にしていてあきらかにこちらを狙っているのであった。

「どうしてここがわかったのだろうか。いま新聞沙汰になったりしたら大変なことになる。誰かが何かを話したのだろうか、いや、そんなことはないだろうが、いったい……」

武者小路はとりとめもないことをつぶやきながら、いつもの彼には見られぬ素早い身のこなしで玄関に走った。三和土にはちびた下駄が並べてある。いつか静枝が火鉢に投げ込んだものではない。おそらく妻が新しく買い整えたものだろうが、歩く時だけはせかせかと早い武者小路のために、早くも薄汚くなっている下駄だ。

その下駄をやおらつかんだので、静枝は驚いた。

「先生、どうなさるんですか」

記者の顔に投げつけるのではないかと案じたのだ。しかし男は静枝が考えているよりもはるかに小心であった。

「裏口から私は逃げるよ」

「だって先生、木戸は表にしかありませんよ」

「垣根ぐらい越えられるさ」

みっともない、武者小路ともあろう人が、どうしてこの期《ご》に及んでじたばたするのだ。七年も続いた二人の件は、文壇での周知の事実だったではないか。こんな風にあがくことが、どれほど女を傷つけるかわかっているのだろうかと静枝は言いかけたがすぐにやめた。武者小路があまりにも焦《あせ》っているのと、今さら男を責めることに疲れたからである。

「君は記者を見張っていてくれ。奴らが表にいる間に、私は裏から出ていくから」

理想郷「新しき村」の主宰者にして、人道主義の大家武者小路は、泥棒もかくやと思われる身のこなしで、勝手口を開け冬の闇の中に紛れ込もうとした。

家の中の気配で記者は何か勘づいたらしい。カメラを持っている男がやおら走り出した。が、静枝はそのことを裏庭にいる武者小路に告げたりはしない。自分の知らないところで、活動写真がゆっくり動いているようだと思う。表にいるのも知らない男、着物の裾を大きく広げて垣根を越えようとしている男も知らない……。

やがて武者小路の大きく叫ぶ声が聞こえてきた。

「君、こんなことをしてはいけない。勝手に人の写真を撮るなんてそんなことが許されると思っているのか」

「先生、ちょっとお話を伺わせていただくだけでいいんですよ」

「君、まさか家に行ったりはしていないだろうね。妻に何か言ったりはしていないだろうね」

くっくっと静枝は笑い出した。やめようやめようとしても笑いはいくらでもこみ上げてくる。苦しさのあまり涙が吹き出してきた。極まると笑いになる。笑いで締めくくる男との別れというものもあるのだ。それは何と自分たち二人にふさわしいのだろうかとふと思う。


正式に二人が別れた後もこの時の話はいくつかの新聞記事となった。別離がこれ以上嘲《あざけ》りの対象にならぬように、静枝はいくつかの取材に応じなければならなかった。

「武者小路先生は私にとって神さまのような方で、私は神に仕える巫女《みこ》のような気持ちでおりました。ですから静かな気持ちでお別れ出来ました」

という自分の談話を、静枝はどれほど白々しい思いで眺めたことだろうか。お互いの立場を守るためと言え、よくこんな嘘が言えたものだ。愛を断ち切るためには、さらに強い憎しみが必要だということをさんざん教えてくれたのは武者小路ではないか。

「お前は私の金があてだったのだろう、私の地位があてだったのだろう」

彼は暴力こそふるわなかったものの、一昼夜静枝を責めたてた。肩が怒りのために大きく上下し、ぶ厚い唇の端に泡がたまった。

「お前は私をさんざん利用して、あの若い男と一緒になるつもりなのだろう」

静枝は否《いな》と答えない。武者小路との破局がはっきりとした形をとるにつれて、静枝の中に浮かび上がる光景がある。それは地平と結ばれ、彼の子どもを抱いている自分の姿である。どうしてこんなことを考えるのだろうかと最初は訝しく思ったものだ。武者小路を無二の男と思い、激しく求め続けた日々だったではないか。それなのに別れが近づいたとたん、自分は若い男との未来を描いているのだ。これほどしたたかで気楽な女だったのだろうかと、我が身が空怖ろしくなってきたものだ。

が、今ならわかる。武者小路が完全に去った後の空虚を静枝はしかと想像出来る。深くて巨大な空虚。おそらく静枝は何十もの眠れぬ夜と、膨大な涙を流すことだろう。静枝はそれが怖くてたまらない。自分は内地に来たばかりのあの二十代の女ではないのだ。中年のきざしが見え始めた三十代の女である。そんな女に男と別れた日々が耐えられるだろうか。静枝は本当に怖くてたまらぬ。だから出来るだけ楽しいことを考えようとする。冬の夜、通いの女中も帰った後で静枝はそろそろとかい巻きを首の上までかけ上げる。もう長いこと男が横たわることがなくなった布団は固くて冷たい。それを静枝は自分の体温と、せつない想像力とで温めようとする。

もし武者小路とはっきりと別れたら、地平は自分と結婚してくれるだろうか。日向堂の薄闇の中で、彼は何度かささやいたことがある。

「僕はあなたのことが心配でたまらないんです。あなたのことを何て可哀相な人だと思う。もっと幸せになれる人なんですよ、あなたは」

あれが愛の告白でなくて何だろうか。少し間のびして垂れた大きな目が、育ちのよさを表している青年。がっちりとした肩のあたりに、南国の陽だまりが漂っているようだ。

今ならまだ間に合うかもしれないと静枝は思う。自分はあの男と結婚して彼の子どもを生む。そして彼を一人前の作家にするのだ。静枝はあの冬の日の哀しみを忘れてはいない。祖師谷の自宅へ帰る武者小路をこっそりと尾《つ》けていった。あの家は暖かい黄色の灯がともり、父を迎える子どもたちの笑いさざめく声が聞こえるようであった。

安子。他の女から武者小路を奪い、そして三人の子どもを生んで正式の妻におさまった女。彼女のことをどれほど憎み、どれほど羨んだことだろうか。しかし静枝も今なら、まだ安子になることは出来るのである。

地平は昨年発表した「熱帯柳の種子」が佐藤春夫らに激賞され、新進作家の地位を固めつつある。彼が日向堂に連れてきた、奇妙な雰囲気の青年、津島修治と共に、最も気鋭の作家と文芸誌に書かれたこともある。彼の師である井伏鱒二門下では、もう一人を加えて三羽烏《さんばがらす》とも呼ばれているらしい。

地平は今年、昭和八年の三月に東大の美術史科を卒業したが、これといって職に就く予定もないので大学院に籍を置いている。つまり地平は、将来性、風采《ふうさい》、学歴と文句のつけどころのない男なのだ。その男と結ばれる夢を描くことによって、もうじきやってくる別離の恐怖から逃れようとする自分を、誰が咎めることが出来ようか。ましてや武者小路には何も言う権利はない。もう何もありはしない。何もないのだ。

新しい年があけた。満洲《まんしゅう》国皇帝に溥儀《ふぎ》が就任し、台湾でも大層威張る日本の軍人が増えてきたと勝代が書いて寄こしても、それに心を動かされることはなかった。静枝の大きな計算違いが二つあった。

それは武者小路と別れた衝撃が想像以上に大きかったことである。何年もかけて心の準備をしてきた。きっと乗り越えられると思っていたのであるが、それは想像以上に強い力で静枝の心をえぐった。が、それを埋めてくれるはずの地平は静枝から遠去かるばかりだ。

静枝がぼんやりと思い描いた計画によると、正式に武者小路と別れた静枝の元に地平が訪れ、はっきりと愛を告げることになっていた。しかし武者小路との別離より先に日向堂も閉店したため、地平と会う機会は全く無い。

今年の三月に大学院を中退した地平は、友人の紹介で都《みやこ》新聞社に入社した。

「決して作家になる夢をあきらめたわけではありませんが、僕のような世間知らずの人間は一度実社会に出てみるのもいいかと思っています。給料が入ったら銀座でご馳走でもさせてください」

という手紙を貰ったが、その後連絡はない。静枝は自分の夢想した世界に裏切られ傷ついた。

武者小路との別れによる打撃は精神的なことばかりではない。日向堂からの給料も、武者小路から時々手渡された生活費も失くなった。時々雑誌に発表する短篇の原稿料だけでは生きていけるはずもなく、静枝は工業関係の小さな業界紙に勤めることになった。地平と同じ仕事に就いたわけであるが、向こうは大新聞社である。小さな町工場の親父《おやじ》から談話を取ってくる静枝と接点があるわけもなく、もはや地平の噂を聞くこともなくなった。

この頃静枝は洋服を着る。スカートにストッキングといういでたちは台湾の看護婦以来である。武者小路を待ち、日向堂に顔を出す日々は着物でとおしたが、埃っぽい町工場を歩く日々だとそうもいかない。貯金をはたいてお茶の水の洋装店で何着かスーツを誂《あつら》えた。極端な撫で肩の静枝は、大きなパッドを入れなければならない。久しぶりの洋装はどうも落ち着かず、最初は歩き方もぎこちなかった。

ストッキングにつつまれた自分の足は、どうひいきめに見ても格好がいいとはいえない。衿や脇《わき》のあちこちから隙間風《すきまかぜ》が入り込んでくるようで、それは静枝の寂寞《せきばく》とした気持ちに拍車をかけた。

女中はとうに解雇していたから、自分ひとりで飯を炊《た》かなければならない。昔から家事全般が苦手な静枝は、これが苦痛の種となった。女ひとりでは飯屋やレストランに入るわけにもいかず、よく会社の帰りにパンを買った。七輪で焼いたそれにバターを塗り、塩をつけて食べる。茹でた卵や切ったトマトを添えることもある。まるで山登りに行く時のような食事をちゃぶ台の上に並べると、あらためてひとりだと思った。

貧しい食事であるが、それでも昔からの習慣で箸をとる前には軽く手を合わせた。特に茹で卵を食す時は深く頭を下げる。茹で卵は静枝の好物である。台湾に住んでいた頃は卵売りの老人もやってきて、しょっちゅう食べることが出来たが、高価な内地ではそうはいかない。会社の帰りに時たま卵を扱う乾物屋へ行き、二個、三個と紙袋に入れてもらう。

そこにはちょうどミツイの年齢ほどの初老の女がいて、静枝が注文すると、もみ殻の中から大切そうに卵を取り出す。そして天井から下がる白熱灯にかざしてひとり頷く。女がいったい何を確かめようとしているのか静枝にはわからない。もしかすると雛《ひな》になりかけている卵でもあるのだろうか。

いやそんなことはどうでもいいことだ。アルマイトの鍋《なべ》で茹でた卵はほかほかと温かく、舌にのせると蕩けるようである。すべて大雑把の静枝は茹でる時間を計ったりしないので、黒く固まってしまう時もあるし、皿にのせても流れるほどやわらかい時もある。だから上手にちょうどいい加減に茹で上がった卵は、静枝にほのかな幸福感をもたらしてくれる。

昼についた黄身をなめながら、静枝は都新聞をめくる。別に地平が勤めているからそれを購読しているのではなく、今までも朝日と都を二紙取っていた。武者小路が通ってくることがなくなってから、朝日の方を断わっただけだ。そこに特別の意志が働いていたわけではない。

一面で静枝の手が止まった。

「首相に在満機構改革問題の真意を問う」

という見出しで、就任したばかりの岡田啓介《けいすけ》の写真が載っている。車から降りてきた彼に、数人の男が群らがっている。取材をしようとする新聞記者たちだろう。その中に見憶えのある顔があった。ゆったりと離れた大きな目は間違いはない。確かに地平だ。

何とか談話をとろうとしているから彼の表情は険しく、肩もいかっている。驚きと歓びが微笑のように静枝の中にわき上がってくる。あの少年のようなはにかんだしぐさを見せた地平が、一国の総理大臣に迫っているのだ。男の成長というのはなんと早いのだろうか。

そして茹で卵を手にした静枝はその写真から目を離すことが出来ない。この男はもう本当に自分にとって縁の無い存在なのだろうか。もう二人は二度と出会うことは出来ないのだろうか。

「あなたは可哀相な人だ。もっと幸せになれるはずなのに」

と言った言葉の続きはもう聞くことが出来ないのか。

二日間迷いに迷った揚句、静枝は都新聞社に電話をかけた。案の定、地平は取材で外に出かけているという。

「それならば電話をいただけないでしょうか。今日は一日社におりますから」

事務的に会社の名を告げた。おかげで昼食をとりに外に出かけることも出来ない。残暑のきつさと空腹で少し気分が悪くなりかけた頃、目の前の電話機が鳴った。

「もしもし中村と申しますが、眞杉さんはいらっしゃいますか」

「眞杉です、お久しぶり」

「ああ本当にお久しぶりですね」

中村の声は淡々という言葉がぴったりで、それは静枝をかなり失望させた。

「このあいだ新聞で写真を拝見したのでびっくりしたわ」

静枝は相手の言葉にかぶせるように口早に言った。何の御用でしょうか、と言われるのが怖かったからだ。

「そうですか、まいったなあ。実は昔の仲間から何人も電話がかかってきましてね。新聞記者でありながら、新聞の影響力にびっくりしましたよ」

最初の他人行儀のところが消え、いきなり地平は学生言葉になった。そして静枝の望んでいたことをあっさり口にしたのだ。

「そういえば約束の食事、まだ実現させていませんでしたね。こちらも忙しくて忙しくて目がまわるようでしたから。でも何とか自分の時間をつくれるようになりました。よかったら今週でもいかがですか」

木曜の夕、新宿の武蔵野《むさしの》館の前で待ち合わせることにした。話題の映画「会議は踊る」を観《み》てもいいし、その時気がのらなかったら洋食でも食べに行こうという、いかにも新聞記者らしい気儘《きまま》な誘い方である。

もしかすると少し遅れるかもしれないと地平は案じていたのであるが、十五分遅刻したのは静枝の方だった。会社の便所で念入りに化粧を直していたためである。

夕暮れの新宿は上着を片手の勤め人たちや、ワンピースの裾をひらひらさせた娘たちで溢《あふ》れていた。銀座よりも気楽で、浅草よりも品があるといって、新宿はこの頃若い者たちに大層人気がある。そうした街に洋装はいかにも似合っていて、静枝は久しぶりに娘のように心が昂まった。

髪を結い、着物をぞろりと着た日向堂時代の自分ではない。暗い目をしていた、大作家の囲われ者でもない。今夜静枝は新進女流作家兼新聞記者として、地平に会いに出かけるのである。

白っぽい背広を着て地平はそこに立っていた。大柄な彼にそれはとても似合っていて、ポマードで固めた髪もさっそうとしている。地平はこれほど男前だったろうかと静枝は一瞬見惚《みと》れた。そして自分はずっと以前からこの男のことを愛していたのだと思う。

「中村さん」

静枝は呼びかけた。

「お久しぶり。本当にお久しぶり」

言いかけてすんでのところで涙が出てきそうになる。どうして自分は三年近く、この男に会わずにいられたのだろうか。地平はやあと笑いかける。ああ何といういい笑顔なのだろうかと思う。やっとわかった。地平は静枝にとって希望なのである。

「ご無沙汰《ぶさた》していてすいません。一度ご挨拶に行こうと思っていたのですが」

頭を下げる地平を静枝は手で制した。

「いいの、いいのよ。もうそんなことやめて頂戴。やっと会えたんですもの」

〝やっと〟という言葉に力を込めた。本当にそうだ。廻り道をしてしまった。どうして会うことをためらったりしたのだろうか。

静枝は何日か前に見た新聞記事が自分を刺激していることを感じた。四年前、佐藤春夫に妻を譲渡したとして世間を騒がせた谷崎潤一郎が、船場の御寮はんと呼ばれる女性と近く再婚するという。根津松子という名前にも、濃い目の関西風の化粧を施した、ぽってりとした唇にも見憶えがあった。十年前、大阪の文学サークルで一緒だった松子に間違いない。高名な画家に描かせたという友禅の、人妻にしては長すぎる袂をひらひらさせながら、

「うちは芥川龍之介が大好き。もうあの人の本を読んでいると心がじいんとしてしもうて」

とつぶやいていた松子が、どうして谷崎潤一郎と結ばれたのだろうか。新聞は熱愛の末、谷崎が松子を婚家先から奪うようにして同棲を始めたと伝えている。そして最後の、

「今の妻とははっきりした形をとり、近いうちに籍を入れるつもりでいる」

という谷崎の談話に静枝は衝撃を受けた。

今や武者小路とは比べようがないほど文壇の寵児《ちようじ》となっている、谷崎の正夫人となる松子への単純な羨望だけではない。世の中には、これほどたやすく、何の疑いも持たず結婚へと向かっていく男女がいるではないか。どちらも結婚していようとも構わない。どうしてもこの男を、どうしてもこの女をという強い決意さえあれば、その道はまっすぐに続いているものなのだ。ずんずんと歩き進むことが出来るものなのだ。

自分と地平は急がなければならないのだ。ちょうど谷崎と松子のように急いで幸福に

ならなくてはならない。やっとわかった。自分はこの男を欲しているのだ。この男をずっと愛していたのだ。

第八章　おせち

昭和十三年の正月の朝、人々は威儀を正していっせいに立ち上がった。戦いに向けての決意をあらたにするため、全国民がこの時間に遥拝《ようはい》することになっているのだ。新しいものではないが、こざっぱりした小紋に着替えた静枝は宮城に向けて頭《こうべ》を垂れた。目を固く閉じ、深く顎を埋《うず》める。静枝が祈っているのは大陸での日本軍の大勝利でも、皇居の奥深く住む人々の健康でもない。はるかに漠とした大きなものに、静枝はいま感謝を捧げているのである。

昨年の十月、地平に召集令状が舞い込んだ時、静枝は思わず大きな悲鳴をあげたものである。充分に愛国心は持っているつもりであったし、最近は時局に寄せた随筆を頼まれることもある。しかしそれと自分の愛する男が戦地へ行くのとはまるで違う。

「こんなことってあるのかしら。なぜあなたが……」

と何度も口走り、地平にたしなめられたぐらいである。共に暮らすようになって三年、この若い男はやっと少しずつ自分のものになりつつある。新聞記者をやめ、筆一本で生活してほしいというのが静枝の念願であったが、それもかなえられたばかりだ。それなのに戦争は静枝から男をもぎ取ろうとする。今まで男をもぎ取ろうとするのは、男の妻や子どもたちであったが、戦争というのは初めてだ。その不気味な大きさに静枝は怯え、訴えることも出来なくなってしまう。ただ泣くだけであった。

しかし思いもかけない幸運が起こった。故郷の都城《みやこのじょう》陸軍歩兵連隊に入った地平は、胃潰瘍《いかいよう》が見つかり即日帰されたのだ。静枝は手を打って喜んだ。あまりのはしゃぎように、友人宇野千代が、

「そんなに大っぴらにすると、非国民ということになってしまうわよ」

とたしなめるほどであった。

世の中は日いち日と暗く息苦しくなっていくというのに、静枝のまわりだけはぽっかりと温かく幸運なことが続く。全く不思議なくらいだ。

おととし地平が都新聞社を辞めた直後は、毎日銭湯代にもこと欠くような暮らしであったが、最近は彼にも順調に仕事が入ってくる。昨年の暮れには小説集が出たばかりだ。今年の四月からは日大の芸術科で非常勤講師を務めることになっている。たいした額ではないが、毎月決まったものが入ってくるということは、二人をどれほど安堵させたただろう。

地平ばかりでない、今年は静枝にとっても記念すべき年になりそうである。初めての

本を出すことが決まっているのだ。長谷川時雨の「女人芸術」の同人になってからというもの、静枝は宇野千代、吉屋信子、林芙美子ら錚々《そうそう》たる女流作家たちと並び称されることが多い。しかしこれは武者小路との恋愛により静枝が目立った存在になっただけの話だ。静枝は未だに一冊の本も出版していないのである。

このことにとうに気づいているのはやはり林芙美子で、「婦人公論」で女流作家特集が組まれた時、

「私のように命を削るほど仕事をしている者と、眞杉さんのように趣味で書いている人と一緒にされてはたまらない」

と言ったとか言わないとかの話が漏れ伝わり、静枝は唇を嚙んだものだ。眞杉さんは書くことが好きなのではなくて、文壇に出入りするのが好きなのよとも芙美子は言ったというが、そう言われても仕方ないところがある。

武者小路と別れた後、とにかく必死で書こうと思った。坂口安吾《あんご》、矢田津世子、北原武夫らと文芸雑誌を創刊したのもそのひとつだ。そしてそういうことはただちに写真付きで新聞に載る。「文壇白浪《しらなみ》七人女」という題名でゴシップ調の記事が出る時にも、静枝の名は欠かせないものになっている。

芙美子に指摘されるまでもなく、自分の虚名に実が追いつかないことを静枝は知っているつもりだ。本を一冊も持たない作家のつらさというのも充分に味わっている。

未知の者と名刺を交換した後で、

「今度はぜひ本を拝読させていただきましょう。最新のお作は」

と問われ、

「いいえ、まだ、一冊も」

と答える時の恥ずかしさ。経歴の欄にも作品を収録した雑誌名が載っているだけの寒々とした思い。しかしそれももうじき終わりだ。静枝は今年こそ晴れて著者になるのである。

気がつくと、静枝はぽんぽんと拍手《かしわで》を打っていたらしい。

「変わった人だ」

傍らの地平が苦笑いしている。

「遥拝をした後で拍手をうつ人なんて初めて見たよ。宮城は神社じゃないんだから」

「そりゃあそうだけど、やっぱりそんな気分になるじゃありませんか」

静枝はにっこりと笑い、ああ本当にいい年になりそうだと思った。暮れからずっと地平の機嫌がよい。それが何よりも嬉しいのだ。

男の顔色を読み、始終気を使うのはもはや静枝の習い性といってもよかった。それは武者小路とつき合っている最中に身につけたものであるが、地平に向ける視線はさらに注意深くなっている。そもそも静枝が夢中になり、押しかけるようなかたちで始まった同棲である。

「こんなことをしてはいけない、帰ってください。僕はまだあなたの人生に対して責任を持てないんです」

ときっぱり言いはなった地平に、静枝は泣いて頭を下げた。

「そんな冷たいことを言わないで頂戴。あなたに見捨てられたら、私はもう行くところがないんですもの」

まわりの人が指摘するとおり、静枝は地平の坊ちゃん気質や人のよさを最初から見抜いていたのであるが、そうかといって彼のことを決して甘く見ていたわけではない。なんとか一緒に暮らし始めたというものの、地平の不機嫌さは三カ月は続いたであろうか。

だが、

「確かにあなたのことを好きだけれど、こんな風に性急にことが運んでいいものだろうか」

と不意に言い出す年下の男の口調を、静枝はしんから可愛いと思った。この男との生活を続けるためなら、もはや誇りや意地もかなぐり捨ててもいいと思ったあの頃の静枝には、確かに異様なところがあったらしい。

「武者小路さんのことを忘れようと思うのはわかるけれど、無理やり次の男に飛びつくなんてあなたはちょっとやり方がヘタよ」

宇野千代は忠告してくれたものである。しかし静枝は既に戦いを始めていた。それは男の不機嫌さをひとつひとつ剝いでいく戦いである。若い男がむっつりと黙り込むとまるで死んだ貝の殻だ。なすすべがない。静枝はありったけの知恵と金を使い、その中にナイフをさし込もうとする。夜、閨《ねや》の中で静枝は何度も自分から足と舌をからめていった。給料を注ぎ込んで音楽会や映画の切符を買い、うまいものを出す店を二人で歩いた。

もちろん地平はこうしたものに懐柔されるほど愚かな男でもなければ、無教養な育ちをしているわけでもない。しかし圧倒され、拒否し、しかし執拗に差し出される、という行為が繰り返されていくうちに、彼はいつしか、諦念《ていねん》の境地に達した。二十九歳の彼のここに至るまでの早さは老人のそれであった。どうやら地平は自分が静枝に屈した経過を、女に対する愛情とすり替えて納得しようとしたらしい。そう考えなくては、彼の若い男としての矜持はずたずたになってしまうからであるが、静枝はそのことに気づかない。自分の虜囚が、椀《わん》を素直に受け取ったことで有頂天になったままだ。

ともあれここしばらくは、地平は大きな反抗も見せず、静枝にもやさしい。遥拝した後、二人は元旦《がんたん》の膳《ぜん》を囲んだ。大晦日《おおみそか》を宇野千代の家で徹夜麻雀《マージャン》をして過ごした二人は、揃《そろ》って寝坊をし、決められた十時少し前にやっと身じたくを終えたのだ。

「あけましておめでとうございます。さあ、私にお屠蘇《とそ》をついで下さいね」

静枝はうきうきとした調子で盃《さかずき》を持ったが、地平の手は動かない。わかるほど大きく舌うちをした。いつか吉屋信子が二人の新居を訪れた時、台所や玄関のいたるところに、汚れた店屋ものの器が積み重なっているのを見てそれとなく静枝に注意をしたものだ。武者小路が通っていた頃は、女中がいたために何とか取り繕うことが出来た静枝の多くのものは、地平の目にあらわになる。しかし南国育ちの大らかさで普段の彼はかなりの寛大さを保っているといってもよい。

しかし今日は元旦である。九州の名家である彼の家では、正月の膳は厳粛そのものであった。女たちが徹夜で磨き立てた漆の器には、その家の決まりごとの菜がこれまたしかるべき配置で並べられたものだ。それはまことに神事にふさわしい清々しさであった。しかし台湾育ちの女が見よう見まねでつくった正月の膳は、野放図で貧しかった。くたくたに煮た雑煮にやたら甘辛い煮しめ、そして買ってきたものを並べたらしい田づくりや豆が安物の有田の皿に盛られているだけだ。

「もういらないよ」

地平は言った。

「僕はちょっと出かけてくる」

「いつもそうなのだから」

一瞬のうちに静枝の目から涙が吹き出した。何とか地平との子どもをつくろうと最近産婦人科に通っている静枝は、薬のせいで顔がいくらかむくんでいる。感情が激しやすくなっているのもそのためだと本人は言うが定かではない。

「何が原因だかわからないけれど、あなたは気にくわないことがあると、すぐにぷいと席を立つのだから。残された人のことを考えなさいよ。今日はお正月なのよ」

正月にこんなものを食べさせられるこちらの身になって欲しいと言う代わりの地平の沈黙は、さらに静枝の涙の原因になる。

「お正月から人を嫌な気分にさせる権利なんて、誰にもないのよ。ねえ、台湾でのお正月を憶えているでしょう。皆で爆竹を鳴らして、にぎやかにやるじゃないの」

静枝が台湾のことを口にし始めるのは、媚びが始まる前兆である。二人共通の記憶に縋《すが》ろうとするのだ。

最初は怒り、泣き、男を責めるのであるが、静枝は決して最後までいかない。とことんいきつく先にあるものの、その怖ろしさのために引き返す。そしてすぐに静枝は恐怖にこわばる顔を笑顔に変えて、男の機嫌を取り始める。このいつも燻《くすぶ》り続けたまま燃えることのない火は、静枝の内に煙の煤《すす》を貯《た》めていく。誰でも言うことであるが、武者小路と恋をしていた時よりも静枝はずっと老けていった。

「ねえ、そうだわ、これから宇野さんのところへ行きましょうよ」

そして静枝は菓子を袋から取り出すように、宇野千代の名前を挙げるのだ。

「あの人もお正月だからきっと退屈しているはずよ」

「そんな新年そうそう、人の家へ行くものではないよ」

地平がやっと声を発したので、静枝はその言葉に大げさに反応した。

「嫌だわ、新年だから人のうちにお年始に行くんじゃありませんか」

「昨日もさんざん遅くまでいたんだ。そんなわけにはいかないよ」

そう言いながらも地平の太い眉がかなり柔和になったのを静枝は見逃さない。次々と静枝が与える菓子の中で、宇野千代宅で麻雀というのは地平が最近最も気に入っている味だ。地平は麻雀を憶えたてで面白くて仕方ない頃なのだ。それに彼は作家としての宇野千代を高く評価している。彼女が三年前に書いた「色ざんげ」は彼を非常に興奮させたものだ。日本の女流作家で、男や恋をこんな風につき離して書くことが出来る者がいるのかとも言った。それ以来、宇野千代は彼にとって尊敬し憧れる作家なのだ。その宇野の家へ行って、彼女と親しく卓を囲むというのは、地平にとって大いに満足のいく時間なのである。金があって物惜しみしない千代は、この頃めっきり手に入りにくくなっている洋酒の栓《せん》も無造作に抜く。ちょっと台所に入っていったかと思うと、器用にぬたをこさえたりする。そのひとつひとつに地平は無邪気に感動するのであるが、こういうことが静枝にとって面白いはずはない。しかし静枝は今や、友人をも動員しなくてはこの若い恋人の心を繋ぎとめておくことはむずかしくなっているのである。

「そうよ、宇野さんのところへ行きましょうよ。麻雀の昨日の続きをすればいいんだわ」

静枝は地平の肩に手をやる。彼がむっつりしているのは、麻雀をするからといって急に動くわけにはいかないからである。しかしもう少したてば、彼は機嫌を直す照れのために無口になりながらも、大きな体を持て余し気味にゆっくりと立ち上がるであろう。三十秒後の行動まで静枝はわかる。本当にこの男のことならすべてがわかる。自分のことをあまり愛していないこと、こんな生活に苛立っていることも手に取るようにわかる。しかしそれがどうしたというのであろう。もはやこの男がいなくては静枝は生きていけないのである。だから男はここに居なくてはいけないのだ。

静枝の掌に男の体の熱さが伝わってくる。これを感じながら眠ることが出来るならば、静枝はどんな屈辱をも受けるつもりなのだ。

「ねえ、地平さん、マフラーをしなくては駄目よ。昨日も忘れていったばっかりに、随分寒い思いをしていたじゃありませんか」

静枝は節をつけるようにして語りかける。これもまた誰でも言うことであるが、地平と暮らし始めてからの静枝は常に躁《そう》状態の中にある。

「あ、ポン。悪いけど静枝さん、それいただくわ」

千代の長い指がすうっと伸びて、静枝が捨てた牌《パイ》を拾った。

「千代さんたら、さっきからポンばっかりだけど、ちゃんと手をつくっているの」

「大丈夫、まかせておいて頂戴よ。元旦の麻雀は絶対に負けられないの。今日負けたりしたら、今年はずうっと負けっぱなしになるんですものね」

正月らしく千代はベルベットの黒のスーツに、ピンクのブラウスをのぞかせている。東郷青児と暮らしていた頃は、着物を好んで着ていた千代であるが、「スタイル」を創刊してから洋服一辺倒になった。手足がきゃしゃで、腰の位置が高い千代に洋装はよく似合う。最近は自分でデザインをして、フリルやボウをあっさりとあしらったワンピースを着ることも多い。

千代の最近の洋装趣味は、おそらく恋人の北原武夫の影響が大きいはずだ。慶応出の北原は、仏蘭西風のしゃれた小説で売り出し中の作家である。その彼の機嫌があまりよくないのは無理もない。元旦そうそう麻雀をするために、千代は女中を北原の家まで呼びにやったのである。同棲中と世間では言われている二人であるが、妻に死なれた北原には幼い子どもが遺されているので、近くに家を借りて住んでいた。女中が行った時はちょうど子どもと羽根つきをしていたのだと、彼はいささか皮肉っぽく言ったが、千代は知らん顔をしている。

「ねえ、もうじきお芙美さんが帰国するそうよ」

役牌を迷いながら捨てた。

「林さんが」

「そう、なにしろ〝女流南京《ナンキン》一番乗り〟が帰ってくるんだから、そりゃあ大騒ぎになるでしょうよ」

毎日新聞の特派員として、南京占領の現場に立ち会った芙美子は、毎日のように派手に書きたてられている。

「どうなんですかね、また自費で帰国歓迎会でもおっぱじめるんですかねぇ」

地平にしては珍しく意地の悪い笑い方をしたのは、二年前の芙美子の出版記念会のことを言っているに違いない。「中央公論」に発表した「牡蠣《かき》」の成功に気をよくした芙美子は、自分が主催して豪華な晩餐会《ばんさんかい》を開いたのである。嬉しさと得意さのあまり、この席上で芙美子はどじょうすくいを踊った。

「いかにもお芙美さんらしい」

という好意的な拍手も湧《わ》いたが、大半は嘲りの微笑で芙美子のからげた足元を見ていたのではないだろうか。そうでなくても普段から男の文士連中に、

「昔は五十銭で誰とでも寝た女」

「下品な目立ちたがり屋」

などと決して評判のよくない芙美子である。せっかく自腹を切った金も、成金ぶりを見せつけるため、などと後に新聞に書かれて口惜し涙にくれたという。

「林女史は物書き、というよりも、ジャーナリズムにいいように踊らされている芸者のような気がしますね。今度の南京行きにしても……あ、それで上がりだ」

地平は静枝の捨てた牌を奪い取るように握った。甲までびっちりと黒い毛の生えている地平の手は、こうした時にひどく強欲に見える。

「悪いね、北原さん、これで僕がいちばんになるね」

「まいった、まいった。正月そうそう君に巻き上げられることになるか……」

地平は北原よりもひとつ年下である。在社当時はほとんど顔を合わせなかったというものの、二人はかつて都新聞社での同僚であった。そしてこの二人の若者には共通点がある。どちらもひどく年上の女性を恋人にしていることだ。千代と北原とはちょうど十歳違う。地平と静枝との八歳よりも差が大きいということが、静枝を居心地よくしている。

しかし千代ののびのびとした様子はどうしたことであろうか。麻雀に負けた恋人の不機嫌さをやわらげようともせず、平気でものを言いつけるのだ。

「ちょいと武夫さん、私お腹《なか》が空《す》いてしまったわ」

「おせちを食べればいいじゃないか」

「私は女のひとり暮らしですもの、そんなものかたちだけしかつくりゃしないわ。それより私、急に支那そばが食べたくなったの。ねえ、駅前のあの店にちょいと行ってきてくれないかしら」

「元旦だもの、やっているわけがないよ」

「そんなことはないの。あの中国人の親父さん、正月もやっていると言っていたもの。それに私からだって言えば、きっと店も開けてくれるに決まってる」

「仕方ない人だなあ」

北原の眼鏡の奥の眼がいとおしげに笑ったのを、静枝は見てはいけないような思いで眺めた。地平は一度でもこんな風に自分を見つめたことがあっただろうか。ずっと以前、あの日向堂の薄闇の中でなら見たような気がするが、あれはどこへ消えてしまったのだろうか。

「ねえ、地平さんも北原と一緒に行って頂戴よ。もしかすると支那そばを四つ、岡持ちに入れて持ってくることになるかもしれないから」

「ひどい人だなあ」

「ちょうど外の空気を吸いたいと思ってたからいいですよ」

男たちがにぎやかに出ていった後、静枝と千代は二人残された。とりあえず牌を片づけようとテーブルに目をやり、静枝はハッとする。千代は中指の爪を立て、苛立たし気に叩き始めたのだ。それは怒りを伝えるモールス信号のようであった。

「ちょっと静枝さん、さっきのあれはないでしょう」

「あれって何かしら」

「とぼけないで頂戴。私はこう見えても、麻雀をやり始めたのはあなたたちよりもずっと昔なの。その私がわからないわけないでしょう。あなた、さっきわざと地平さんに振り込んだわね」

「そんなァ……」

「誤魔化そうとしても駄目よ。あの捨て牌からあれを捨てるなんてことはあり得ないの。あなた、わかってたくせに、地平さんを勝たせたくって振り込んだのよね」

「まあ、いいじゃないの」

静枝はまずニヤリと笑って応えようとしたが、千代の意外なほどの厳しい表情にその後の言葉がなかなか出てこない。

「あの人と朝からやり合ってしまったもんだから、早く機嫌を直して貰いたくてついね……」

「馬鹿馬鹿しいったらありゃしない」

千代の細くゆるやかに描かれた眉がきりりと上がった。

「そんなことまでしなきゃいけないものかしらね。男と女なんてね、どっちも必死で惚れているから一緒に暮らせるのよ。片っぽにその気がなくなったらさっさと別れるしかないじゃないの」

「…………」

「静枝さん、ねえ、正月だからはっきり聞くけど、あなた地平さんと今年も一緒に暮らすつもりなの」

「そのつもりだけど……」

「そもそも武者さんと別れたつらさにくっついた男じゃないの。地平さんはあなたに惚れていないけれど、あなたも地平さんに惚れてやしない」

静枝は驚いて顔を上げた。地平の気持ちはともかく、自分が愛していないなどと今まで誰にも言われたことがない。

「あなたはね、淋しかったから猫みたいに可愛がる男が欲しかっただけよ。このままじゃ地平さんも可哀相よね。あなたの膝の上から逃げようともがいてる」

「ひどいこと言うのね」

やっと落ち着きを取り戻した。今日に限ってどうして千代は自分にからんでくるのであろうか。もしかすると千代も北原とうまくいっていないのかもしれない。

「おかしなこと言わないでよ」

静枝の問いかけに千代はけらけらと笑い出す。そうすると信じられないほどなめらかな喉の肉がさらけ出された。

「北原は私に求婚しているのよ。もしかすると私たち、今年にでも結婚するかもしれなくってよ」

「まあ……」

静枝はしみじみと友の顔を見る。どうしてこの女だけに幸運は次々と舞い込むのだろうか。美しい男にひと目惚れをして、会ったその日から一緒に暮らすようなことを繰り返しているが、男たちは誰ひとり千代のことを裏切らない。目移りするのは千代の方なのである。だから彼女はそれほど傷つくことなく、すぐに新しい恋に熱中する。そして今度は若い恋人と正式に結婚だというのだ。

「北原という男は真面目だからね、ものごとに結着をつけたがるのよ。私も四十過ぎて結着をつけるのは疲れるけれど、これも仕方ないと思っているの」

千代も安子だと静枝は思う。世の中にはふた通りの女がいる。幸福な結婚を手に入れられる女とそうでない女だ。手に入れることが出来る女はすべて武者小路安子だと思う。そしらぬ顔をしてこの世のおいしい果汁をすべてすする女たち。彼女たちは、自分のような女を冷たく見据えるのである。そして忠告という名のナイフでこちらの肌を薄く傷つけていく。

どうして結婚しないの。ちゃんとしたかたちをつくらなければ駄目よ。そんなことばかりしているから、男の人に逃げられるのよ。

負けるものかと静枝は唇を噛む。いつか安子に向けた憎しみと全く同じ性質のものを友人の千代に向けていた。きっと自分と地平は幸せになる。地平をえらい作家にしてみせる。そして自分はきっと彼の子どもを生むのだ。子どもを生むことは、千代にも出来なかったことである。

その年の八月、地平の書いた「南方郵信」が芥川賞候補になった時、静枝はどれほど嬉しかったことだろう。芥川賞は三年前に始められたもので、賞金がいいのと、創設者の菊池寛がその後のめんどうをみてくれることで知られている。

もし賞金が入ったら二人で旅行へ行ってもいい、などと地平が口を滑らしたのはやはり期するものが大きかったからに違いない。

しかし地平の作品はあっけなく落選した。受賞したのは中山義秀という作家の「厚物《あつもの》咲《ざき》」だという。

「厚物咲っていうのは何かしら」

「なんでも菊の種類のことらしい」

「へえ、菊の話なのね」

「それを育てる爺《じい》さんの話だとさ」

平静を装《よそお》っているものの、内心はひどく気落ちしたらしい地平は、それ以上多く語ろうとしないので、静枝は審査経過の出ている九月号の「文藝春秋」を買った。辛気くさい話を書く男だから相当の老人だと思っていたのであるが、写真の中山義秀はまだ三十七歳だ。うつむいた顔が少し老けていると、静枝は地平のライバルに意味もない敵意を抱く。

「賞を貰った感想は述べにくい。作品に物を云わせておけば済んだ作者が舞台に顔を出して晴れがましい役を演じる技にはまだ馴れていない」

という言い方も不遜《ふそん》である。

静枝は収録されている「厚物咲」を読み始めた。吝嗇《りんしょく》のまま死んでいく老人と、死にかかっている老人とが出てくる物語だ。

物語に漂う不思議な無常感は確かにこちらの心をとらえる。結末も見事だ。が、地平の物語の方がはるかによいと静枝は思う。そうでなければいけないのだ。地平は自分の男である。自分の男が書くものは誰よりも優《まさ》っていなくてはいけなかった。

「選考委員は見る目がないわ」

地平に聞こえるように大きな音をたてて雑誌を閉じた。

「あなたの小説の方がずっといいじゃありませんか。こんな古くさいものを書く作家なんて、すぐに消えていくに決まっているわ」

そして静枝は地平にビールを酌《つ》ぐために立ち上がる。

＊

昭和十三年の暮れ、静枝の初めての本が出版された。竹村書房の編集者が届けてくれた見本は茶色の厚紙でつつまれ、封がしっかりとしてある。あたかもそれを最初に破る権利は作家にのみあるというような厳重な包装だ。

だから静枝は儀式のように、それを音をたててばりばりと開いた。中から赤児のように五冊の本が顔を覗かせる。なんと美しい本だろう。色彩を押さえて石版画のようにしたのも品がある。「小魚の心」という文字もたおやかだ。

編集者をわざと素っ気なく帰したのは、自分の喜びが露《あら》わになるさまを見られたくなかったのだ。ここまでくるのに十三年かかった。静枝の初めての本。それが夢でない証に、ちゃんと名前がここにある。「眞杉静枝」。同人誌の仲間の多くは、ペンネームを使ったものであるが、静枝はそんなことを一度も考えたことはなかった。もし自分が、文壇で成功したとしたら、その栄誉は別の名前の女のものになってしまうではないか。遠い台湾で両親が本を見たとしても自分の娘とは気づかないだろう。「眞杉静枝」は永遠に「眞杉静枝」であるべきなのである。しかしその苗字《みようじ》が、実生活において愛する男のものに変わることには異存がない。この数年間、静枝の頭の中を占めていたことは実はそのことであった。

それがかなわぬ夢だとわかる頃になり、神はまるで褒美《ほうび》のようにも慰めのようにもとれるこの本を差し出したのだ。「眞杉静枝」。まごうかたなく自分の名前だ。激しい歓びの中でわき上がるこの静かな諦念は、静枝と地平とのあるとりきめが原因であった。

地平はいま大島の対を着て、火鉢に手をかざしている。大柄な彼によく似合う泥大島は、宮崎の彼の母が見立てて送ってきたものだ。おとといも正月用の小包みが届いたばかりであった。おせちをつくろうにも東京では手に入りにくくなっているだろうからと、砂糖の袋や餅がぎっしりと詰められていた。

「相変わらず心配性だなあ、金さえ出せば砂糖だって何だってまだ東京でも買えるのになあ」

と苦笑しながら、ひとつひとつ大切そうに包みを確かめていた地平の姿を忘れることは出来ない。地方の富豪の家で大切に育てられた男が持つ少年のような笑窪《えくぼ》を、少し呆けたように静枝は眺めていた。彼のやわらかい頬を本当にいとおしいと思う。だが男はその笑窪をつくり上げたものを裏切ることは出来ないときっぱりと言う。彼の両親は、結婚はおろか年上の女との同棲を許してはいない。近いうちにきっと別れてくれと彼に懇願しているのだ。

それをめぐるいくつかの静枝との争いを忘れたように、地平は穏やかにこちらを見つめている。そのまなざしの澄み切った優しさに、静枝はああ自分の予感があたっていると思った。その視線に耐えきれず、静枝は問うてみる。

「ねえ、初めての本っていうのは、いったいどう扱ったらいいのかしら」

「そうだなあ、仏壇があるところはやはりそこに供えるんだろうなあ。そうでなかったら床の間にでも飾るんだろう」

「うちは仏壇も床の間もないのよねえ。仮住まいですもの」

朗らかに言ったつもりの言葉が思わぬ皮肉となり、二人はしばらく沈黙した。下が玄関と六畳、上も六畳ひと間の小さな借家は、師走の夕暮れの寒さが四方から伝わってくるようだ。近くから聞こえてくる豆腐屋のラッパの音もわびしさに拍車をかける。

「これでもういいだろうか」

不意に地平が言った。

「これでもう君は充分じゃないだろうか」

四年前、茶色のトランクに身のまわりのものを詰めた静枝は、地平の家へ向かった。もう他に行くところはない。女中でいいからここに置いて欲しいと泣く静枝に、困惑と驚きのあまり顔をこわばらせた地平は言ったものだ。

「こんなことをしてはいけない、帰ってください。僕はまだあなたの人生に対して責任を持てないんです」

けれども静枝は帰ろうとはせず、最後は膝を折り、手を組み合わせた。神に祈る姿勢で、静枝は年下の男に嘆願したのだ。一年でも半年でもいいからここにおいて欲しい。このままでは淋しさのあまり死んでしまいそうだ。私が立ち上がれる時まで側にいて欲しい。もう少し強くなったら、一人でも生きていけるようになったら、きっと自分はここを出ていくことであろう。どうか自分を捨てないで欲しい。旅館や待ち合いで、あれほどやさしく自分のことを抱いてくれたではないか。あの抱擁が自分の孤独にさらに火をつけたのだ。もう一人で暮らしてはいられない。お願いだから側に置いてほしい。永遠とは言わない、ほんの半年か一年でいいのだ……。

地平の今言った、

「もういいんじゃないか」

というのは、その約束のことを示しているのだ。静枝はこうして一人前の作家となり、本も出した。林芙美子、窪川稲子《くぼかわいねこ》、平林たい子といった人気作家たちにはかなりの差があるものの、彼女たちと並び称されることも多い。もう充分にお前の傷は癒えたのではないか、もう一人で生きていくことが出来るのではないかと地平は問うているのだ。

「僕ももうそろそろ『春吉』のようになりたいと思うんだ」

地平は商談を進める百貨店の番頭のように、両の掌をこすり合わせる。そうすると彼はやや猫背の卑屈な姿勢となり、この男は本当に自分と別れたがっていると静枝は思った。「春吉」というのは、「小魚の心」の中に出てくる主人公の愛人の名前である。この「春吉」が地平、主人公のかつての年上の愛人が武者小路を指しているのは誰の目にもあきらかであった。

「眞杉静枝はかつての恋愛騒動をやっと文学に昇華することが出来た」

と「小魚の心」を昨年雑誌に発表した折、ある評論家が誉めてくれたものだ。年上の愛人とつらい別れを経て、今は「春吉」と暮らす主人公お梶《かじ》は静枝自身だが、やがて二人にも破局が訪れようとしている。

「お梶が元気よく立ちあがつて、春吉と別れられる日がありさへしたら、直《す》ぐに別れなければ。と春吉は考へながら暮してゐるのであつた。

朝の味噌《みそ》汁《しる》を吸ひながら、二人して別ればなしをしながら泣いたりする日もあつた」

二人の現在をいささか誇張して書いた箇所を、静枝は思い出した。

「あなたは……怒っていらっしゃるの。私があなたを書いたこと」

「怒ってやしないさ」

冷笑とも憫笑《びんしょう》ともつかぬ表情になる時でさえ、地平の笑窪はくっきりとあらわれるのだ。

「小説家なら自分のことを書くのはあたり前だ。僕は君と暮らし始めてから、こういう風になることは覚悟していたさ」

「怒らないで、どうか」

静枝は意気込んで膝を進めた。あまりにもせいて進んだので、膝がしらが南画模様の火鉢にあたったほどだ。

「あなただって私のことを書いてくださっても構わないのよ。いいえ、そうして頂戴」

静枝は火鉢の縁にある男の手をとろうかと考えてやはりやめた。もはやそうすることは空しいことだと体で知っていた。

「あなたが苦しんで、悩んで私と暮らしていることはよく知ってるわ。大切なご両親にも反対されて、戦死したお兄さまにも叱られてさぞかしつらかったでしょう。でもね、いつか私とのことを小説に書けばいいじゃないの。ねえ、私とのことを材料になさいよ。好きでもないずっと年上の女と暮らしていた日のこと。そして私を踏み台にして、ずっとずっと上にいけばいいんだわ」

「それは武者小路氏が君に言ったことなのかい」

地平の問いに静枝は一瞬ぎくりと目を見張ったが、やがてかすかに微笑した。この場合、それは居直り以外の何ものでもなかった。

「そうよ」

ひどくかすれた声が出た。

「先生はおっしゃったわ。この僕との生活はいずれ君の財産になるだろうって。こんなに苦しんだことは、作家にとっては宝石のようなものだとおっしゃったわ。だからあなたも同じことをしても構わないのよ。どうか私とのことを書いて、私があなたにしてあげられるのはそのくらいのことですもの」

「僕は君たちとは違う」

　地平はありったけの感情を込め、目の前の愛人と偉大な作家に向け「君たち」という言葉を使った。

「あいにくと僕には露悪趣味はないんだ。一緒に暮らした相手のことを書かなくても、他の好きなことを書いて充分に材料はある。どうか心配しないでくれたまえ」

「またそういうことを言う……」

　静枝ははらはらと涙をこぼした。

「あなたが私のことを軽蔑しているのは知っているわ。でも私は書かなきゃならないのよ。私に出来ることはこれだけなんですもの」

「ああ、そうだろう。だけど僕は君につき合おうとは思わないよ」

「お願い、もうそんなこと言わないで頂戴。今日は初めての私の本が出たお祝いの日なの。やっとやっとここまで来たのよ。お願い、今日だけは別れるなんてことは言わないで……」

　静枝は袂で目を押さえる。もう何十回、何百回、この動作を繰り返しただろうか。人の好《よ》い地平はそのたびに自分を責めるように片方の手で己《おのれ》の手首をぎゅっと握る。黒く剛《こわ》い毛が密生していても、その肌が次第に赤くなっていくのを静枝は何度か目にした。怒りやとまどいは相手の女ではなく、自分の体にぶつけるのが彼のやり方だ。しかし今、地平の掌はぴったりと膝の上に揃えられている。つるりとした大島の生地に皺が寄っているのは、彼が力を込めて指を揃えているからに違いない。

「もう汐《しお》どきだろう」

地平は言った。

「このままだと、いつか僕は君のことを憎むようになるよ」

年が明けて一月、静枝の初めての出版記念会が行なわれた。長い話し合いの末、二カ月後、二人は「卒業旅行」と称して台湾へ出かけた。

「この旅行から帰ったら、私は本当にあなたと別れるつもりだから」

これが何よりの証拠だと言って、静枝は行李《こうり》に荷物を詰めたりする。その癖、

「ねえ、両親に会ってくださるわね。とてもいい人たちなのよ。あなたを見たらどんなに安心するかわからないわ」

とまだ一縷《いちる》の望みに縋ろうとするのだ。しかしそれは出来ないと地平ははっきりと拒否し、台北の駅で待ち合わせをすることになった。

土産の反物や菓子の中に、静枝は「小魚の心」をしのばせる。今から十七年前、夫から逃げ出してきた自分を大阪まで追ってきて、

「何を考えているのだ。お前など内地で生きていけるはずはない」

と怒鳴り、また四年後武者小路との愛が発覚した時、

「あばずれめ、死ね。俺の日本刀を貸してやるから死ぬのだ」

という長い手紙を送ってきた父もすっかり老いていた。新しく南部に出来た神社の神官になっていたが、髪が真白な彼が祭服に身を正すと、まるで仙人が山から降りてきたようである。それよりも変わっていたのは母のミツイで、ヤニと涙でくしゃくしゃになった目を拭いながら、

「よく帰ってきた。よく帰ってきた」

を繰り返すばかりである。

「お父さんもお母さんも、東京に遊びに来て頂戴。これでもね、内地じゃちょいと知られたもの書きになったのよ」

静枝が言うと、母は妹の勝代からすっかり聞いていると頷いた。

「それからね、今一緒に暮らしているのは、中村地平さんといってとてもよい人なの。私より若くて独身で、もう夫婦のようなものなのよ」

それも勝代から聞いていると、ミツイは嬉し気にあいづちをうった。若い頃は大きな

二皮目だったのに、ミツイの瞼《まぶた》は年のためにすっかり垂れ下がり、目尻《めじり》からじくじくと涙が流れる。南の地特有のしつこい眼病に罹《かか》っているようだ。静枝は娘時代感じた、はらってもはらってもまとわりついてくるような母への嫌悪感をすっかり忘れていた。それよりも本のことと地平のことを報告出来たという、しみじみと温かいものがわき上がる。あと一カ月もたたないうちに別れる地平である。狭いといえば狭いが、何とかぎりぎりのところで、幸せそうな自分を見せられたのだ。

約束の時間に列車から降りる静枝を出迎えてくれた地平は、

「どうだった」

とやさしくねぎらってくれた。

「どうということもないわ」

静枝はそっけなく答えた。父と母の愛に触れた直後では、この年下の男の存在がふっと薄くなる。どうして自分を愛してはくれぬこの男に縋り、無理やり体を押しつけていったのだろうかとさえ思う。

「もう私は大丈夫」

俥《くるま》乗り場まで歩きながら、静枝は自分に言いきかせるように、ひとつひとつの言葉を噛みしめた。

「私はもう一人で生きていけるような気がするのよ。これからあなたにはご迷惑をおかけしません。ほら、ご覧になって」

真昼の駅には、物売りの女たちが集まっている。花や菓子を入れた籠《かご》を持つ女たちはたいてい中年であるが、中にはほっそりとした若い女たちも混じっていた。和服の日本女性が、彼女たちの誘いを振り払うように、足早に通り過ぎていく南国の駅の光景だ。

「以前、あなたよくおっしゃってたわね。街で若い美しい女を見るとつらくなるって。自分にはもうこういう女を愛する資格がないんだって。私が邪魔をしてるっておっしゃったわ」

「酔って言ったことだ」

「もう今日からはいいのよ」

静枝はちんと鼻をかんだ。その様子が、朝別れた母のミツイとそっくりなことに彼女は気づかない。

「もう今日からは自由なんです。どうかお好きな若い女をお選びなさいよ。何だったら今夜、娼館へ行ってもよろしいのよ」

「馬鹿なことを」

地平は大声で叱り、その見幕に卵売りの女が二人を振り返ったほどだ。

しかし日本へ帰った静枝は、この時のいさぎよい決心を自分自身で裏切ってしまうことになる。さんざん長引かせた末、四谷の借家に一人だけ引越したのはいいのだが、地平に二つのことを誓わせた。

その一つは、もし地平に結婚相手が現れたら、まず真先に自分に紹介すること。

そしてもうひとつは、これからも二人は友人として交際し、お互いに大切な存在として認識し合うということである。

「あなたは前におっしゃったじゃないの」

静枝は復活させたねっとりとした口調で語りかける。

「私との道は二つしかない。私をきっぱり妻にするか、そうでなかったら尊敬する友だちとして扱うかだって。あなたは私と結婚してくださらないんだから、これからはいい友だちになるんでしょう。ねえ、そうでしょう」

友だちとして静枝は時々地平に性交を求めた。もはや、まごうかたなき中年となった静枝の頰はこけ、目は窪んでいった。若い頃は薄桃色の肉でおおわれた美人いくと、静枝の顔は〝貧相〟という表現がぴったりになった。しかし若い頃からの美人という呼称が静枝に矜持と、周りの者たちに錯覚を与えている。

それに着物を脱いだ静枝の体は、別もののようにみずみずしい。かつて武者小路が、

「西洋女のような骨組み」

と讃《たた》えた体の肉はまだたるんではいない。どうやら体の老いは、彼女の場合、顔よりもはるかに遅く進行しているらしい。何よりも静枝は奔放である。親方を喜ばせようと

するサーカスの少女のように、静枝はさまざまな姿態をとる。たいていの女は自分の悦楽を確かめるために目を閉じるが、彼女はそんなことはしない。必ず薄目を開け、男の顔を観察する。ひたすら男を喜ばせることを考えることにおいて、静枝は勤勉な娼婦のようであった。決して性に溺《おぼ》れぬところも似ている。

静枝は男が達したのを確認すると、ようやく安堵のため息をつく。そのため息は絶頂の声ととれないこともない。男が満足したことが自分の歓びなのか、それとも自分の体は本物の歓びを感じているのか、よくわからないままに静枝は四十歳になろうとしていた。

静枝の借りた家は雙葉《ふたば》女学校の裏手にある。隣りの西洋館はシスターたちの寄宿舎だった。早朝になると讃美歌が聞こえてきて、それは静枝にＹＷＣＡでの日々を思い出させた。

今日の歌は何と言うのだろうか、大阪のカトリック教会で一度聞いたことがあると、静枝は布団の中で必死に考えている。

いつくしみ深き　友なるイエスは
われらの弱きを　知りてあわれむ
悩みかなしみに　沈めるときも

祈りにこたえて　慰めたまわん

もう秋も深いというのに、静枝は額にびっしりと汗をかいていた。おとといから激しい腹痛が続いているのだ。何か悪いものを食べたのだろうかと何度か便所へ行ったが、足が痺《しび》れるほどしゃがんでいても直らない。宇野千代に電話で相談したところ、

「食あたりよ。今どき多いんだから。早いうちに病院へ行きなさいよ。何ならうちの車をまわしてあげるわよ」

親切に申し出てくれた。最近「スタイル」の景気がよく、千代は運転手つきの新車を持っているのだ。しかし静枝は病院へ行っていない。それどころか薬も飲んでいない。地平には黙っているが、以前からの産婦人科にまだ通っているのだ。注射をうってもらい、妊娠しやすい体になるための薬を飲む。医者に教えられたとおり、地平に会うのは月のはじめにしている。生理日から数えてこの日は、いちばん受胎しやすいのだ。

静枝からまだ狡猾な計画は完全に消えることはない。それは安子になることであった。彼女は武者小路の子どもを妊ることによって、前妻から彼を奪い去ったのだ。坊ちゃん気質の抜けない地平が、もし静枝の妊娠を知ったらどうなるか、想像に難くない。宮崎の両親のどんな反対を振り切っても、籍を入れてくれるはずだ……。

それにしてもこの痛さはどうしたことだろうか。内臓がねじ切れるようなうねりが、先ほどから体の中で起こっている。しかしもう少し耐えなくてはならない。そうでなく

ても四十過ぎた女は、妊娠する可能性が少ないうえに、障害のある子が生まれる率が高いのだ。そのために産婦人科に行き始めてから、静枝はいっさい酒も飲んでいない。林芙美子のように煙草を大量に吸うなどもっての外だ。

ここで今、食あたりのために病院へ行ったりしたら、今までの苦労が水の泡になってしまう。受胎のための注射を打っている最中は、いつ妊娠してもおかしくない。気づかず強い薬を飲んだりしたら大変なことになる。それに今妊娠していなくても、薬にやられると将来障害を持った子どもが生まれる可能性もなくはない。もっと我慢しなくてはならない。他の気が紛れることを考えよう。

もうじき米英との戦争が始まるというのは本当なのだろうか。今年昭和十六年に出来た第三次近衛《このえ》内閣はとても強気なことばかり主張する。ついこのあいだもアメリカの国務長官が、もはや話し合う余地はないと日本との会談を拒否したという。

「こりゃあ、相当不味《まず》いことになるなあ」

新聞を手に地平は深刻な顔をしたものだ。同棲を解消して二年、今でも時々会う地平は、どうやら好きな女が出来たらしい。静枝には黙っているが、隠し立ての出来ない彼は、どことなしに明るい雰囲気を身につけ始めた。月に一度か二度会い、静枝のところへ泊まっていくという地平との奇妙な仲も、どうやら終わりを告げようとしているのだろうか。いや、そんなことはない。静枝に子どもさえ出来ればすべては好転するのだ。

そのためにもこの苦痛に耐えなければならない、……と思った瞬間、また大きなうねりが来て、静枝は気を失なった。

しばらくして静枝ははっと我に還《かえ》り、そろそろと床を出る。全身の力を振り絞り、何とか立ち上がった。どう考えてもおかしい。食あたりでこんな激痛がするものだろうか。それに静枝はいっぺんも下痢をしていないのだ。縁側まで行き、下駄を履いた。裏手の大家に向かって叫ぶ。

「すみません、ちょっと来てください。親戚に連絡してください」

それからのことをほとんど静枝は憶えていない。大家の妻によってまた布団に寝かされ、やがて叔母がやってきた。そして毛布にくるまれ、ハイヤーに乗ったところで静枝は再び気絶した。どこか遠いところで切れ切れに何人かの声がする。

「腹膜炎を起こしてるじゃありませんか」

「よくこんなになるまでほっときましたね」

「盲腸をこんなにこじらせるなんて」

「先生、助かるんでしょうか」

あれは叔母の声だ。私は大丈夫と答えたいのだが、意識ははるか遠いところにある。まるで深い井戸の底で皆の声を聞いているようだ。

「わかりませんね。体力が弱ってますからね。今夜か明日がやま場でしょう。もう一日早く来てくれたらどうにかなったんだが、いやはや全く……」

私は死ぬんだろうかと静枝は思った。嫌だ、まだそれだけは嫌だ。まだ絶対に死にたくはない。自分はまだしなくてはいけないことが山のようにあるのだ。本当に自分を愛してくれる男を見つけ、その男の子どもを生む。本を何冊も書き、偉大な女流作家と言われるようになるのだ。そして今まで自分をないがしろにした人々を見返してやりたい。武者小路の愛人風情がと言った人々に、きっと仕返しをしてやる。偉い人になりたい。尊敬される人になりたい、それまできっときっと生き抜いてみせる……。

「先生、姪が何か言っていますよ」

「もうじき麻酔がきいてきますから……」

「先生、静枝は助かりますよねッ、このままじゃあまりにも可哀相で」

叔母の声が次第に遠去かる。これを死後の世界というのだろうか。あたりは紫色のぼんやりとした空気だ。その中に太った中年の男が座っている。武者小路だとすぐにわかる。なぜならむっちりとした指に絵筆を握っているからだ。キャンバスに描いているのは、いつもの果物や花ではなく、一人の若い女だ。髪を高く結い上げ、大きな瞳をりんと張っている。

「先生、この方はどなたですの」

いつのまにか若く美しい静枝が彼の傍らにいて、甘く嫉妬じみた声で尋ねている。

「この女は生きている女だよ」

「綺麗な人ですこと」

「そうだとも。生きて呼吸しているということはそれだけで素晴らしいことなんだ。いいかい、静枝、生きていることを喜び、感謝することですべてが始まるんだよ。それで充分で、それが始まりなんだ……」

「わかりました、先生」といったとたん、紫色の靄《もや》はすうっと消えた。病院の白い天井が入れ替わって目にとび込んでくる。

「ああ、静枝、やっと気づいたのね」

頬がげっそりこけた叔母の顔がにゅっと差し出された。

「ずっと危篤状態で、私、もうちょっとしたら台湾に電報打とうと思ったのよ」

「まあ、まあ、そんなに矢継早に喋るもんじゃありませんよ」

叔母の背後から顔を出したのは地平だ。しかしそのまま静枝は再び深い眠りに誘い込まれて行った。後に叔母が言うには、この一週間というもの、地平は静枝に献身的に尽くし、下の世話もすべて彼が行なったという。

「私は涙が出てきそうだったよ。でも意識が無い時のあんたはすごく怖かったよ」

叔母は女学生のように身をすくめる。

「うわ言でね、死ぬのは嫌、絶対に生きてやるって、ずっと言ってたんだよ。私でさえぞうっとしたぐらい、ずっと言い続けていたよ」

「そう……」

叔母が聞いたということは、地平も耳にしていたことになる。中年女のすさまじい生への執着を、彼はどのように感じたのだろうか。静枝は夢の中に何度か現れた武者小路のことを話そうとしてやはりやめた。

地平は毎日のように病室に通い、静枝に食事をさせ、おまるを片づけたりする。それを死にかけた自分に対する愛情の再発見と考えるほど、もはや静枝は自惚《うぬぼ》れてはいなかった。多分彼は贖罪《しょくざい》をしようとしているのだという静枝の予感は今度こそ的中した。

静枝が入院して二カ月がたった。日本海軍が真珠湾を攻撃していたことを、やっと読むことを許可された新聞で知った日の午後、地平がベッドの傍らに立った。

「僕は来週マレーに向かう」

「まあ、何ですって」

「陸軍報道班員に選ばれたんだ。日本はマレー半島もわがものとしたからね、あっちのことを知りたがってる。戦地での記事を書けってことらしい」

「だけど急に……」

静枝に最後まで言わせず、地平はかぶせるように言葉を続ける。いまいっ気に喋らなくては、永遠にその機会がないというひたむきな早さがあった。童顔でやさし気ないつもの顔が、激しい決意のためにこわばっていた。

「一年ぐらいはあちらで暮らす。報道班員は兵隊と違って、そうめったに死ぬようなこともないだろう。そして無事に帰ってきても、僕はもう東京には居ない。そのまま宮崎に帰るつもりだ」

地平はひと息に言い終わり、早くも兵隊のようにまわれ右をした。

「もう君と二度と会うこともないだろう。どうか元気で長生きしてください」

手に入りづらくなったバターと卵を箱に入れ、宇野千代が病室に入ってきたのはそれから十日後であった。

「まあ、静枝さん、瘦せたわねえ」

いけないと思いながらつい口走ってしまうほど静枝は別人のようであった。前から頰骨が出ていたのがさらに頰がそげ落ちていて、眼だけがぎょろりと光っている。藍色《あいいろ》の浴衣《ゆかた》から伸びた手も静脈がはっきりと見える。

「とんだ命拾いをしたわね。まさか盲腸がこんな大ごとになるなんてねえ」

千代はかすかに饐えたにおいのする枕《まくら》を直してやりながら、おととい行なわれた地平の歓送会のことを口にしようか、どうしようかと迷っていた。しかし彼女の気性から、このまま黙っているのも静枝のためにならないと判断した。

「明日、発つわ、地平さん。おととい井伏さんやら田畑さんが集まって、ちょっとした会をしたのよ」

「そう……」

静枝はどこか遠いところを見ていた。やがて口を開いたが、それは地平に対する嘆きや未練ではなかった。

「ねえ、千代さん、あなた中山義秀を知らないかしら」

「ああ、あの髪がぼさぼさの大男ね。川端さんのところで何度か会ったことがあるわ」

「私ねえ、あの方の本の愛読者なの、あの方の書くものはみんな読んでいるわ。それに、ねえ、見て頂戴、これ」

傍らの引き出しから四角く折ったものを取り出した。それは千代にも見憶えがある。今月の「文學界」のグラビアに載った中山義秀であった。「私の趣味」と題して、竹刀《しない》を振る彼の姿が、やや遠いところから撮られている。多分自宅の庭で撮影したのだろう。後ろにガラス戸のはめられた縁側と石燈籠《いしどうろう》が映っている。

「妻の死後、男やもめの生活で、これといった楽しみもない。朝晩竹刀を振るのが、唯一の趣味といいおうか健康法だ」

その文字を静枝は指さした。ひとさし指の爪はひどく伸びて、上が黒ずんでいる。

「この方、独身なのよ。ね、いいでしょう」

何がいいのか、千代にはわからぬ、ただ驚いて静枝を見つめた。

「私、この方とおつき合いしたいわ。ねえ、どうにかして会わせて頂戴。私、そうしたらきっとうまくやってみせる」

静枝は黄ばんだ歯を見せてにっと笑った。

第九章　鯛《たい》

どうやら静枝は醜聞の持ち主ということになったらしい。

いや、醜聞というのは違っているかもしれぬ。醜聞というのは醜い伝聞と書く。静枝が世間から与えられた名称というのは、華やかな札つきというところであろうか。

今なお文学者たちから渇仰される武者小路の愛人だった上に、このあいだまで新進の作家と同棲をしていた。中村地平という将来を嘱望されていた若い作家は、静枝との生活に疲れ果て故郷に帰ったという。これによって、男に関して札つきという静枝の名声は決定的なものとなった。

が、札つきということは、それだけ好奇心を持たれるということである。

「あの武者が惚れた女というのは、いったいどんな女なのだろうか」

たいていの初対面の男は、揶揄《やゆ》といくらかの敵意の籠った視線を向けてくる。酔ったりするとそれに卑猥《ひわい》なものが混ざることさえある。まるで着物を透かして、静枝の裸体を覗こうとするかのようだ。そしてしばらくすると男たちの心持ちも視線も、ときはなたれたようにやわらかくなる。予想と違い、実物の静枝はしたたかでもなく悪女めいてもいない。ほっそりとして甘い声を出す女である。

「なんだ、会ってみれば可愛いおとなしい女じゃないか」

自分への好奇心が安堵となり、それが好意へ繋がっていく現場を静枝は何度も見たことがある。静枝は自信がある。会わせてくれさえすればいいのだ。醜聞の噂が高ければ高いほど、男たちはその落差に驚くはずであった。もちろん嫌悪をそのまま持続する男たちも何人かいるが、成果は半々というところであろうか。中山義秀はおそらく成功する部類の男に違いない。

七年前愛妻を亡くした彼が、どれほど餓《かつ》えた生活をしているか静枝はたやすく想像することが出来る。芥川賞を得てからの彼の元に、ダンサーや女給といった輩が出入りすると聞いたことがあるが、そういう女で満たされるには、おそらく彼は誇りが高過ぎるはずだ。

静枝はとうにわかっている。武者小路の愛人だったという事実は、静枝を札つきにしている大きな要因であるが、同時にきらびやかな勲章となってその胸を飾っている。決して大っぴらに飾ることも語ることも出来ぬ勲章だが、それが静枝をひときわ輝かしい女にしているのは事実だ。男たちも決して無視することは出来ない。

ましてや武者小路に作品を「新潮」誌上で賞賛して貰い、それが苦闘時代何よりの光明となった、と公言している義秀のことだ。自分に興味を持たぬはずはないと静枝は思う。

「そりゃあ、紹介してあげるのはたやすいことよ。あっちはずうっと男やもめを続けている身の上だから、すぐに飛びついてくるでしょうよ」

宇野千代は相変わらず露悪的な口調となる。

「だけど紹介してもしうまくいったとしても、その後どうするの。義秀さんを新しい愛人にしたって、あなたに何の得にもならないわよ」

「愛人なんかになりゃあしないわ」

静枝は病み上がりのつんととがった顎を左右に振った。

「私は今度こそちゃんと結婚するのよ。奥さんがいたり、いなくても結婚出来ないような若い男はまっぴら」

「だから義秀さんに目をつけたわけだ」

千代はうんざりとした声を出す。芥川賞受賞後、精力的に作品を発表し、文壇での地位を確実なものにしている義秀ではある。最近は、二つの新聞に連載小説を始めたばかりだ。しかしいくつか悪い噂も入ってくる。酒癖が悪く、酔うと殴り合いの喧嘩《けんか》をしょっちゅうしていること、故郷に預けていた二人の子どもを引きとったものの、ろくにかまってやることも出来ず、本人がいちばん疲労困憊《こんぱい》していることなどだ。いわば義秀も傷ものであり、静枝はそこに目をつけたのではないか。千代は静枝のこうした計算高さに時々驚かされることがある。好きな男が出来るとすぐ夢中になり、損得なしでそこへ飛び込む千代の単純さとは対極にあるものだ。

「まあ、静枝さんのお手なみ拝見といきましょう。ものごとはそんなにうまくいかないとは思うけれど。会う前からそんなに期待を募らせると、会って失望すると大変よ」

しかし千代はこの時点で、まだ静枝の奥深いところに潜む力に気づかなかったといってもいい。

四月の土曜日、銀座のレインボーグリルに現れた静枝は、うっすらと化粧をしていた。戦争が始まって二年め、昭和十七年といっても、銀座を歩く女たちはまだまだ美しい。おそらく新橋あたりの姐《ねえ》さんたちだろう、羽織姿が流れるような線の女が二人、千疋屋《せんびきや》の前で立ち話をしていた。見合いということを意識してか静枝は明るい色のお召しを着ている。織りの着物は、静枝の薄くなった肩を上手につつんで、このあいだまで生死をさまようほどの病いを得ていたとは誰も思うまい。

対する義秀は憮然とした表情を崩さないままだ。どうして自分がここに呼ばれたのかわからぬといった抗議が、腕組をした手首のあたりに表れている。

「そんなにこわい顔をなさらないでよ。今日は女が二人、義秀さんにおいしいものをご馳走しようっていう会なの」

「あんたにご馳走されると後が怖いよ。全く女の作家は俺にとっちゃ鬼門だからな。このあいだも林芙美子と一緒に飲んだ後、雑誌でぴしゃりと叩かれた」

「そりゃあ、義秀さんがへんなからみ方をしたから、お芙美さんが怒ったんでしょう」

以前より顔見知りの二人が、次第になめらかに言葉を重ねていくのを静枝は黙って聞いていた。紹介された後も義秀は故意に彼女を無視するのであるが、静枝はそう気分を悪くしている様子もない。時々おっとりと小首をかしげるようにして笑う。

千代が静枝の凄さに触れるのは、二次会の銀座のバーでのことであった。義秀はその日、結城の対を着ていた。昔のものらしいが亀甲が込んだかなりいいものである。が、袖から破れた茶色の布地がはみ出していて、彼がグラスを持つたびにそれが見え隠れする。

「まあ、中山さんったら」

静枝の両の目からハラハラと涙がこぼれ落ちる。

「奥さまがお亡くなりになって、さぞかしおつらいでしょうね。お嬢さまがお小さいから、繕ってさしあげる方がいないんですのね。私、男の方のこういうのを見るの、本当につらくって……」

義秀は一瞬あっ気にとられ、その両の頬がみるみるうちに羞恥に染まった。野人と人も言い自らも言う男の羞恥は、あまりにもあらわで、彼が非常に与《くみ》しやすい男であることをすぐに知られてしまう。千代とバー「ロッヂ」のマダムとは、思わず目を見合わせた。

「ああ、千代さん、中山さんって私の思ったとおりの人だったわ」

帰りの車の中でも、静枝は熱にうかされたようにつぶやき、千代を呆然《ぼうぜん》とさせた。

「男らしくってまっすぐで、照れ屋で、それであんなにいい小説をお書きになる。ねえ、あの背の高さを見た？　六尺あるっていうけど本当なのね」

「静枝さんは会う前から惚れるつもりだったんだから、そりゃあ何を見ても素敵でしょうよ」

千代の皮肉は全く通じない。

「ああいう方の側にいて、お世話を出来たらどんなにいいかしら。あんなに立派な方が、裏地がはみ出した着物を着ていると思うと、お気の毒でお気の毒で……」

そういう静枝も相変わらずだらしなく、最初はきっちり着つけている衿のあたりがすぐに崩れてくる。くたりとゆるくなった帯締めも直されていない。どう見ても決して小まめに男のめんどうを見る種類の女ではないのだ。しかし静枝の胸に湧き上がる大きな温かい決意は、まさに母性と呼んでもいいものである。後に静枝が千代に何度も繰り返して言うところの「純愛」は、計算高さも策略もすべて含んでのことである。男を求めることを絶対的に「純愛」と名づけ、真の愛情と信じて疑わぬ静枝のエネルギーと執着とに、千代はその後何度も驚かされることになる。

なんとその夜のうちに、静枝は義秀に手紙を書いたというのだ。

「もちろん恋文じゃなくってよ。今まで中山さんの本を読んだ感想や、お会い出来てとても嬉しかったことなんかを正直に書いただけなの」

しかしただの私信であるわけもなく、追っつけ義秀からの手紙が届いたと静枝は嬉しそうに報告した。

「自分は武骨な男なもので、さぞかし失敬なことをしたでしょうと書いてあったわ。おわびに一度鮨《すし》でも食べに行かないかですって」

「まあ、水心あれば魚心っていうけれど、義秀さんともあろうものが、こんなに早く魚になるとは思わなかった」

千代は思わず口を滑らし、静枝に失礼ねと叱られたものだ。しかしこの時点で千代はまだかなりたかをくっていたといってもよい。いくら男やもめが長いからといっても、分別がある中年の作家が、あれほど露骨な女の誘いに乗るものだろうかという思いである。奔放な女の代表のように言われている千代であるが、他人の色ごとに関しては慎重に考えるところがあるのだ。恋というものは、そう無闇《むやみ》に人に向かって降りそそがれるものではない。そうしたものを享受《きょうじゅ》する人間は選ばれた者たちである。千代が見るところ、義秀にも静枝にもその資格がない。義秀は見たとおり暗い野暮な男だ。静枝は男に対する深い執念を恋と言い繕っている。いくら静枝がおとぎ話をあらかじめこさえ、それに義秀をひきずり込もうとしても無駄なことではないだろうか。

しかしあまりにもあっけなく、おとぎ話の幕は切って落とされた。二人の仲は急速に進み、その早さは千代への報告も間に合わないほどである。初めて出会って三週間後に二人は結ばれたのだ。

「私が誘ったわけじゃなくてよ」

静枝がまずそう言ってのけたため、それはとても言いわけめいて聞こえた。

「あの方も淋しくって、私も淋しかった。あのね、千代さん、私はやっと本当の愛にめぐりあったような気がするの。今度こそやっと私は幸せになれるような気がするわ」

電話があったのは湯ヶ島からである。湯治をかねて原稿執筆のために逗留《とうりゅう》していた義秀を、静枝が追って行ったのだ。

「あの人は男だったら誰でもいいのよ。自分の世界に酔っているだけなんですもの、相手の男の人なんて見やしないのよ」

受話器を置いた後で、千代は思わずまわりの者に語りかけてすぐにやめた。人の恋を非難するのに、自分ほど不適格な人間はいないことに気づいたからである。

義秀が静枝にどうやらつかまったらしいというニュースは、すぐに文壇に広まった。おかげで静枝の過去は、再び人々によって穿《ほじく》りかえされることになった。

「馬鹿を言っちゃあいけないよ」

とまず大声を上げたのは小林秀雄である。

「中山の奴、あの女がどういう手合いかわかっているんだろうか。白粉を真白に塗って、武者小路の後を得意がってくっついていた女じゃないか」

彼もまた酒癖の悪さにかけては有名な男である。ねちねちと人にからむ。義秀が静枝を連れて銀座の「ロッヂ」に現れた時は、ある編集者が気をきかして小林を外に連れ出したほどである。

酒の上での失敗は多かったものの、めんどう見のいい義秀は、多くの男の友人を持っていたが、彼らもいっせいに顔をしかめた。

「何を好きこのんであんな女と」

と丹羽文雄と石川達三が対談の最中に嗤ったという話が耳に届き、静枝は口惜し涙にくれたものだ。

そこへいくと女流作家たちはおおむね好意的といってもよい。そこまでいったならば、二人を応援してやろうという千代の提案で、女たちの宴に義秀が招待されることになった。雑誌「スタイル」が有卦《うけ》に入り、相当儲かっていると評判の千代は、最近素晴らしい塗りの半月膳を手に入れたのだ。それを披露したいというのが口上であった。

吉屋信子、林芙美子、大田洋子など十人の女流作家が招かれ、静枝は義秀を連れてくることになった。

「来るはずがないでしょう」

賭けをしようと言い出したのは林芙美子である。

「あの義秀さんが、のこのこと女ばっかりの会に来るはずがないじゃないの。おまけにあの人が苦手の女流作家が十人もいるのよ」

「この頃そう苦手ではなくなったようよ」

千代が混ぜっかえして皆が笑い、その余韻が残っている時に二人が現れた。

「まあ、お珍しい」

誰かが歓声を上げた。いつも着物姿の義秀が、ホームスパンの背広を着ているのである。それどころか蓬髪《ほうはつ》が売りものの彼の頭に、べったりとチックが塗られている。おそらく分量の見当がつかず、力いっぱい指についたものをこすりつけたものであろう。どう見ても多過ぎるチックは、彼の髪にてかてかとした奇妙な艶を与えていた。分け目のつけ方も滑稽といえば滑稽である。しかしその照り輝く髪は、義秀の純な心を表しているようである。後ろにつつましく座っている静枝も何とも好ましい。はからずも女たちの間から拍手が起こった。すると義秀は静枝に促されて立ち上がり、左右に向け無器用に挨拶をするのである。

その場に居合わせた女たちは後に証言する。義秀が髪にチックを塗ったのは、おそらくあれが最初で最後であったろうと。そしてあの時の二人は本当に幸せそうであったと。しかしその女たちにしても、静枝と義秀が結婚するとは予想しないことであったのである。

二人の披露宴は十月のよく晴れた日、目黒茶寮で行なわれた。紋付袴《はかま》を窮屈そうに着た義秀の髪にチックはないが、それでも彼は嬉し気に客たちの祝福を受けていた。対する静枝の晴着は黒い裾模様である。それは四十二歳の花嫁にふさわしいつつましさであったが、それでも静枝は充分に美しかった。少し濃い目に刷《は》いた頬紅が、静枝の顔をふっくらと若やいで見せた。考えてみると花嫁衣裳を着るのは二十五年ぶりである。外地だからとなおさらしきたりにこだわった母親によって、静枝の髪は高々と島田に結われ、鳳凰《ほうおう》の飛ぶ大振袖を着せられた。いま静枝ははるかに簡素な衣裳を身につけ、髪もいつものように上でまとめただけだ。けれども幸福な思いはあの時とは比べものにならない。今日は静枝の勝利の日であった。

愛する男と結婚するというのは、静枝にとって初めての経験である。武者小路はついに妻と別れてはくれなかったし、中村地平ときたら最後は静枝の元から逃げていったではないか。

「義秀は貧乏籤《くじ》をつかまされたんだ。他の男は誰も責任を取らなかった女じゃないか」

男の作家がそう言って義秀に忠告したという話の類は、嫌になるほど静枝の耳に入ってくる。しかしそれがどうしたというのだろうか。昨夜も閨《ねや》のぬくもりの中、義秀はこう言ったものだ。

「世間の奴らはいろいろ言うが、気にすることはないんだ。どうせ俺たち文士は、世の中の半端者なんだ。半端者同士、これからのんびり仲よくやるさ」

その言葉はなんと温かく静枝の心をうったことだろう。義秀は静枝が願ったとおりの言葉や愛を与えてくれる男である。全くものごとがこれほどうまくいったことはない。

あれは今から四年前、義秀が芥川賞を獲《と》った時のことだ。あの頃同棲していた地平も候補に上がっていたのであるが、彼の方は落選してしまった。いくらかの敵意を持って読み始めた「厚物咲」である。それからずっと義秀の名前は静枝の脳裏にあった。交際範囲が違うから出会うことはなかったが、それでも小説集「電光」や「文學界」に発表した「挑んだ友」などはきちんと最後まで読んだものだ。

年齢からいっても、とうに妻子がいるものと思っていたが、昨年病床で拡げた雑誌に「男やもめ」という文字を見つけた時の喜び。あの時はまだ手術の傷が癒えぬというのに、地平から別れを告げられて静枝はどれほどつらい思いをしたことだろう。

そんな最中《さなか》義秀に妻がいないということを知ったのだ。あれはまさしくひと筋の光となり、静枝の希望となったのだ。

「会う前から惚れてりゃ世話はない。静枝さんは本当に計算高いのだから」

と千代は非難するが、あれほどの恋の達人の彼女にもわからないのだろうか。計算と崇高な恋の境い目など誰もわかりはしない。錯覚していたものが真実であり、真実であるものが錯覚であるかもしれぬ。ただひとつわかっていることは、信じればそれは真実なのである。

自分はこの傍らの男を愛している。この上なく愛している。それは真実だ。ぼさぼさ髪の大男は、剣道をやっているから指の節が太い。しかしその武骨な手が、夜どれほどやさしく自分を愛撫《あいぶ》するか他の者は知らないであろう。今日からその指ごと、男はすべて静枝のものになる。静枝はいま完璧な勝利者なのである。

そして静枝が勝ち取ったものは男だけではない。ここにいる男と女を見渡してみればよい。久米正雄、石川達三、中村光夫、小林秀雄といった今をときめく文壇の人気者たちが揃っているではないか。特に上座近くにいる横光利一の端整なことといったらどうだろう。西洋画のような新しい小説によって、文壇の寵児となった横光利一は、今なおスターの地位を保っている。特に学生たちの人気は凄《すさ》まじく、横光を神のように讃える者は多い。

今まで同じ作家という職業にいても、静枝はこうした本流の男たちから無視され続けてきた。しかし今日から彼らも静枝のことをないがしろに出来ないはずである。横光は早稲田時代からの義秀の親友であり、義秀が師と仰ぐ作家なのだ。

義秀の傍らには仲人《なこうど》である青山二郎が座っている。静枝はこの男を仲人に立てた義秀の心中が、どうもよくわからない。浅草の舞台に立てば似合いそうな、やたら造作の大きい顔立ちである。地平にどこか似た大きな垂れ目がいかにも御しやすそうであるが、これほどひと筋縄ではいかぬ男はいないと、この席にもいる宇野千代が尊敬まじりに言ったことがある。だが、静枝はそれもよく理解出来ない。だいいち何をしているかよくわからない男なのだ。本の装丁などをして食べているようであるが、どう見ても金はなさそうだ。平然と義秀に金を借りにくる時もある。何でも骨董にかけて天才的な目ききだということであるが、そうかといってそれを商売にしているわけでもないらしいのだ。

その青山二郎から二人おいて久米正雄がいる。彼は義秀と静枝共通の友人として招待されているのだ。指名を受けて祝辞を言う頃には、彼はかなり酔っていた。

「二年前、南支に皇軍慰問をした時のことですけどねえ、僕は眞杉さんとずっと一緒でした。眞杉さんの色香に、あちらの将校さんもぐらっときたみたいですけど、僕ももう少しで危ないところでした……」

過剰な男たちの笑いが来た。

「それみろ」という嘲りは隠しとおすことは出来ず、後に近くに寄ってきた吉屋信子などは、

「久米さんも大人気ないわねえ、あんなことを言って」

と静枝にささやいたほどである。しかし義秀は先ほどから磊落《らいらく》に笑い続けている。着物の衿はとうにはだけ、下着が見えていたが、本人は気にする様子もない。これだけの友人が集まってくれたことと、久しぶりに豪華な食事と酒が目の前に並んでいるからであろう。

そもそもこの目黒茶寮というのは、秦秀雄《はたひでお》という有名な骨董商が道楽で始めた料亭である。青山二郎と秦とが親しく、今日の会場に選ばれたのだ。秦は魯山人《ろさんじん》と喧嘩別れをするまで、星岡《ほしがおか》茶寮を一緒に経営していたほどだ。このご時勢にと、うまいものには慣れている文士連中も目を剝《む》いたほど、贅沢なものが並んだ。軍関係の客も多く、おそらくそちらの方から手をまわしているに違いない。

本格的な懐石が次々と運ばれてくる。

「見ろよ、明石の鯛の塩焼に、善五郎の金襴手《きんらんで》ときたぜ。骨董屋がやっている店だといっても、これはちょっとなあ……」

中ほどの席に座っていた小林秀雄が、身を乗り出すようにして青山二郎に話しかける。

静枝は小林が大層苦手である。この会場に来てからというもの、花嫁の静枝に形ばかりの祝いを述べた後、義秀に向かってこう言ったのだ。

「再婚同士、一年半持つかっていうところだな」

披露宴の席でこれほどの無礼はないと言えるが、諧謔好きの義秀はこうした言葉をことのほか喜ぶ。悪友独特の祝いだと思っているようだ。

「一年半持ったら、お前さん金でも呉れるか」

上機嫌で応える。どうやら静枝にまっすぐ伝わる毒は、義秀には通じないようだ。ドストエフスキー論で評価を定め、今年発表した「無常といふ事」により、今や権威とまで言われている小林だ。こんな場所においても、己の好悪《こうお》を傲慢に見せつける。披露宴ということで、今日の座敷のしつらえは万事派手にしてあったが、どうもそれが小林には気に入らなかったらしい。彼が大声を出しているのは、金襴手に鯛を盛る俗っぽさへの抗議だ。しかしこの部屋の中で、彼がいちばん気に入らないものは、他ならぬ花嫁である。昭和の初め、彼は志賀直哉を慕って、奈良の自宅によく出入りしていた。武者小路と静枝との噂も当然聞いたしこの目でも見た。植民地育ちの文学少女くずれに、武者小路ともあろうものが、なんとやすやすとひっかかったのであろうかと彼はすっかり呆れていたのであるが、十四年後、その女は、こうして彼の友人の妻として床の間を背にして座っている。小林はそれが我慢出来なくなった。

「なあ、二郎さんよ、鉄斎の軸とはこれまた泣かせるじゃないか」

床の間を見るようなふりをして、じりじりと静枝の方に近寄ってきた。そして彼女と花婿《はなむこ》との間をすり抜け、青山二郎の後ろに座る。これで静枝を無視してやったと言わんばかりの態度である。

「だがあそこにある九谷《くたに》の平鉢は、ちょいと悪くないな。松の下に鷲が飛んでる。こりゃあ、めでたい席にふさわしい……と」

ふむふむと青山二郎は身を正した。彼と小林秀雄とは、まるで碁敵《ごがたき》のような骨董仲間なのである。

「さっきから気になってたんだが、九角の平鉢だぜ、これは」

「ああ、あんまり見たことがないな」

「九角の牡丹獅子文《ぼたんじしもん》があるとは聞いたことがあるが、これはいい形だ。おそらく吉田屋窯《がま》のものだろうが、この紫を見てみろよ、ねっとりした何ともいい色じゃないか」

「九角はたいてい途中で割れるもんだが、これは見事な形だ。おい、中山、お前これを見たか」

小林の声に義秀は振り返った。日本刀以外はこれといって骨董の趣味を持たなかった義秀であるが、仲のいい友人たちの熱に引き寄せられるようにして、最近古道具屋に出入りしているのだ。

「俺はこういう色のついたものはまだよくわからん。青山に教わって高麗《こうらい》ものから始めるさ」

「馬鹿言え、高麗もんぐらいむずかしいものはないいんだ。さっぱりしている分だけ誤魔化しがきかん。そういえばお前、このあいだ俺が譲ってやった唐津の水指しを、早くも壺中居に売ったそうじゃないか」

「あれはどうも俺には合わなかったようだ。しばらく飾っておいたが、どうということもなかった」

「お前のような素人《しろうと》は、商売人にかかっちゃ赤児の手をひねるようなもんさ。あの水指しはなあ、もう半年も撫でてやってみろ。こってりといい艶が出たのになあ……」

「あの水指しをもう売っただと。もったいないことをしたなあ。あのちょっといびつな、おっとりした形はいかにもお前向きだったじゃないか。全くもの知らずな奴だ」

静枝はぼんやりと男たちの会話を聞いていた。話の内容はほとんど理解出来ないが、ただ自分が排除されていることだけはわかる。義秀によって得ることが出来、義秀が連れていってくれそうな世界は、静枝がかつて憧れていたものである。しかしその世界はどうやら自分を拒否しているかのようである。

話は骨董からいつしか文学論へとなっていった。

「俺は禊《みそぎ》というものを全面的に肯定しているわけじゃないんだ、ただその奥にある日本古来の精神文化を知りたいと思うだけなんだ」

「いや、その考え方自体が傲慢なんだ。いいか、こんな時局だ。我々は作家である前に市民にならなくてはならん。我々に必要とされるのは知ろうとすることではなく、身を投じることじゃないか。禊というものにどっぷりと身を浸すべきなんだ」

「じゃ、君は横光のように神秘主義に走れというのか。くだらん、それこそ作家にとって最も避けるべきことじゃないか」

静枝は義秀の胸に垂れた醤油を見つけた。鯛を頬張りながら話に夢中になっていたせいだ。静枝はハンカチを取り出し、夫となった男の胸を拭ってやる。それを男たちが見ている。

「この男は私の夫だ」

声には出さず静枝はつぶやく。

「もう誰も私に手出しは出来ない。私はとても幸福だ」

この姿を見せたいのが武者小路か地平か、静枝には判断がつかない。が、目の前にいる男たちは皆、武者小路か地平かどちらかの知人だったり友人だったりする。彼らの向こう側にいる二人の男に向かって、静枝は微笑んでみせた。

「まあ、なんておいしいお料理なんでしょう。それになんて楽しい宴会なんでしょう」

その声がとても唐突で間が抜けていることに静枝は気づかない。

第十章　葡萄酒《ぶどうしゅ》

鎌倉は文士の町と言われている。気候がよいうえに物資もまだ手に入りやすい。散歩するにはぴったりの史蹟《しせき》があちこちにある。それより何より、中山義秀に言わせると、

「鎌倉ぐらい文士を大切にしてくれるところは、日本中どこを探してもない」

のだそうだ。

前から義秀は鎌倉に住みたがっていたのであるが、極楽寺の駅から少しいったところに手頃な家が見つかった。鎌倉独特のこんもりとした崖《がけ》の上にあり、細く長い階段を上がらなければいけない。しかしそれがかえって落ち着いてよいと義秀は周旋屋に頷いたものだ。後に買い取って生涯を送ることになる崖上の家の家賃を、彼は気前よく三カ月分前金で払った。

やはり義秀と同じように、空襲を避けて高見順も北鎌倉に家を見つけた。義秀と高見の移転祝いと、川上喜久子の南方前線からの帰国をねぎらうために、五月の宵、祝宴が張られることとなった。

里見弴、小林秀雄、久米正雄、大佛次郎といった人気作家たちが二十人近く集まったのであるが、とにかく酒が足りない。銚子《ちょうし》三本の日本酒は、おちょこ一杯ずついきわた
るのがやっとである。
「そのかわりこれがありますから」
二楽荘の老主人がすまなさそうに差し出したのは葡萄酒である。仕込んだばかりで味
は保証出来ないという。が、まわし飲みするうちには、早々と悪酔いする者が出てきた。
永井龍男《ながいたつお》が河上徹太郎などくだらぬとわめけば、久米正雄が〝なにを〟と睨みつける。
相変わらず暗く意固地な酒を飲み続けるのは小林秀雄だ。彼はこの何年か、焼き物の世
界に惑溺《わくでき》している自分の身の上を、誰にともなく訴える。
「お前は時局から逃げてんだよ」
久米正雄が大声を上げた。
「そりゃあ嫌なつらい世の中だぜ。だけどお前ひとりだけ、つるりと陶器の方へ逃げよ
うたってそうはいかないぜ」
そんな仲間を全く無視するかのように、義秀は突然立ち上がったかと思うと、詩吟を
口ずさむ。
花開《はなひら》けば万人集《ばんにんあつ》まり

花尽《はなつ》くれば一人《いちにん》無《な》し
但見《ただみ》る双黄鳥《そうこうちょう》
緑陰深《りょくいんふか》き処《ところ》に呼《よ》ぶを

歌いながら赤ら顔の久米正雄やいきりたった小林秀雄の後ろにまわり、いきなり首に腕を巻きつけた。

「おい、よせやい」

などと舌うちしながら、彼らは義秀のその腕をゆるめようとはしない。酔いにまかせた友人の悪戯を許そうとしている。

静枝は赤い葡萄酒のコップを手にしながら、それを冷ややかに見つめている自分に気づいた。婚礼の日と同じように、義秀はあちこちに行き、小犬のように友の首にまとわりつく。しかしあれからそう日にちがたっていないというのに、静枝はそれを微笑みながら見ることが出来ない。

豪放磊落の典型のように言われる義秀が、その実いかに小心か静枝は知っているからである。義秀はおそろしいほど気配りのいきとどいた男だ。まだそれほど酔ってもいないというのに、わざわざ立ち上がり、歌い、醜態を装っているのは、宴を張ってくれた友人たちに対する感謝の思いからなのだ。そして一触即発の議論を戦わしている男たちを静めようという意味もある。

　こうした気配りの男が、家庭に戻るとどれほど不機嫌になるか。自分が外で支払ったものを、性急に妻に償って貰おうとする。昨夜も義秀は、夕食の仕度が遅いと静枝を怒鳴りとばしたばかりなのだ。

　引越したばかりとて食料の調達法も静枝にはわからない。引越し荷物も全部ほどいていないので、食器もきちんと揃っていなかった。それを承知していながら義秀は、

「お前のようにだらしない女は見たことがない」

　と大きな声を上げる。義秀の郷里福島にはつてがあり、今でもわずかだが酒が送られてくる。それを空き腹にあおった義秀は、完全に目が据わっていた。

「お前は全く役にたたん女だ。めしを満足につくることも出来んじゃないか。お前は俺をなめとんのか、えっ、返事をしろ」

　ねちねちとわめいていた義秀と、いま友の首に腕を巻きつける義秀とはまるで別人のようだ。

　静枝は嫌な予感と寒気を安葡萄酒のせいだと思おうとした。

「もしこれさえも駄目になったら……」

　いいや、そんなことはない、そんなことはあってはならないのだ。自分は今をときめく作家の正夫人となったのだ。武者小路の時とはまるで違う。あの頃、自分を見る人々は

一様に薄笑いをうかべていたように見えた。あれが若い妾、作家になりたいばかりに武者小路に取り入った女と、その口元はつぶやいているようであった。

しかし中山義秀の正夫人となったとたん、その唇はぴたりと閉じられた。小林秀雄などは相変わらず、

「あんたもうまくやったぜ」

などとからむことがあるが、そんな時必ず誰かが止めに入ってくれる。義秀の正夫人だからこそ、人々は静枝を丁重に扱ってくれるのだ。今日とても、静枝は主賓ということで喜久子と共に床の間を背に座っている。

「この戦争さえ終わればよいのだ」

静枝は不意にひとつの出口を探りあてた。かすかだが光が射し込んでくる出口である。男たちの何人かは、日本は勝ち目がないのではないかとささやいたりしているが、静枝はそんな彼らをきっとたしなめる。日本はきっと勝つ。そうしたら食糧も前のように自由に手に入るはずだ。貧しい菜を義秀になじられることもない。今は日本中の人々が耐え忍んでいる時ではないか。自分たち夫婦に起こるさまざまなことも、戦争が終わりさえすればすべては解決するのだ。

静枝は自分の楽天さに縋ろうとする。今までも何度かこれで乗り切ってきたではないか。義秀を嫌《いと》う心を育ててはいけない。どんなことがあってもいけない。戦争が終わり

さえすれば、自分たちはまた愛し合うことが出来るのだから。

　しかしとりあえず、静枝は何をしたらよいのであろう。いくら「文士を大切にする鎌倉」といえども食料を配給してくれるわけではない。近所の女に教えて貰い、相模原《さがみはら》の奥の方に米を買いに出かけたが何軒も断わられた。

「今どき、見も知らない家へ来て、金で米を買おうなんて無理じゃん」

百姓の女房に鼻でせせら笑われる始末だ。頼みの綱は福島から拝み倒して送って貰うわずかな量の米であるが、それも到着しなかったり途中で抜かれることが多い。

　こんな時節こそ妻の裁量が問われる時だ。鎌倉文士の妻の中には目端のきく者がいて、軍需工場とわたりをつけたり、着物や宝石と米の交換を上手にさばく。

だが静枝はといえば、鍋の中にひとつかみの米と菜を落とし、七輪でとろとろと煮えるのを見守るだけだ。この米もあと三日持つだろうかと静枝は途方に暮れる。義秀の苛立ちも怒声もこのひとつかみの米から始まるのだ。野武士のようなと形容される偉丈夫の義秀が、飯の盛り方に神経をとがらせ声を荒らげる。体が大きい分だけ空腹がつらいらしく、その飢餓感を大げさに言いたてるのだ。

「小田原の方までいけば、野菜や魚を分けてくれるという人がいるから、私、行ってみましょうか」

見るに見かねて継娘《ままむすめ》の玲子《れいこ》が静枝に言う。その清楚な美しさに、昔義秀がひと目惚れをしたという母に似て、玲子も目鼻立ちの整った顔をしている。北国に生まれた両親の血を引いて抜けるように白い肌だ。静枝との結婚の前年に、義秀が預けていた郷里白河から引き取ったのであるが、幼い頃から人の家に育った玲子は、十六歳の娘とは思えない気配りをする。最初から継母のことを「お母さま、お母さま」と呼び、静枝は嬉しさのあまり涙ぐんだものだ。義秀も玲子のことを大層可愛がっていて、それが争いの原因となった。静枝が気がきかないために、年頃の娘が食べ物のことで苦労しなくてはならないというのだ。

義秀が突然、海軍の報道班員として南方へ行くことを決めたのは、おそらく日々不如《ふにょ》意《い》となるばかりの生活と、静枝との小ぜり合いから逃げ出したかったからに違いない。義秀は六月にボルネオに向けて出発した。

そして静枝につかの間の幸福が訪れた。再び玲子を白河へ帰し、ひとりきりになった家の居間で、静枝は毎日のように新聞社に託す義秀への手紙を書く。別れているからこそ義秀への愛をじっくりと味わうことが出来る。静枝の想像の中で、義秀は限りなく男らしくやさしい。

「ただあなたのご無事を祈っています」

と追伸をし、もう一度「中山静枝」という文字に見惚れる。何というよい文字であろうか。苗字と名前の釣り合いがよい、つつましく可憐《かれん》な感じがする。義秀と自分が出会い結ばれたのは運命に違いないと、静枝はうっとりと考えるのであった。

しかし静枝と義秀との別離による「蜜月《みつげつ》」はそう長く続かない。静枝は鎌倉駅で偶然出会った高見順から突然こう言われたのだ。

「義秀さん、南方での生活がすっかり気に入ってるようじゃないか。なにしろ海軍さんだから酒や食べ物はどっさりある。女にも不自由しない。もう日本へ帰るのが嫌になったと、手紙に書いて来たそうだ」

まああの人は呑気なことを言っていること、と静枝は低く笑った。小林秀雄といい、青山二郎といい、義秀のまわりには皮肉屋が多いが高見順もそのひとりだ。肺でも患《わずら》っているのではないかと思うほど青白い顔をし、端整な唇をゆがめるようにして痛烈な言葉を吐く。根は苦労人でやさしい男だということを知らなかったら、相手は嫌悪を抱くに違いない。

「僕もこのままじゃ軍需工場へでも行かされるのがオチだからね。来年はまた、中山みたいに報道班員のお務めに行こうかと思っている」

このご時勢の真昼間にまさかと思うが、高見はまるで酔っているようにふらふらと小町通りの方へと立ち去った。

ひとり残された静枝は、きりきりと唇を噛んだ。どうやら義秀は自分を裏切っているらしい。そして文士仲間の何人かはこのことを知っているようなのだ。

静枝の憤怒《ふんぬ》は嫉妬のためだけではなかった。新婚といってもよいほどの自分たちなのに、夫は早くも放埒《ほうらつ》さを見せている。そのことによって自分は再び嘲笑されているのではないかという不安なのだ。

「ただただご無事のお帰りを祈っております」

と昨夜したためた手紙を、帰るなりびりびりと破いた。もう上等の便箋などありはしない。義秀が戦争が始まる頃に買っておいた原稿用紙を使う。

「あなたにこのようなお手紙を出さなければいけないことを、つくづく無念に思います」

まるで小説のように静枝は改行した。

「あなたを信頼し、あなたの仕事のご成功とご無事を祈って、ひとり日本で耐えている私のことを、少しでもあなたはお考えになってくださっているのでしょうか」

義秀が外地に旅立ってから、早くも五カ月が過ぎようとしていた。季節は冬に向かっている。暖をとるための薪《まき》も炭も乏しい。このところ静枝はめったに白米など食べたことがなく、野菜や水で量を増やしたものが多くなっている。しかし義秀は南の国で褐色の女たちに囲まれ、冷たいビールで喉をうるおしているというのだ。

「私はあなたのお心がわからない」

またもや改行したから、手紙は詩のように、短かい言葉が並んだ。

「あなたをどこまで信じていいのか、私は混乱しています。日本人が勝利に向け、心をひとつにして耐えがたい生活に耐えている時ではありませんか。それでもあなたは栄《は》えある日本海軍の報道担当者でしょうか」

しばらくして義秀から、怒りと困惑に充《み》ちた返事が届いた。なぜそのようなことを言われるかわからぬというのである。酒池肉林どころか、自分は滞在費にもことかくありさまだ。報道班員といっても兵隊と同じように生命の危険にさらされる日々は、中年の身にはとてもつらい。その上誤解されてあれこれ言われているなら、今年中に日本に帰るつもりだ。俺の心がわからないとまで言われるならば、日本へ帰ってきちんと結着をつけようではないか。

この手紙を受け取って静枝は慌《あわ》てた。どうやら義秀は本気で怒っているらしいのだ。静枝は夫の潔白を喜ぶより先に、まず留守中のつじつまを合わせることをあれこれ考えた。義秀の心情がどうやればよくなるかわかっている。子煩悩《こぼんのう》な彼は、不憫がっている二人の子どもを大切にされるのを何よりも喜ぶのだ。

白河へ帰してしまった玲子をすぐに呼び寄せるのも不自然だしと、あれこれ悩んでいたところに連絡が入った。下宿して日大に通っていた義秀の長男哲也が、学徒出陣で海軍へ配属されることになったという。

「それならばうちで歓送会をしなくてはいけないわね。お客さまもお招《よ》びしましょう」

どちらかといえばまだぎこちない関係の継母の厚意に、彼は一瞬とまどったようであったがすぐに礼をのべた。しっかり者の妹の玲子に比べ、いかにも長男らしくおっとりとした青年である。

歓送会の準備のために静枝は走りまわった。日本酒は義秀の実家に理由を話して送ってもらったが、困ったのはビールだ。義秀とよく飲みに出かけた鎌倉駅前のバーへ行き、特別に分けてもらった。そのバーの女主人から頼んでもらい、近所の魚屋から鯛を入手することも出来た。

客として声をかけたのは、小林秀雄、川端康成夫妻といった義秀と親しい者ばかりだ。さんざん迷ったが高見順も招待した。今度の喧嘩の原因をつくったような男であるが、高見は義秀をこのところ高く評価し、義秀もそのことを大層喜んでいる、といった仲だ。それに当の哲也本人が高見順の熱心な読者だという。夫の留守に招ぶ男たちだ。後で手抜かりのないようにしたい。

大人たちばかりに囲まれた会食であったが、年寄りに育てられた哲也は屈託なく酒を飲み、刺身を頬張った。料理はたいしたことはないが、福島からのふんだんな酒に客たちは声を上げた。高見順などは飲み過ぎて泊まっていったほどである。

それから二十日ほど経《た》って義秀が帰国した時、静枝はほっと胸をなでおろしたものだ。哲也の歓送会がどうやら間に合い、義秀の留守中に継母としての役目を果したという思いである。

「母親らしいことも妻らしいことも何ひとつ出来ない」

と静枝をなじる義秀の先手をうったことになる。おそらく歓送会のことはすぐに義秀の耳に届いたらしく、手紙の一件も軽い口喧嘩で済んだ。そして仲直りのしるしとして、義秀は念入りに静枝を抱く。その餓えた様子で、静枝は義秀のゴシップが嘘とはいわないまでも、かなり大げさなものであることがわかった。

戦争による生活苦でこのところまた痩せた静枝であるが、着物を脱ぐとその下にはねっとりと脂肪ののった肌がある。

「お前はちょっとした美人のように言われているが……」

ある晩義秀がささやいたことがある。

「体の方がずっとよい」

帰国してからしばらくは、歓迎会が続いた。義秀が帰ってきたというので、作家仲間や編集者たちが酒や牛肉を持って訪れる。すき焼きのための葱《ねぎ》を切りながら、このような日が続いたらどれほどよいだろうかと静枝は考える。静枝は可憐な愛人の役なら得意なのだ。酒と食べ物のある暖かい部屋で、ずっと男に抱かれ甘えるだけの生活をおくれたらどれほどよいことであろうか。しかし静枝も望み、義秀が要求していることは妻になることなのだ。

昭和十九年の松飾りが取れる頃には、来訪者もめっきり少なくなった。そして静枝と義秀の戦いが再び始まる。このところますます日本酒が手に入りづらくなり、合成酒を仕方なく口にする義秀は嫌な酔い方をする。鎌倉文士の間で熱病のように流行した骨董熱は、彼の場合、元々の趣味であった日本刀の収集にと落ち着いたようだ。静枝と結婚する少し前に、「二文字助光」を手に入れていた。

「お前は妻としてなっておらん」

説教がまず始まり、それについて静枝が反抗しようものなら義秀の喉仏のあたりがぶるぶると震える。

「貴様、何を言うか、この俺を馬鹿にしているのかア」

怒りが極に達すると、義秀の言葉は東北の訛りに彩《いろど》られる。そうなったらもう終《しま》いだ。やおら床の間の日本刀を抜いたかと思うと、まず白い刃に自分の顔を映す。そしてほんの一瞬目と唇がゆるむがすぐに相手を睨みつける。

「貴様、俺に殺されたいのか。よおし、すぐにあの世に送ってやろう」

こういう時剣道三段の彼は、まるで役者のようにかたちが決まる。振りかざそうとする腕の角度も背すじの伸び方も美しく、「殺す」という言葉はにわかに信憑性《しんぴょうせい》を持つのだ。

最初に日本刀を見た時、静枝は裸足《はだし》のままで逃げた。裏口を抜け、道に出て広津和郎《ひろつかずお》の家にたどり着いた時は、怖ろしさのあまりしばらく口がきけなかった。涙が出てきたのは熱い茶を飲み干した後だ。

静枝と一緒に旅行したこともある広津の妻は、泣いている間中ずっと背を撫でてくれたものである。

「こんな時代ですもの。中山さんだけじゃないわ、主人だってそりゃ苛立っているのよ。ねえ、静枝さん、もうちょっと頑張りなさいよ、何ていったってあなたは中山さんの奥さんじゃないの」

この最後の言葉にある意味を感じるのは、静枝の心が深くゆがんでいるからだろうか。お前のような女がやっとのことで正式の妻の座を手に入れたのだから、すべてのことに耐えなければいけないと、おそらく世間のほとんどは思っているに違いないと静枝は思う。

静枝の頬がますますこけ、顎がとがってきたのは食糧不足のためだけではない。静枝は夜が来るのが怖いのだ。空腹を酒でまぎらわせようとする義秀は、四日か五日に一度したたかに悪酔いする。そして静枝を抱くか、そうでなかったら責める。剣道で鍛えた大きな体は、骨がきしきしと鳴るほど静枝の体を強く締めつける時があり、そんな時静枝は歓喜の声を上げる。若い地平さえ与えることのなかった満足を、中年の義秀は造作もなく静枝にばらまくのだ。しかし三日後にその体軀《たいく》は、静枝を殴るために機能する。長い眉毛と盛り上がった筋肉はぴくぴくと動き、

「この役立たずめが」

と激しく静枝を罵倒《ばとう》するのだ。

激しい悦楽か激しい恐怖。静枝の夜にはこの二つしかない。静枝の眼の下には、淫蕩《いんとう》のあかしのような隈《くま》が浮かんだ。

ある日のこと、二人は稲村ヶ崎まで出かけた。もちろん遊びのためではない。配給や、静枝がおぼつかない足取りで行く買い出しだけでは、大人二人の食卓は整えられなくなっている。雑魚《ざこ》でもいいから釣って夕食の膳にのせようと言い出したのは静枝である。もうどんな方法でもよい。口に入るものが欲しかったし、それよりも静枝が望んでいるのは、夫婦が力を合わせて今の困難を乗りきることである。

帰国後、ほそぼそと作品を発表していた義秀であるが、久しぶりに書きおろしを完成し、それが本になるのを楽しみにしていた。ところがその矢先、神田の空襲で出版社は丸焼けになってしまったのだ。その落胆もあり、義秀はこのところまた酒量が増えた。口にするのは怪しげな合成酒だ。もともと胃が悪い義秀は、よく吐くようになった。散歩から帰ったとたん三和土の上で嘔吐物《おうとぶつ》を出す。あまり食べていないから白い胃液がほ

とんどだが、まるで静枝の着物の裾をめがけるかのように勢いよく吐く。静枝はすばやく飛びのいて叫んだ。

「何をなさるの、気をつけてください」

それも義秀の非難の的となった。前の妻はこういう場合必死になって手当てをしてくれたというのだ。大の男だったら、自分がいつ吐きそうになるかわかるだろう。吐くのだったらせめて庭の植え込みのところでやればよいのにと、元看護婦の静枝は思う。

とにかく静枝は悲しいのだ。昼頃起き出し、ものを書き、そして酒を飲んで寝るという文士の生活は、平和の時なら許されることであろう。しかし今は非常時ではないか。どうして義秀は一緒に買い出しに行ってくれぬのか。どうしてお前は要領が悪いとなじるだけなのだろうか。

だから魚釣りに出かけてもいいと義秀が言った時、静枝は思わず飛び上がって喜んだものだ。

「お握りをつくるわ。とっておきのお米があるの。あれを持って行きましょう。昔みたいなピクニック気分になれるかもしれないわ」

モンペ姿の静枝の後ろを、浴衣の前をはだけ麦わら帽を被った義秀が従いてくる。憮然とした表情からは魚釣りの楽しさは感じられない。とにかく暑い日であった。午後になるとじりじりと陽が強くなり、日陰のない崖のあたりは肌が痛くなるほどだ。それなのに義秀の釣り竿《つざお》はぴくりとも動かない。そもそも友人に誘われて、五、六度海釣りをしたぐらいだ。こんなご時勢だから魚たちも賢く必死になっているらしく、素人の鉤《はり》にはなかなかかからない。

「あ、かかったわ。ねえ、ねえ、見て頂戴、ちゃんとお魚が獲《と》れたわ」

〝馬づら〟を高く掲げ、得意そうに笑った静枝の声が次の瞬間悲鳴に変わった。

「まあ、どうしましょう、びくを落としてしまった」

指さす方向を見ると、崖下の海に赤いびくが漂っている。

「仕方ないだろ、海に落ちてしまったものは」

「まあ、そんなことを言って」

静枝はむっとしたように頬をふくらませた。

「びくは、とっても貴重品なんですよ、そんなことご存知ないのかしら」

事実、魚釣りに出るための竿や網といったものを、静枝は近所の者に頼んで借りてきたのだ。平和な時代だったらどうということもない品々であるが、もう補充がきかないとわかっているからどの家もいい顔をしない。それを拝み倒すようにして借りてきたのである。

「あのびくは坪田さんにお借りしたのよ。どうしたらいいのかしら」

坪田譲治の名を聞いて義秀は舌うちしたいような気分になる。鎌倉文士仲間の一人であるが、借りはつくっておきたくない、といった相手である。

「ねえ、あなた下に降りてとってきて下さいよ。ほら、そこに浮いてるじゃありませんか」

「馬鹿なことを言うもんじゃない。こんな崖、どうやって降りろっていうんだ」

「岩を伝っていけばどうということないわ。そのくらいのことはして下さいよ」

静枝は傲慢に言いはなつ。ここは夜の闇の中ではない。真夏の太陽の下だ。アルコールも日本刀も持たない義秀は、ひどく老けてみすぼらしく見えた。自分が命令しても許されるような気がする。

何かを言いかけた義秀だが、やがてあきらめたように岩に手をかける。五メートルほどの崖だ。まず下駄を脱いだ左足を黒く濡れた下につき出ている岩の上に置く。そしてそろりそろりと降りていった。岩はごつごつとはみ出していて、思っていたよりもそうむずかしくはない。義秀はすぐにびくにたどりついた。

「おーい、とったぞ」

「まあ、よかったわ」

安心したのか静枝の姿が消えた。もう義秀を見守ることをせず、違う方向で糸を垂れ始めたらしい。びくを片手に持った義秀は、力を込めて上半身を持ち上げ、右足を岩の上にかける。小さな蟹《かに》が穴から出てきてつつっと走る。それを踏むまいと思ったら、右足は苔《こけ》の上をつるりと滑って浮いた。とっさに両手で体を支えようとしたが無駄であった。両足が空《むな》しく宙を踏む。目の前の岩の色が次々に変化すると思ったのは、ほとんど気を失いながら落下していったからに違いない。

が気絶したのはほんの数秒ほどのことで、義秀はすぐに意識をとり戻した。落ちたところがやわらかい砂地だったのが幸いした。剣道をやる義秀は、すぐに体のあちこちを動かしたがどうにかなった。ただ右足のくるぶしがぐにゃりとしたままだ。

「やったな……」

義秀はつぶやき崖を見上げた。もう自力では登れるはずもなかった。

「おーい、静枝、助けてくれ」

しかし義秀の声は波の音に消され、静枝の応《こた》える声は、ない。

「おーい、おーい、静枝」

義秀は力のありったけを込め叫び続けたが、不意にやめた。妻に対する腹立たしさのあまり、呼吸が出来なくなったのである。砂の上でぜいぜいと息を整える。夏の海は光の粒をまき散らしていて、目を細めなければ眺められないほどだ。漁の舟が遠くに見える。そして腹立たしさは不安に替わる。静枝が自分に気づいてくれなかったらどうしたらいいのだろうか。もうじき満ち潮がやってくる。自分は溺れ死ぬかもしれぬ。

義秀はもう一度勇気と力をふり絞ることにした。なんとか立ち上がる。右のくるぶしは痛みを持ち始めた。右に力を入れないようにし、両手と左足を使って岩をのぼる。なんとかてっぺんの平らな岩をつかんだ時、義秀は安堵のあまり涙が出そうであった。

「静枝、おーい、ちょっと来てくれ」

ここでもう一度妻の名を呼び目を閉じた。精も根もつき果てていた。

「あら、どうなさったの」

近づいてくる妻の声がこれほど嬉しいと思ったことはない。義秀はやがて抱きかかえられる自分の肩や、慰撫されるくるぶしのことを思った。が、何の気配もない。義秀は目を開けた。こちらを見つめる静枝の白い顔があった。しかし彼女は微動だにしない。助け寄るわけでも安否を問うわけでもなかった。

二人の目が合い、からみ合う。波の音だけが聞こえる。夫は妻を見つめ、妻は夫を見つめていたが、声はどちらからも発せられない。

静枝は目の前に横たわる義秀を見つめていた。もしかしたら夫はこのまま死ぬのではないだろうか。この男さえいなくなれば——、どこかでささやく声がする。もう自分は苦しめられることはない。捨てられた女、という地位に戻るのはもう耐えられそうもないが、未亡人なら耐えられる。嘲笑の代わりに、人々は同情を与えてくれるに違いない。未亡人、それは静枝が初めて発見する安らぎである。そうだ、そんな方法もあるのだった。静枝の両足の下は、じりじりと熱せられた岩だ。もしかしたら足を上げるかもしれぬ。そして夫を崖から蹴り落とそうとするかもしれぬ。静枝が沈黙し、動かないのはその衝動と戦っているためだ。

第十一章　牛缶

そして戦争が終わった。

正午、裏山の蟬がいっとううるさい時間である。今年の鎌倉の蟬はとても猛々《たけだけ》しく鳴くと言ったのは誰だったろうか。ラジオのボリュームをいっぱいに上げても、きんきんとかん高い天皇の声はよく聞きとれぬ。町内会長から言い渡されていたとおり頭《こうべ》を垂れてラジオを聞いていた静枝は、いつのまにか顔を傾けていた。蟬の音がうるさい。玉音放送が終わってもまだ鳴き続けている。それにしても不思議だ。いま日本は戦争に負けたのだ。神風も吹かぬうちに戦争に敗れてしまった。もしそんなことがあった時は、この世は滅び、蟬の音も瞬時に消え去るはずである。それなのに蟬は力強い音をたて、陽はまだ高い。暑さときたら耐えがたいほどで、静枝の首すじをつっと汗が伝わっている。

いつのまにか静枝は泣いていた。すすり泣きはいつしか号泣に変わっている。痩せ衰えた自分の体のどこに、これほどの力が残っていたのだろうかと不思議なほど、太いうなり声が出る。涙はあとから噴き上げてくる。

「なんで泣くのだ」

憮然とした義秀の声だ。いつものようにだらしなくはだけた浴衣の胸に汗が光っているのが見える。けれども乾いたままの目と頬だ。

「何も泣くことはないじゃないか。日本はこうなる運命だったのだ。仕方ない」

「仕方ないって、そんな……」

嗚咽《おえつ》と痰《たん》でしばらく言葉が出てこない。

「天皇陛下に申しわけない……。日本は負けてしまったんですよ。陛下に申しわけない、申しわけない」

何かが堰《せき》を切ったように流れ出す。彼の祖父であった人の軍装の御真影、それに毎日最敬礼するように命じられた。そして遥《はる》か日本の宮城に向かい深く頭を垂れた少女の頃。

「ねえ、台湾はどうなるんでしょうか」

作法どおり正座して玉音を聞いていた静枝は、夫に詰め寄るように膝行《しっこう》していった。

「あそこには両親と妹がいるんですよ。ねえ、戦争に負けて台湾はどうなるんですッ」

「そんなことはわからんさ」

義秀はいつのまにか腕組みをほどき、それが癖の、へこ帯に手をさし込む格好でうそぶくように言う。

「日本がどうなるのかわからんのに、台湾のことがわかるはずはないじゃないか。戦争に負けたら日本の男はみんな捕虜になってアメリカへ連れていかれるって言うがな、ま、どうなることやら」

静枝は目を凝らして夫の顔を見つめる。義秀のこの落ち着きはいつもの演技なのであろうか。従軍報道班員や愛国的な禊《みそぎ》を進んで引き受けた義秀ではないか。日本が負けて無念でないはずはない。それなのに義秀はひとり顔を上げ、仕方ないとつぶやいている。この男は衝撃のあまり頭がおかしくなってしまったのだろうか。たったひとつだけわかることがある。それは義秀が、いま日本全国民が味わっている悲哀と口惜しさを妻と共有したくないということである。とうに喜びを共に味わわない夫婦になっているが、苦悩でさえも義秀は妻と同じものを反射的に拒否しようとしているのだ。

さすがにその夜は家でおとなしくしていたが、次の日は平然とした面もちで鎌倉文庫へ出かけていった。鎌倉文庫はついに飢えをはっきりと表明し始めた鎌倉文士たちが、四カ月前に始めた貸本屋である。大佛次郎、高見順、川端康成、義秀といった十人が番頭となり本を提供した。いずれは単行本や雑誌を出版する計画で設立した店であるが、今のところは日銭を稼ぐのがやっとという状態だ。静枝も設立者として名を連ねているが、ほとんど店に出たことがない。今年短篇をひとつ「新潮」に発表しただけの義秀は、毎日のように駅前の店に顔を出し、仲間とあれこれ話すのを唯《ただ》ひとつの慰めとしている。夕方になって東京から三人の男たちがやってきた。出征することがなかった中年の編集者たちである。どこでどう手に入れたのか、ウイスキーを一本手にしている。義秀はたちまち上機嫌になり、静枝に肴《さかな》を言いつける。

「そんなもの、あるわけないいじゃありませんか」

怒りのあまり低い小さな声が出た。いったい今日をどういう日だと思っているのだろうか。日本が戦争に負けてからたった一日しかたっていないのだ。静枝たち女は昼から町内会長に呼ばれ、とにかく落ち着いてことのなりゆきを見守ろうと話し合ったばかりだ。それなのに義秀はこれから酒盛りを始めるという。

「裏に鮭缶《さけかん》か牛缶があったはずだ。それを開けろ」

裏というのは鎌倉独特の洞窟《どうくつ》のことだ。ここを義秀は防空壕《ぼうくうごう》を兼ねた倉庫にしていた。確かに以前買っておいた缶詰が三個、炭と共に大切に匿《かく》されている。静枝はそんなことをきちんと記憶している夫のさもしさを嫌悪する。

「あれは何かあった時のためのものだわ。お酒のつまみにされてたまるものですか」

「今日が何かなんだ。わかるか、客の前で俺に恥をかかすんじゃない」

あきらかに義秀は恫喝《どうかつ》の表情になる。こけた頬ともしゃもしゃの髪は、彼をいかにも無頼の文士らしく見せている。そうだ、外地にいる家族を案じて泣く妻を嘲笑《わら》うことも、日本刀を持って妻を脅すことも義秀は許されていると信じているに違いない。なぜなら彼は文士だからだ。

「俺たちはどうせまっとうには生きられない人種なのだ」

というのはほろ酔いの時に、義秀がよく口にする言葉であるが、これにはもちろんなみなみならぬ彼の誇りと甘えとがにじんでいる。この鎌倉に住み、筆一本で生きていく男たち、そして編集者たちから「先生」と敬われる文士と呼ばれる自分たちのことを、義秀は選ばれた人間と思っているのだ。しかし義秀はこの特権を妻に与えようとはしない。静枝が原稿を書いたり、座談会に出席することは歓迎する風であるが、書くこと以外の享楽《きょうらく》はいっさい静枝には必要ないと思っているのだ。少ない米で上手《うま》く雑炊をつくること、農家と上手に交渉すること、部屋を手早く片づけることなど、普通の女がすべきことをするのが当然のことのように義秀は責めたてる。そしてあろうことか、静枝の過去にわたっての貞操さえも義秀は要求するようになったのだ。最近悪酔いした時の義秀の手順は、まず静枝の衿上《えりがみ》をつかみ、ねちねちと言いたてる。

「武者小路のお下がりだけなら、まだ世間もとおりがいいさ。俺はただのお人よしで済むからな。だが中村はどうだ、何とかいう将校はどうだ。お前は俺に恥をかかすために結婚したのか。俺はお前のために、どれだけ肩身の狭い思いをしてると思ってやがるんだ……」

　いや、もうそんなことを考えるのはよそうと静枝は決心する。もうじき日本はどうになかなるらしい。遠いところからアメリカ兵とソ連兵とがやってきて、日本は植民地になるという。そうなれば日本語で本を書くことも出来ないはずだ。自然と文壇や文士といったものもなくなってしまう。それまでの辛棒なのだ。いま義秀に命じられるまま、鮭缶を開け、皿に盛るぐらい何だというのだろうか。日本から文士などというものは消滅するのだから。

酒盛りの後、義秀たちは麻雀の卓を囲んだ。もう電灯の光を気にすることはないと窓を大きく開ける。

「やあ、綺麗だなあ。あちこちに灯がともりましたな」

窓を開けに立った中年男が大きな声を上げた。静枝の家も昨日のうちに窓の黒布をすべてとりはずしておいたので、窓からの風が心地よい。極楽寺の駅の向こうにも、家々の橙色の灯がいくつも見える。本当に戦争が終わったのだと卓を囲む男たちも、コップに水を運んできた静枝もしばらく放心したようにそれを眺めていた。安堵のため息を漏らすのはまだ早いと言うものの、唇が自然に開いてしまう。今はただぼんやりと生きていることを幸いと思うしかないだろう。

突然義秀が立ち上がり、ひょろひょろと窓まで歩いていく。おぼつかない足取りだ。いきなり浴衣とステテコの前を拡げた。

「先生……」

「義秀さん」

男たちと静枝が止める間もなく、義秀は窓から放尿を始めた。猫背でありながら前を突き出す奇妙な格好だ。

「戦争に負けたおかげで、こんな小便も出来る」

義秀は歌うように言った。虫のざわめきのような音を聞きながら、静枝はああ自分も負けたのだと心の中でつぶやく。もう耐えられない。きっと自分はここを出ていくだろう。人々が何と言おうと構やしない。もう日本は滅ぶのだから。おそらく台湾の両親たちも生きて帰ってくることはないだろう。自分は誰に遠慮することもなく、義秀と別れることが出来るのだ。静枝は急に心が軽くなる。ふわふわと楽しくさえなってくる。それこそ自暴自棄というものであると、わかったのはしばらくたってからである。

しかし四カ月後、すべての覚悟を決めた静枝の目の前に、両親と妹の勝代が現れた。満洲や朝鮮とは違い、台湾では引き揚げが比較的スムーズに行なわれたのだ。とはいうものの、無一文となりつらい逃避行を続けてきた両親と勝代、姪の道子は面ざしまで変わる窶《やつ》れ方だ。

「勝ちゃん、勝ちゃん」

静枝は妹を抱き締め、滂沱《ぼうだ》の涙を流す。それには自分に対するいたわしさも込められていた。

「これでもうしばらく、私は地獄を続けていかなきゃならなくなっちゃったじゃないの」

とにかく皆を家の座敷に休ませ、静枝は牛缶を開ける。あの終戦の次の日に、一個だけとりのけておいた缶詰である。

戦争が終わってからというもの、食糧事情はますます悪くなっている。今年は三十五年ぶりの凶作とかで、米の値段は闇値で一升百六十円は下らないだろうという噂だ。しかしそんなことが何だと言うのだ。もう諦めかけていた肉親は誰もが無事で、自分を頼りにし這うようにしてここにやってきたのだ。彼らを決して飢えさせてはならない。どんなことがあってもだ。静枝は近くの農家から分けて貰った胡瓜《きゅうり》に缶詰の牛肉を混ぜた。それにトウモロコシの粉でつくったパンを添える。半病人となってぐったりと横たわる父のために、静枝はとっておきの米で粥《かゆ》を炊いた。

「たいしたご馳走だな」

夕食の席で義秀がぎょろりと目を剝いたが、そんなことに負けてはいけないと静枝は心を決める。

「あなたには出来るだけご迷惑をかけないようにするわ。とにかく私の親なんです。私を頼ってここまで来たんです。見殺しには出来ないわ」

静枝の家ばかりではない。鎌倉は急に人が増えた。戦災を免れたこの静かな古都に、肉親や知人を頼って多くの人々がやってくる。今までたまに野菜や卵を分けてくれた近所の農家の女も、この頃はきっぱりと首を横に振るありさまだ。義秀と通いの女中三人でもひもじい毎日であったのに、急に口が五つ増えた。両親たちが帰国する一カ月ほど前、予科練から戻ってきた勝代の息子盛雄も中山家にころがりこんでいたのだ。お互い生きていたことと再会を喜び合い、感激の涙を流した後、待ち受けていたものは餓死への恐怖である。昭和二十年の冬、飢えで死ぬものはおそらく一千万人を超えるだろうというのがラジオや新聞の予想だ。

血を分けた家族でさえ、飯の盛り方をめぐって目が血走る世の中である。自分の家族と夫と共に囲む食事というのは、苦痛以外の何ものでもない。大根を細かくして入れたスイトンを静枝はつくる。まず義秀には多めに盛り、そして父、母、妹、甥、姪と盛っていくと、底にはわずかしか残らない。義秀に見られると機嫌が悪くなるので、玉じゃくしの音をたてないようにして底についたメリケン粉と汁をそぎ落としていく。だから静枝の丼《どんぶり》にはぬるいスイトン汁が半分しか入らない。それを誰にも見られないようにさっと口元まで持っていくのだ。卓袱台《ちゃぶだい》の真中にはひからびたタクアンがのっている。ひとり二切れ見当で盛ったそれに義秀はまず箸をつける。箸を大きく拡げ、手荒く閉めるように五切れのタクアンをはさむ。そして自分の丼に放り込み、いっきに噛み始めるのだ。義秀の咀嚼する音は部屋中に響き渡る。言葉はほとんど発しない癖に、こうして食べ物の音は大きくたてるのが最近の彼の習わしだ。

「おい、おかわり」

彼はいきなりスイトンの丼を差し出す。もう何も残っていないとわかっているのに、彼は静枝の前に大きく腕を差し出すのだ。

「もう……、おかわりはありません……」

その声を合図に義秀は立ち上がる。毎日毎回繰り返される嫌がらせだ。その後の沈黙も静枝には耐えられない。老いた父がぽたりと箸を落とす時もあったし、少女の姪が泣き出すこともあった。静枝は皆の顔を見渡す、鼻梁《びりょう》の整った鼻に、頑固そうな薄い唇。この場にいるものは皆共通した幾つかのものを持っている。間違いなく血が繋がっているのだ。若い時はこうしたものよりも、全くの他人の異性との交りの方が価値を持ったことがある。けれども今は違う。四十五歳になった静枝は目に見えぬ男の愛などより、はっきりとわかる濃いものの方を選ぶ。

「みんな気にしなくていいの」

静枝は宣言した。

「皆が困るようなことはしないわ。大丈夫よ、安心してちょうだい」

隣家の主人を拝み倒して、二階の四畳半を借りた。庭づたいに行くことが出来るから食事は毎回運べばよい。とにかく食事を別にしなければ、眞杉家の人たちも静枝も気がおかしくなってしまいそうだ。このことで多少気がひけたらしい義秀の隙をつき、甥の盛雄を鎌倉文庫に就職させた。二十年の暮れ、ここの出版部門は「人間」を創刊し本格的に動き出している。子どもの頃から本好きで、勉強が出来る盛雄にはぴったりの職場になることだろう。

それにしても食べるものがない。朝、昼、晩、とにかく口に入るものを人数分整え、隣家に運ぶことに静枝は奔走した。インフレの激しさに貯《たくわ》えなどついていかず、戦争中も売らなかった着物や宝石を米と交換した。十月に出版活動の自由が認められてからというもの、いっせいに各出版社が雑誌を復刊させ、あるいは新しく多くの雑誌がつくられた。静枝のところにも注文が来る。といってもそれは微々たるもので、終戦と同時に脚光を浴び始めた坂口安吾や織田作之助などとは比べ物にならない。しかし静枝ひとりの肩には五人の生命がかかっているのだ。静枝はまなじりをきっと上げ、机に向かう。

年が明けた四月に武田麟太郎《りんたろう》の葬儀があった。その際、静枝はふるまい酒の鮨の残りを、

「コソ泥のように包んで持っていった」

と宇野千代に叱られたことがある。が、千代は知らないのだ。あのいなり鮨の残りを、食べ盛りの姪がどれほど喜んだか。のり巻きを口にするのは久しぶりだと母がおしいただくようにしたことをだ。もう世の中の蔑みも嗤《わら》いも気にしてはいけないのだと静枝は決心する。家族を養うためには、強い心で立ち向かっていくしかない。

しかし家の中にあって、静枝はやはり義秀の顔色を気にせずにはいられない。なんと彼は今年になってから、いったん郷里の白河へ帰していた玲子を呼び戻したのだ。進んでいる縁談があるために、親のところへ置いた方がいいというのである。それに戦地へ行かないまま帰還した長男の哲也が加わり、母屋《おもや》の方も大世帯になっていく。静枝はこのことでどれほど義秀を恨めしく思い、泣いたことだろう。あと一年ほど我慢してくれれば、眞杉の家の方もめどがたったはずだ。何も福島から、食糧の困難な鎌倉へ玲子を連れてくることはないではないか。とはいうものの玲子はかぞえで二十一歳になり、これが義秀の悩みの種であった。母のいない娘ゆえ何とか早く縁談をまとめたいというのが義秀の悲願のようになっていて、これには呆れた。静枝が髪を振り乱して家族のめんどうをみるのを、いつも冷ややかに見ていたのは誰だろう。

「血の繋がりなんていうものに価値をおいたり、無闇に信じたりする人間が俺は大嫌いだ」

と吐き捨てるように言う義秀である。その義秀が玲子のことになると論理が逆転する。ろくな嫁入り仕度をしてやれそうもない、お前のいらない着物があったら玲子にやってくれ、などと要求する始末だ。それを傍で平気で聞いている玲子も玲子だと思う。そんな静枝の心が伝わるのだろう、玲子はきついまなざしをこちらへ向ける。それは、

「お母さま、お母さま」

と慕ってきた以前の彼女ではない。おそらく白河の者たちからいろいろと言い含められているに違いない。妻の側の親族がやってきて、一家で暮らしているなどということは、草深い田舎の人々にとって目をむくようなことなのだろう。おそらく彼らの中には、

「継母の家族に家を乗っ取られる」

という図式が出来上がっているはずだ。幼い頃に母を失い、女学校卒業まで義秀の実家に預けられていた玲子は、いじらしいほどけなげな聡明《そうめい》さを持っていた。何ごとも辛棒強く、めったなことを口にする娘ではなかったはずである。その玲子がことあるたびに食事の貧しさをかこつようになった。

「黍《きび》なんてものは福島じゃ食べなかった。このままじゃ病気になってしまうわ。ねえ、どうにかならないのかしら」

これはあきらかにあてこすりと言うものである。静枝の家族がいるから、食べ物の量が少なくなってしまうのだということを訴えたいらしい。婚礼の仕度の貧しさも、彼女が自分の不幸を嘆く原因となった。相手は昔なじみといっても、北海道の相当の家の息子だ。このままでは丸裸で家に来たのかとあちらの家の人たちに言われてしまう……。

静枝は言いたてる玲子の顔をぼんやりと眺める。北の国の娘らしい色の白さに、母譲りの整った目鼻立ちだ。田舎にいてあまり食べ物の苦労をしなかった分、頬がふっくらとしている。まだ幼ささえ残している頬だ。おそらく玲子の、隣家の人々に対する感情

には嫉妬も混じっているのだろう。三年前の玲子はまだ少女といってもいいほどの心持ちで、父の再婚相手に甘えてきた。他愛ない秘密を打ち明けたり、静枝の髪を結ってくれたりしたものだ。その静枝の心が、いますっかり肉親に向いていることが、玲子にとっては大きな裏切りなのだ。静枝から遠ざかった分、玲子は義秀と睦《むつ》まじくなっていく。いつのまにか母屋の中は、義秀と哲也・玲子の兄妹《きょうだい》、静枝に、はっきりと二分されていった。居たたまれなくなった静枝は、いつのまにか自分の食事を隣家に運ばせるようになったが、それがかえって悪循環を生んだ。

「あの人はうちの食べ物を隣りへ運んで、そこでこっそり皆でご馳走を食べているのよ」

と玲子が言ったというのを静枝は女中から聞いた。もう嫌だ、嫌だと、静枝は机につっぷして目を閉じる。もう原稿を書くことも、買い出しに行くことも、夫や継娘の顔色をうかがうことにも疲れ果ててしまった。このまま眠っているうち、死が訪れたらどれほどよいだろうか。もう酔った義秀に殴られることもない。戦後出まわり始めたカストリ焼酎《しょうちゅう》は、合成酒以上に粗悪で強い酒だ。おかげで義秀の酔いも、一層野蛮で強烈なものとなった。まずねちねちと静枝を言葉でいたぶり、そして次は髪をわしづかみにし頬を畳にこすりつける。その間玲子は自分の部屋から出てこない。とばっちりを怖れているのと、継母に対するそのくらいの制裁は当然だと心のどこかで思っているのだろうか。先日も殴られているところを、皿を返しにきた甥の盛雄に見られてしまった。体は大きいが童顔の盛雄が、青年らしい潔癖さでみるみる青ざめていくのが静枝の目に入った。

「こちらに来なくていいの」

静枝は必死に片手で制した。鎌倉文庫に勤める盛雄にとって、義秀は経営陣にあたる。ここで盛雄が歯向かったりしたら大変なことになるはずだ。厄介なことに彼を巻き込んだら、静枝の今までの苦労はすべて水の泡になってしまう。

「地獄だ……」

頬を押さえてうずくまりながら、静枝の閉じた目の奥も頭の中も次第に白くなっていく。そして静枝は知った。人間のどん底のそのまた深いところには、一筋の赤く光るものが横たわっている。それは恍惚《こうこつ》と名づけられる種類のものだ。ほんのかすかなものであるが、それにつかまり一瞬身を浮かせてみれば、忘我の境地にひたることも出来るのだ。普通の人間であったら、一生に二、三度見ることがあるかどうかというその赤いものを、このところ静枝は週に一度は味わってしまう。だからこれほど疲れるのだ。静枝はのろのろと引き出しを開け、ヒロポンと注射器を取り出す。戦争中に米軍のパイロット向けに開発されたというこれは、眠けを取り去り、何よりも頭を明快にしてくれるものだ。闇で食べ物よりもはるかにたやすく手に入れることが出来る。看護婦経験のある者独特のすばやさで、静枝は左腕の裏側に針をつきさす。ああ、気持ちがよいとつぶやいた。眠りよりも、慰めの言葉よりも簡単に自分を癒《いや》してくれる。もう少し耐えてみるのだと再びつぶやいた後で、いったい何のためにと、もう一人の自分の声がする。

家族のために、自分の家族を飢えさせないためにと言った後、そんな答えは立派で清廉過ぎると悲しくなった。


玲子が自分たち家族を嫌っていると、盛雄が静枝に告げ口をする。

「あの女、生意気なんだ。会社に来ても俺の方を絶対見ない。挨拶もしないで知らんぷりをしているのだ」

盛雄は握りこぶしをふるわせる。静枝はずっと以前、義秀と睦まじかった頃、玲子と盛雄を結婚させたらどうか、などと楽しく話し合ったのをふと思い出した。

「盛雄はいろいろ気にするのだけれど、こっちは何も悪いことをしているわけじゃあるまいし」

珍しく母屋の茶の間にやってきた妹の勝代に愚痴をこぼした。

「私があの気の狂ったような男に、殴られるままにしているのは、いったい何のためだと思うの。警察を呼びたいようなことが何度もあったわよ。でもね、あんな酒乱の父親を持ったことが人様に知れたら、玲子ちゃんが可哀相だと思うからずっと我慢してるのよ」

毛糸玉がほぐれていくように、嘆きや腹立たしさが次々と出てくる。

「それなのに玲子ちゃんときたらどうだろう、今日も私が出かけるから、家の片づけを頼んだらぷいとふくれてしまった。おととい
のことを母さんたちから聞いた？　燃やすものがないから、裏で柴《しば》を拾っていたんですって。腰が曲がった年寄りが二人でよ。そうしたらそのすぐ近くの切りカブに玲子ちゃんが腰かけて、本を読んでいたんですって。あの娘《こ》がだんだん父親に似ていくようで、私はとっても心配なのよ。意固地なところや、意地の悪いところがそっくりなのよ……」

その時、静枝はこちらを見ている勝代の目に、狼狽《ろうばい》が走ったのを見た。振り返ると外に出かけていたはずの玲子が、隣りの間を横切るところであった。

「まずいわよ、きっと聞かれたわよ」

「仕方ないわ。本当のことを言っただけだから」

静枝は心配ないと、妹に向かって頷いた。

おそらく玲子はこのことを父親に報告するに違いない。それもかなり歪曲《わいきょく》した形でだ。平穏な時だったらどうということもない言葉のひとつが、家中がささくれ立っているこの状況下、悪意を持ち増殖していくありさまを静枝は何度も経験している。案の定、その日帰ってきた義秀からいきなり怒声を浴びせられた。

「家中で俺にたかった上に、継子いじめまでするのか。いったいお前のうちはどうなっ

ている」

義秀の苛立ちも限界であった。気のきかない若い女中が一人いるだけで、家の中がきちんと片づいていたためしがない。義秀の着るものは、いつもどこかが綻《ほころ》びていて、明るい通りに出て舌打ちすることもしばしばだ。確かに食糧不足ははなはだしいが、妻の裁量でなんとかうまくやっている家はいくらでもある。長くつらい独身生活の末、彼が手に入れようとした家庭というものはこんなものではなかった。静枝はすべてに要領が悪くだらしない。おまけに始末の悪いことに彼女はそのことに酔っている。義秀は七輪の前にしゃがむ時の静枝を憎んでいた。枯枝を一本一本くべながら呆けたように火を見つめている。貧しい火はそれだけで義秀の怒りを誘った。ものを煮るつもりだったら、どうして盛大に火を燃やさぬのか、消すつもりならば水をかければよい。それを意味もないほど少しずつ枝をくべ、じっと見つめている静枝が義秀には不気味である。殴るために静枝の細い首に手をかけると、静枝は観念した鶏のように目を閉じる。その時瞼にうっすらと紅がのるのを義秀は見逃さない。そして彼は二つの道の中から一つを選択しなければならなくなる。ひとつは白けた気分になり、手を離すことだ。もうひとつはさらに加虐的《かぎやくてき》な気持ちになり、静枝を痛めつけることだ。たいてい彼は後の方を選んだ。

今、帰ったばかりで酒を入れていない彼は、怒鳴るだけにとどめておく。この貸しはいずれ酔った時に返して貰えばよいのだ。いくら義秀といえども、素面《しらふ》で妻を殴ることは出来なかった。

音をたてて自分の部屋の襖を閉め、義秀は一升瓶から酒を注ぐ。先日、知り合いの飲み屋から分けて貰った闇の日本酒だ。近頃のメチルアルコール入りとは味もかおりも違う。義秀はたとえ餓死しようとも酒をあきらめるつもりはなかった。それどころか栄養のほとんどは酒で摂取出来るという考え方だ。茶碗《ちゃわん》で二杯あけた時、庭で凜《りん》と玲子の声が響いた。

「どうしてそんなことをなさいますのッ」

何だろうと義秀は耳をすます。

「理由をおっしゃってください」

襖ががらりと開いた。目を上げると立ったままの玲子がいる。厳しい躾を受けた娘が、立ったまま襖を開けるなどということは今までなかった。

彼女は左の頰を押さえ、鋭く「お父さま」と叫んだ。目を大きく見開いているが涙も出ないらしい。娘の異常な様子に義秀は茶碗を置いた。

「どうしたんだ」

「盛雄さんが……」

玲子は右手で庭を指す。そこは隣家に続いている庭だ。そのとたん義秀はすべてを理解した。

「おのれぇー」

床の間の一文字助光を抜いた。小気味よいほどすらりと抜けた。

「人の娘に何ということをするのだ。おのれぇ、叩き切ってやるぞ」

そして静枝は浴衣の裾を乱した義秀が、幽鬼のように庭を駆けていくのを見た。高く掲げた日本刀があんなに光っているのは、今夜が月夜だからだろう。

そしてマサキの傍らで、甥の衿上をつかむ男の影を見た。まるで狐《きつね》が踊っているようだと静枝は思った。

静枝はすっくと立ち上がる。やっと終わりの時が来た。自分はあの狐にこれから殺されに行く。そしてやっとすべてが終わりを告げるのだ。静枝は一瞬目を閉じ、あの赤い光を探そうとした。しかしうまくいかぬ。浮かぶのはさっき見た日本刀の銀色の光だけだ。

「何も見えない」

声に出して言った。地獄の底にはもうひとつ底があった。そこには赤い光もなく、あるのはただ無であるらしい。

第十二章　浅《あさ》蜊《り》

静枝は私に、かつての夫、中山義秀のことを時折話したことがある。あれほど凄絶《せいぜつ》な別れをしたというのに、離別して何年もたつと、さまざまな感情は薄れていくのだろうか。温灸をほどこしている最中、静枝はうっすらと目を閉じてつぶやく。

「あの人のおうちは、とてもいいおうちだったのよ。福島の方のお金持ちだったの。皆が反対したけれど、それでもあの人は私と結婚してくれた……」

「結婚してくれた……」という言葉を、自分の舌で蕩けさせるように静枝は発音する。

その後しばらく言葉を止めるのが常であった。

ひょんなことから弟子入りした私は、昭和二十六年頃になるとあたかも静枝の秘書のように使われていた。だが当時、彼女の過去について私はほとんど無知だったといってもよい。知っていたのはただ私がここに来る前年、静枝が雑誌を創刊し、またたくまに潰してしまったということぐらいだろうか。「鏡」と名づけられたその雑誌は、宇野千代の「スタイル」を真似てつくったという評判であったが、私はなぜ静枝がそんなことを思いついたのか理解出来ない。小娘だった私にも、雑誌の経営というのがどれほど緻《ち》密《みつ》な能力を必要とするかわかる。記事をつくる才能もさることながら、金の管理、人の使い方など経営者の手腕が試されるのだ。しかしそんなものは、静枝の全く苦手とするものだ。

これも人から聞いた話であるが、「鏡」の会計は杜撰《ずさん》を極めた上に、三、四人いた社員にも静枝は気まずい去られ方をしたという。静枝のやさしさというのは、うまくまわり出すと非常になめらかに溢れ出すのであるが、いったんどこかがずれるとらちがあかない。かん高い声で執拗に相手をなじり始めるのだ。若い女たちが、どれほど辟易《へきえき》したか私は容易に想像出来る。

お転婆《てんば》な私は、それでもしょっちゅう反抗したり、はっきり不満を述べたものであるが、静枝の狡猾なところは、途中で急に被害者にすり変わることだ。悲し気にじっとこちらを見つめ、細い甘い声でなじる。

「コケシちゃん、私にどうしてそんな意地悪をするの。どうしてそんなにひどい言い方をするの」

目を見張るようにして顎をひき、こちらを見つめる。五十歳の女には似合わない媚態《びたい》を、静枝は急にひっ込めることが出来ない。年下の同性にも向けてしまうのだ。

「ひどい言い方をするのは、先生でしょう。本当にいいかげんにしてよ」

それでも私たちはウマが合った、というのだろうか、ぞんざいな口調でやり合うほどになっていた。静枝という人は、決して愛想のいい女ではない。どちらかというと人見知りをする方だろう。しかしいったんこちらに気を許すと、全身を預ける、といったつき合いになる。その着物の着方のようにだらしなくゆるゆると、他人にもたれかかってくる中年の女を、当時私がどのように考えていたのかあまり記憶がない。

困惑という気持ちが何よりも大きかったような気がする。私が静枝の家に通い出してしばらくたってから、彼女は読売新聞の身の上相談の回答者となった。大した枚数でもないのだが、静枝は自分で書かず、私に口述筆記をさせる。それも人前が多い。彼女がことさら好んだのは美容院の椅子である。店の女に命じて、自分の傍らにもうひとつ小さな椅子を用意させる。そこに私を座らせるのだ。

「いい……、言うわよ。えー、妻子ある人とのそういう交渉は、愛欲の面ではそう長続きするものとは思われません。生涯独身で何か仕事を通して、社会に貢献する自信とその覚悟をもしお持ちになっているなら、やはり男女の間の収穫の最良なものは友情だということに、やがてお気づきにならねばならないでしょう」

髪を乾燥させるために静枝は釜《かま》に頭をつっこんでいる。機械音で耳が遠くなっている分、声がひどく大きくかん高くなった。私は店中の好奇の目に曝《さら》され、恥ずかしさのあまり居たたまれなくなる。そう急ぐ仕事でもないのだ。家に帰ってすればすぐに終わることではないか。どうしてことさら流行作家ぶるのであろうかと、私はどれほど彼女を恨んだことだろう。

そうするうち、店の女の中で愛想を言うものが出てくる。

「まあ、眞杉先生、いつも読売を読んでおりますわ。先生の御回答がいちばん面白くって私は好きですわ」

そんな時、静枝はたわいなく相好《そうごう》を崩すのだ。彼女は人前で小説家として扱われるのが大好きであった。威厳を持たせようと、ゆっくりと頷く様子は今もはっきりと思い出すことが出来る。

あの頃眞杉は不思議な地位にいた。女流文学者会の理事、女流文学者賞の選考委員、日本ペンクラブの評議員と幾つかの名誉職に就いたものの、たいした作品を書いているわけではない。たいていが過去の自分の恋愛体験を小さくいじくった短篇ばかりだ。身の上相談の回答によって、知名度が上がることを喜びながらも、所詮は「身の上相談の眞杉」と呼ばれることの矛盾に静枝が気づいていたか、それは私にはわからない。ただ女流文学者会にいそいそと出かける静枝を、いささか奇妙な気持ちで見送ったものだ。林芙美子、平林たい子、といったかつての仲間は、二十年代さらにぐんと静枝をひき離した。静枝と特に親しく、密かにライバル視していた宇野千代は、復刊した雑誌「スタイル」の利益で、その頃渡欧していた。こうした状況の中、静枝はやはり平静ではいられなかっただろう。集まりに出かけ、少々酔って帰った夜は、私を相手にくどくどとこんな言葉を並べた。

「今にきっといい長篇を書くわ。見ていらっしゃい、みんながびっくりするようないいものをね」

私は女中のヤスさんと一緒に、静枝の着替えを手伝ってやる。紐をわずかしか使わないから、一本をほどくとお召しも襦袢《じゆばん》も、ずるりと落ちる。

「あれ、また先生ったらこんなに汚して」

ヤスさんが顔をしかめた。いくら注意しても静枝は着物の裾に血をつけるのだ。更年期を迎える前から、静枝の不正出血は始まり、それに痔疾《じしつ》が加わった。しかし私やヤスさんが言っても、静枝は下穿《したば》きを決してつけようとはしない。

「お腰の下にそんなものをはくなんて、女じゃないわ」

というのが静枝の言い分である。ヤスさんはその血をベンジンで拭く苦労を私にこぼしたものだ。その後三人で夜食を食べることもある。春のことで浅蜊の雑炊をヤスさんはつくった。

静枝の家の器はすべて益子焼《ましこやき》だ。頑丈に出来ていてなかなか割れることがない、というのがその理由であった。試しに皿を高いところから落としたところ、確かに欠けもしなかった。その夜雑炊が注がれたものは、厚手の乳白色の小鉢であった。が、平和になってからの雑炊は、あまり静枝の好みではない。

「まあ、よく砂出しをしていないわ」

静枝は眉をしかめ、そのまま箸を置いた。

「浅蜊はやっぱりお鮨がいいわね。甘いツメを塗ってもらった握り。そうね、今度は三人で鮨竹にでも行きましょうね」

のんびりした声だ。静枝はこの家が困窮を極めていることなど全く知らない風だ。毎月五千円と約束した私の給料など、貰ったことも見たこともない。ヤスさんにしても、それは同様だったろう。戦争未亡人という苦労をしても、多分に人のよさを残した彼女は、月末になると私のところへ来て、重大なことを打ち明けるように声を落とす。

「あの、もうお金がまるっきりないんですよ。今日のお菜を買う分もないんです」

「仕方ないわね」

私は苛立った声を上げる。この家の会計を任されているからといっても、私が金を工面出来るわけもない。読売新聞の稿料といっても知れたもので、女中を使うような暮しなど最初から静枝に無縁のものだったのだ。

「私が先生に言うわ。このあいだ女流文学者の会合の時に渡したお金、まだ少し残ってるはずだから、それを返してもらう」

ヤスさんは少し身をよじり、照れたように言った。

「あの、私、少しお金ありますから。明日郵便局へ行って下ろしてきましょうか」

「そんな必要ないですよ。そんなことしちゃ駄目」

私は苛立っていた。そもそも私は文学修業をするために、この家にやってきたのではないか。それなのにやらされることといったら、金の心配ばかりである。私は静枝を紹介してくれた伊藤整さんに、悩みを打ち明けた手紙を書いた。

「このままでは文学の道は遠くなるばかりです」

彼もすまないと思ったのであろうか、今度は丹羽文雄さんのところへ行くようにと指示が来た。丹羽さんのところで月に一度、彼に師事する若い人たちが集まって合評会をするという。それに入れてもらうように図ってくれたのである。このことを告げると、静枝はことの外喜んでくれた。

「まあ、よかったわね。丹羽さんのところで勉強出来るなんて素敵じゃないの」

それがどうやら、小説修業とは違う意味を含んでいるらしいとわかったのは、丹羽さんのところへ行き始めてすぐの頃だ。

「今日はコケシちゃんのつきそいをするわ」

と、静枝は丹羽家まで従いてきたのだ。静枝と丹羽さんとはもちろん知らない仲ではない。丁重に扱われた。しかし学生や勤め人が七人ほど集まる輪の中で、静枝の居る場所などどこにあるというのだろうか。静枝は丹羽氏の隣りに陣取り、まずその日彼が着ている大島の色のよさなどを誉め始めた。そして彼の最近の作品、二人だけに通じる噂話などあれこれ語りかける。真向かいの早稲田のボタンの男が、薄笑いを浮かべて私の方を見た。

「今度はこの男を狙っているのか」

とその目は確かに語っていた。帰り道、私は尋ねたものだ。

「若い人に混じって勉強したいなんて。本当は丹羽さんに会いたいんじゃないですか」

「そうなのよ」

こっくりと頷いた。

「だってあの方、とっても美男子じゃないの。ねえ、そうは思わないこと」

私に嫌悪が走らなかったといえば嘘になる。あの頃二十歳を少し越えたばかりの私にとって、五十歳の女が恋をするなどということは理解出来なかったし、理解するつもりもなかった。私の母のように、ほのかな髭を生やし、ささくれた手を持つ、もう女とはいえない性の生き物、それが私の考える五十の女だったのだ。

静枝はよく言ったり書いたりしたものだ。

「男と女の間で、最良にして最大なもの、それが友情なのよ。女も気品と誠実をもってすればそれを手に入れることが出来るのよ」

しかし静枝は本当にそんなものを望んでいたのだろうか。静枝は生涯男女の友情などというものには無縁であった。静枝にその濃度がわかるはずはない。親しくしよう、気に入られようと、静枝はありったけの粉末をそそぎ込む。おかげでもはや友情と呼べるほどの薄さではなく、濃厚などろりとした液体になってしまうのであるが、それはそれで静枝はその濃くなった男という液体が気に入ってしまうのだ。

リチャード・レインとの関係も、そうした分量を間違えたものだと私は思っている。彼は二十七歳の留学生であった。日本文化を研究するために来日し、東大と早稲田に在籍していた。インテリの外国人というのは、静枝の初めて選ぶ種類の男であったろう。だが、私から見ても彼はなかなか魅力的な男であった。いや、私ばかりでなく、戦後のあの頃、多くの日本の女が外国人に憧れたものだ。戦争中は鬼のように思い込まされていた彼らであったが、身近に接すると親切でやさしい。敗戦のみじめさを栄養失調の体に漂わせた日本の男たちに比べ、彼らは堂々とした体躯と薔薇色《ばらいろ》の頬を持っていた。私の高校の同級生の中にも、アメリカ兵と結婚したものが二人いる。静枝とリチャードとの関係も、そうした世の流れと無縁だったわけではない。静枝の最初のきっかけは、ただで英語が学べるかもしれないという功利的なものだったからだ。

やがて静枝の居間に、リチャードの姿がしょっちゅう見られるようになった。アメリカ人には珍しく、もの静かな彼は、畳の上に居ても異和感がない。背がそう高くないのも外国人臭を薄くしていた。来日して間もないというのに達者な日本語を喋った。彼がやってくる夜は、静枝がいそいそと台所に立ち菜をつくったものだ。

「昨日は泊まっていったんですよ」

とヤスさんが告げ口をし、私は真赤になってうつむいた。その頃は静枝のいろいろな噂も耳に入ってくるようになっていたが、その現場を知るのは初めてだったからだ。

あれは晩春のことだったと思う。私が上着を脱ぎ、初めてブラウスだけになった日のことだ。どうしても一緒に行ってほしいところがあると、静枝は私を誘った。三ノ輪《みわ》で都電を降り、しばらく歩いたような気がする。風呂屋《ふろや》の向かいに、二階建てのそう古くない木造アパートがあった。

「ねえ、これを置いてきてくれない」

静枝が甲州印伝のバッグから白い封筒を取り出した。リチャードへの手紙に違いないと私は思った。

「あの下駄箱の三段目、右から二番目のところよ」

おそらくここに何度も来ているに違いない。静枝はすらりと箱の場所を言う。私は黙って手紙を受け取った。ささくれた木の扉を開けると、饐《す》えたにおいがむっと鼻に来た。そのにおいと中にあった茶色の革靴の大きさは、まさしく西洋人のものであった。

帰り道、静枝は何も言わず、私も何も尋ねなかった。二人とも初めて恋文を渡した後の女学生のようにおし黙ったまま、再び都電に乗った。

静枝のやさしさというのは、脈絡のないやさしさであった。それがもっと整理づけられ、規則正しく流れ出せば、静枝は多くの人々にきちんと理解もされ、愛されもしたことであろう。しかしそれは唐突に溢れ、あたりを水びたしにするまで続く。そしてその跡始末をするのは他の人たちだということに、静枝は最後まで気づかなかったことであろう。

昭和二十七年の五月、静枝は文藝春秋講演会のために、山陽路に向かった。広島から帰る静枝を、私は東京駅まで迎えに行くことになったのであるが、直前に文藝春秋の人から電話が入った。静枝は鎌倉極楽寺に住む妹のところへ寄るというのだ。おかしなことがあるものだと、私はヤスさんと首をひねった。日頃から静枝は、自分の親族とはほとんどつき合おうとはしないからだ。確か鎌倉には年老いた両親もいるはずだが、訪れている様子もない。

「あの人たちにはもう家を買ってあげたからいいの。私の責任は終わっているの」

と、言葉短かに語るだけだ。おそらく戦争中に嫌なことがあったのではないかと、ヤスさんは推理する。

「コケシちゃんも憶えあるだろうけど、あの頃はひと握りの米をめぐって、兄妹や親戚なんかと喧嘩をしたものねえ」

何か思い出したのか、しみじみとした声を出した。結局ひと晩鎌倉に泊まり、次の日に静枝は帰宅した。早々と締めていった単《ひとえ》の帯をゆるめながら、静枝は横座りとなり、ごくごくと麦茶を飲んだ。

「私ね、とてもつらいものを見たのよ。あんまりつらかったから、そのまま家に帰る気になれなくってね。つい大船駅から横須賀線に乗ってしまったのよ」

原子爆弾の後、十年間は草木一本生えまいと言われてきた広島であるが、最近は市内も復興がめざましい。同行の川端康成と一緒に、静枝は原爆ドームなどを見学し、帰りに人の紹介である教会へ出かけたという。そこで静枝が見たものは、火傷《やけど》の跡が残ったままの、若い女性たちだった。

「左側はとても綺麗な顔をしているのにね、右側は大変なケロイドになっていたりするの。戦争が終わってすぐの頃は、治療するすべもなくてね、天ぷら油を一生懸命塗るだけだったっていうのよ。私、可哀相で、可哀相で……」

静枝は麦茶のコップを置いて、はらはらと涙を流した。私は男のために泣く静枝を見ることはついになかったが、広島の女たちのために泣く彼女は何度か目にすることになる。

「みんな若くて、とてもいい子たちなのに、顔があんなになって何て可哀相なんでしょう。あんな火傷を負ってこれから先、どうやって生きていくのかしら」

身をよじるようにして、静枝は悲痛な声を上げた。後に多くの人が、静枝のしたことを売名行為と非難したが、あの時彼女が激しく心を打たれたのは本当だ。私の前で涙を流したのだ。

「私ね、連れていってくれた牧師さんにお話を聞いたのよ。あの人たちね、東京でちゃんとした治療を受けさえすれば、きっと元どおりに治るんですって。大金がかかるけれど、本当に治るんですって」

ふうんと私は全くの他人ごととして聞いていた。今月は文藝春秋から講演会の謝礼が入り、何とか過ごすことが出来るが、来月のめどはついていない。去年本が一冊出たぐらいで、たまに書く短篇の原稿料などたかが知れていた。そんな女と大金という言葉が結びつくはずもなかった。だから、

「ねえ、私、絶対にあの子たちを治してやるつもりなの」

という言葉に、私はえっと顔を上げた。いったい誰がそんなことを出来るというのだろうか。

「私ね、明日、さっそく文藝春秋へ行って、池島さんに会ってくるわ。文藝春秋の講演会へ行った時に、あの子たちとめぐりあったんですもの、あそこに協力して貰わなくっちゃ」

池島信平さんの家は音羽《おとわ》にあり、この家から近い。夫人と共にしょっちゅう遊びに来る文藝春秋の名編集長に、静枝はそれまで随分と無理を言ってきた。その甘えと侠気《きょうき》とが静枝に妙な自信を持たせていたのである。

それからの半年、私と静枝は不思議な興奮状態の中にいた。静枝が言い出した「広島の被爆した女性を救え」という運動は、想像以上の大きさとなって拡がっていったのだ。顔に火傷を負った若く綺麗な女たち、というイメージも、人々のセンチメンタリズムを刺激したのではないだろうか。文藝春秋が先頭になって募金活動を始め、それに芸能人たちが加わった。長谷川一夫、池部良、木暮実千代《こぐれみちよ》、越路吹雪《こしじふぶき》といった錚々たる人気者たちが、快くサイン会に参加してくれたものだ。静枝が伊勢丹デパートで轟夕起子《とどろきゆきこ》と行なったサイン会など、それこそ人々が殺到した。

広島の彼女たちには申しわけないが、まだ若かった私にとり、こういうことが面白くないわけがない。主催者側の一人として、信じられないほど素敵な池部良を会場へと案内する得意さ。

私はよく知らぬが、キリスト教において、

「人に施してやる幸福」

というものがあるらしい。つまり人々のために何かすることは、したその人自身の幸福なのであるという考え方である。そして静枝ほどこの幸福を享受した人はあるまい。

彼女は先頭に立ってサイン会を開き、芸能人に混じって自分も客たちと握手をした。そして多くの新聞や雑誌のインタビューを受けた。彼女は全く無邪気に、その幸福を味わっていたように私は思う。が、それはそう悪いことではない。少なくとも十数人の女性が、元どおりに近い顔を手に入れることが出来たのだから。世の中というのは、こうした善意とか企《たくら》みとかがモザイク模様となって、ひとつの結果をつくり出していくのだ。だから大声で「偽善」と呼んでしまえばミもフタもないのではないだろうか。

そんな風にやや露悪的にものごとを考える私も、彼女たちが上京してきた時は胸が痛んだ。円地文子さん、静枝、文藝春秋の人たちと、夜行「安芸《あき》」でやってくる彼女たちを東京駅まで迎えに出かけたのだ。私たち以外にも数人の新聞記者たちがホームに立っていた。

「あの人たち、いったい誰が呼んだのかしら」

「文藝春秋の誰かが、連絡したのかもしれないですね」

私たちが低い声で詮索《せんさく》する中、静枝はきっぱりと言ってのけた。

「いいじゃないの。新聞に載せてもらえば宣伝になるわ。これからもっとお金が集まるかもしれないじゃないの」

静枝にしては珍しく明確な論理というものであった。私や円地さんはそれきり何も言えなくなってしまったほどである。

やがて列車がホームに滑り込んだ。降りてきた女たちはひと固まりになっている。若い女性というよりも、まだ少女といってもよい年齢の女性が多い。誰もがうつむいていたけれど、頬や額の赤紫のケロイドは、はっきりと見ることが出来た。フラッシュがあちこちで焚《た》かれ、女たちはすっかりおびえてしまった。そんな中、真先に歩み寄ったのは静枝である。

「まあ、まあ、皆さん、よくいらしたわねえ……」

早くも涙ぐんでいる。この何年か日本舞踊を習っている静枝は、動作がますますしんなりとしてきて、握手にしても相手の手を両手で包み込むようにするのだ。

「さぞかしお疲れになったでしょう。もう大丈夫ですよ。安心して頂戴。日本中の皆さんが、あなたたちを応援してくれていますからね」

東京駅での写真は、次の日いくつかの新聞に載った。といってもどの写真も、静枝は小さく片隅に追いやられている。それよりも私が驚いたのは、

「気の毒な少女たちを晒《さら》し者《もの》にするのか。なんというむごいことをするのか」

という、強い調子の批判である。といいながら彼ら新聞記者がこの時名づけた「原爆乙女」という呼称は、長いこと彼女たちを傷つけることになる。

静枝は募金に走った時と同じように、精力的に彼女たちを連れまわした。すべて宣伝のためだというのだ。しかし彼女たちを巣鴨《すがも》プリズンに連れていった時は、さすがに私

は強い嫌悪を感じた。広島の女性たちが慰問というかたちをとっているが、これはあきらかに詰問《きつもん》というものであろう。あなたたちが戦争したおかげで、私たちはこのような顔になったということを女たちに言えということらしい。

この訪問を思い付いたのは、いったい誰だったのだろうか。まさか静枝とは思いたくはない。けれども初めて入るプリズンを、彼女がもの珍し気にあちこち眺めていたのは本当だ。その日広間に集合させられたのは、三十七人の戦犯の男たちであった。中年近い男たちが整列していたように記憶している。

羞恥のあまり顔を上げられなかったのは、男たちの方ではなく、女たちの方である。双方の挨拶があり、名前を書いた色紙が交換された。静枝はどういう会話があったか、私にメモさせたが、彼女の海外旅行中すべて焼き捨ててしまった。

一週間のキャンペーンの後、一度広島へ帰った彼女たちは再び上京して、東大病院の分院に通い始めた。偶然とはいえ、静枝の家は東大病院の裏手にあった。講談社を抜け、だらだらと坂をのぼると、これまた長い病院の煉瓦《れんが》塀が続いている。文藝春秋が中心となった募金委員会は、この塀が途切れたあたりに部屋を借り、女たちを住まわせたのだ。彼女たちの素朴さ、いじらしさというのは、同世代でもお俠《きゃん》な私などとはまるで違っていた。おびえることとしか知らない。人を疑ったり、腹を立てたり、抗議するなどということは考えもつかないようだ。彼女たちは静枝をまるで女校長のように扱っていた。尊敬し感謝していたが、同時にとても恐《こわ》がっていたような気がする。私がぽんぽんと口答えする様子を、信じられないような顔つきで皆見ていたものだ。

が、比較的静枝になついていた女がいた。里子といって勤労奉仕の最中に被爆した二十五歳の女だ。女学校を出ているのと、焼けなかった片方の顔が愛らしいのとで、静枝の方も気に入っていた。そんな里子が中心となり、女たちが、静枝の家へ掃除や洗濯に来るようになるまでに時間はかからなかった。

「どうしてそんなことするの。いったい誰に頼まれたの」

私が問い詰めると、気弱そうに顔を見合わせるばかりだ。

「私ら、お世話になるばかりじゃけん……せめて先生のところで掃除でもさせてほしいと思って」

どうやら当番のようになっていて、二人ずつ来ることになっているらしい。私は女中まがいのことをさせる、静枝の無神経さに腹を立てた。

あの頃、私は毎日のように静枝に腹を立てていたような気がする。募金の会計が一部不明瞭《ふめいりよう》になっていること、「売名行為」とマスコミに叩かれても仕方ない、静枝の一種浮かれた様子。

静枝が広島の女たちを本当に気の毒に思い、何かしてやりたいと考えたのは間違いない。しかし彼女が次第にそのことに飽きてきたのも事実である。何度も言うように彼女のやさしさには、平均にならす知性というものが欠如していたのだ。

彼女は自分でも意識しないまま飽き始めていた。そうでなかったら、どうして突然ヨーロッパへ旅立つなどというだろうか。ペンクラブのダブリン世界大会へ出席するため、というのがその名目であったが、静枝が行く必要が本当にあったのであろうか。後に彼女の渡欧はこんな風に揶揄されている。

「将棋の平松幹夫、身の上相談の眞杉静枝、琴の米川《よねかわ》正夫、兵隊ものの火野葦平《あしへい》だったが、これが日本の作家の代表的人物なのであろうかと、ちょっと小首を傾けてみたくなる」

当時流行作家であった火野さんはともかく、なぜ静枝がヨーロッパ行きを思いたったのであろうか。

戦前林芙美子がパリへ行った時、静枝は心底羨ましかったらしい。二年前には宇野千代が宮田文子と共に渡欧し、戦後初めて訪れた女流作家として大歓待を受けた。静枝の頭の中には、おそらくそのことがあったに違いない。

「だけど先生、お金はどうするんですか」

「日本ペンクラブから、少しだけれど仕度金が出るのよ。行く先々で原稿を書いて送るから大丈夫」

身の上相談をやっている読売新聞からも、ロンドンで行なわれる予定のエリザベス女王戴冠式の記事を依頼されたと静枝は得意そうに告げた。ああと私はため息をつく。ロンドンまでの飛行機代は、その稿料の何十倍だと知っているのだろうか。

「それにね……」

静枝はこの時、はにかんだようにちらりと赤い舌を見せた。

「ロンドンでリチャードと会うことになっているの。彼に頼んでいろいろな人に会わせてもらうつもりよ」

ああ、そうだったのかと、私は絶望とも感嘆ともつかぬ息が漏れた。四年近く共にいて、私はまだ静枝のことを何も知らなかったことに初めて気づいた。

第十三章　汁粉

私は今も腹を立てている。

静枝はなぜ唐突にヨーロッパへ旅立とうとしたのであろうか。静枝が死んだ後、さまざまな悪評が紙面を飾った。そのほとんどの原因は、このヨーロッパ旅行がひき起こしたものだったといってもいい。

ダブリンで行なわれた世界ペン大会、その前に行なわれたロンドンでのエリザベス女王戴冠式に、日本からも何人かの作家が集まった。火野葦平・今日出海《こんひでみ》・小林秀雄といった人々の前で静枝は大変な醜態を演じたのだ。

火野葦平さんは、その一部始終を昭和三十年新年号の「新潮」に書いている。私はその場に居あわせなかったが、焼津《やいづ》で闘病中の静枝は、それを読むなり、

「嘘ばっかり、ひどい。火野さんたらあんまりだ」

わっと泣き出したという。

あの時もし海外へ行こうなどと思わなければ、静枝ははるかに穏やかな死を迎えられ

たはずだ。追悼記事もせいぜいが「元武者小路の愛人、元中山義秀の夫人」といったところであったろう。ところが死の少し前に彼女がはなった悪臭はあまりにも強烈なものであった。その強いにおいは、若い頃の静枝が持っていた美貌の評判や、においやかな短篇も覆《おお》いつくし、そのまま棺の蓋《ふた》となってしまったのである。

私は本当に腹を立てている。私自身のためにもだ。静枝がアメリカからヨーロッパへまわったあの九カ月近くは、私にとって悪夢のような日々だった。その間私を追いかけてきた手紙や電報は、すべて金やものの無心であった。

金がない、着物が足りぬ早く送ってくれ。いったいどうしたのか。あの人に借りてくれ。あの人に無心してくれ。一刻も早く、早く。

そして金以上に執拗に私を急《せ》かしていたものがある。それはヒロポンであった。静枝がいつ頃から薬をうち始めていたか私は知らない。が、私が家に通い始めた昭和二十四年頃には、注射器を扱う静枝の手つきはあまりにも手慣れたものであった。

「これがないと駄目なのよ。頭がすっきりしないのよ」

言いわけめいたことを口にしたのを憶えている。といってもあの頃ヒロポンをうつのは、そう珍しいことではなかったのではないだろうか、芸人の多くは、腕に注射跡があると小耳にはさんだこともある。

昭和二十六年に「覚せい剤取締法」が成立して人々はようやくヒロポンの害に気づき

始めたのだ。

しかしこの時、静枝にとってヒロポンはもう手放せないものになっていた。不正出血の痛みをまぎらわすため、あるいは義秀との別れがつらかったためなどと、彼女の死後さまざまな人がさまざまなことを言うが、私はそうは思わない。病弱で男に捨てられても、ヒロポンに手を出さない人はいくらでもいる。

手近な快楽に手を出し、そのままやめられなかったというのが本当のところであろう。私は煙草を吸わないのでよくわからないが、禁煙を誓う男たちの心理というものも、案外こんなものではないだろうか、いつでもやめられると対象物をなめきっているために、かえって取り憑かれてしまうのだ。静枝はかつて看護婦をしていた過去をひた隠しにしていたが、それはまわりに薄々気づかれていた。原爆の被害に遭った少女たちのために、静枝はたびたび東大病院の分院を訪れていたが、そこの婦長が私に言ったことがある。

「眞杉先生は、昔看護婦をしていらした方ね。病室に入った時の歩き方、ものを持った時のしぐさですぐわかるわ」

私も何度か看護婦をしていたと聞いたことがあるが、本当だろうかとずっと疑っていた。日頃の静枝の不潔さと看護婦という仕事とが、どうしても結びつかなかったからだ。しかしそう聞かされると思いあたることが幾つかある。

私も女中のヤスさんも、静枝があちこちにつける血液に顔をしかめていた。痔疾だとしてもこの血液の量は正常ではない。おまけに静枝はよく苦痛を訴えて下腹部を押さえていたものだ。一度病院で診てもらうようにという私たちの忠告を、静枝は全く無視した。

「私はね、中山の子を二度も流しているの。それも四十を過ぎてからよ。だから更年期の症状が普通の人よりもひどいのね」

きっぱりとした口調でいい、そして注射器を取り出す。着物をめくりちょっと顔をしかめながら、太ももの下の方に針をつき刺した。彼女のしかめ面《つら》は、思わず目をそらしてしまった私への言いわけのようなものだ。それほど痛みを感じていない証拠に、静枝はなめらかに喋り出す。

「病院なんてところはね、何もなくても悪いところを見つけ出して入院させるものなのよ。あんな人たちの言うことを聞いていたら、それこそ三百六十五日、病院のベッドに寝ていなきゃならないわ」

その露悪的な言葉に、確かにかつて共犯の立場にいたもののにおいを感じたことがあった。何よりも自分の健康に対する過剰なまでの自信はどうだ。五十を過ぎ容姿の衰えを指摘されるようになると、静枝は今度は自分の若さや体つきに執着を見せ始めた。

「肌がこんなに綺麗な女も、ちょいといないわね」

外出した後、鏡の前で羽織を脱ぎながら、誰にいうともなくつぶやくことがあった。

「それに余分な肉がちっともつかないのよ。吉屋さんを見なさいよ。私よりもちょっと上なだけというのに、でっぷり太ってまるでお婆《ばあ》さんのような体型じゃないの」

そうした自信は、怯えの双生児というものだったということに、当時の私は気づいていなかった。ヨーロッパとアメリカへしばらく出かけると静枝が宣言した時、この双生児の姉妹は、手がつけられないほど成長していたのだ。

「お金はどうするんですか。広島の女の人たちはどうするんですか」

私は矢継早に質問したものだ。短篇をぽつりぽつりと書いているぐらいの静枝の台所ときたら、私とヤスさんが月末に何とかやりくりするのが精いっぱいである。ところが静枝は向こうで原稿を書きさえすればどうにでもなると、言いはなったものだ。

「帰ってきたら向こうを題材にして本を書くわ。そうしたらいくらでもお金は入ってくるでしょう」

全くあの時の静枝の楽天性は異常であった。この渡欧をきっかけに新規蒔き直しを図っていたのである。林芙美子、宇野千代や吉屋信子のように洋行帰りでハクをつけ、あちこちに書きまくるのだ。向こうで翻訳の話も進めてきたいなどということを、静枝は急に口早に語り始めた。

全く私は早く気づくべきであった。自信という〝姉〟の陰で、怯えの〝妹〟もまた魔女のように肥大していたことにだ。

結局静枝は日本から逃げ出したかったのだ、ということに私は気づかなければいけなかった。

昭和二十八年の四月二十九日、静枝はノースウエスト機でアメリカに向けて出発した。まずヨーロッパへ飛ぶという計画を変更したのには理由がある。どこでどういう風にわたりをつけたかわからぬが、静枝の恋人のリチャード・レインがパール・バックとの会見を用意していたのだ。

しかしきちんと準備をする、などということが静枝に出来るわけもなく、あわただしい出発の後には、幾つかの汚物処理という仕事が残されていた。

ニューヨークに到着して、静枝はしぶしぶながらまずそのことに手をつけなければならなかった。アメリカからの初めての手紙は、とりあえず家賃の滞納は気にしなくてもよいという指示で始まっていた。自分の欧米旅行をその言いわけにしろと言うのだ。最初の頃、静枝はこのことをまるで万能薬のように考えていた節がある。アメリカ、イギリスという単語を出しさえすれば、人は驚きと羨望のあまり、借金の催促の口をつぐんでしまうと思っていたようだ。

そしてそちらの方を黙らせたら、今度は薬のことをちゃんとしてくれと私にねだる。

「アクタミンの割に新しい箱に入れれば三つ位は空便で『薬』ビタミンとして公然と来

ると思ひます。尚《な》ほその薬を送って下さる時にね、白いレッテルをはったものはだめです」

と細かい指示があった。私はため息をつく。全く無給で働かされている身の上の私が、これから半年、忠実に留守番をし、金と薬の工面をするものだと静枝は信じているのだ。

考えた末、しばらく知らん顔をすることにした。いつも薬を買いに行ってくれるヤスさんの話によると、静枝はなんと薬局のツケもためていたのである。

しかし「薬を至急送れ」といった手紙は、すぐにロンドンから届いた。あなたから一回も手紙が来ないと静枝はさんざんなじった後で、無邪気な自慢話が長々と続いた。自分は日に三時間ほど英語のスペシャルレッスンを受けているが、そこに通う途中多くの人たちが息を呑んで見るというのだ。

「ホテルでも私はとてもゐばってゐるのよ。日本キモノをきると、どうしても日本使節みたいなきもちになります」

私は伯母が餞別《せんべつ》に渡した着物のことを思い出した。この何年か、静枝は伯母に三味線ばかりでなく日本舞踊を習っていたのだ。あちらの人たちに喜ばれるに違いないと、伯母は簡単な小唄《こうた》の振りをひととおり教えた後、梅の模様の着物を静枝に贈った。踊り専門店で誂えたそれは、あまりにも派手派手しいものであったが、静枝は、

「このくらいのものでなきゃ、外国では映えないんですって」

と大喜びであった。茜色《あかねいろ》に梅を染めぬいたあの着物なら、さぞかし目立ったことだろうと私は苦笑いしたものだ。しかし、

「草履がもう駄目になったから至急送ってください」

という箇所には本当にぎくりとした。アメリカやヨーロッパという言葉の甲斐もなく、このあいだも大家から家賃滞納を責められたばかりなのだ。すると静枝はこちらの気持ちを見透かしたように釘《くぎ》を刺すのを忘れない。

「お金のことは、何とでもなりますから、何卒《どうぞ》お願ひ早く返事をうけとりたい。とにかくお金のために、私のこのたのみをしりぞける事だけは、しないで下さいね」

そしてその後、たて続けに二本の電報が舞い込んだ。

「青山のプラギノといつもの薬かさねて直ぐコメット便で頼む」

その頃私はヤスさんをひとり雑司ヶ谷の家に残し、当時父が住んでいた新井薬師の家に帰っていた。きちんとした仕事にも就かず、おかしな女文士につかまってしまった私のことを父は大層案じていたので、しばらくおとなしく家にいるつもりだったのだ。が、大家の高橋さんから電話がかかってきて、私あてに五万円が送られてきたというのだ。私の無言の抵抗に業《ごう》を煮やした静枝が、ロンドンで誰かに金を借りたらしい。現金を送られてきたら、私は動かないわけにはいかなかった。彼女はこれで薬を送ってくれと言っているのであるが、それよりも優先しなければならないものがある。雑司ヶ谷

の借家はもう立ち退きを迫られていた。家賃を滞納している大家経由で、送金してくる静枝の無神経さに、私は心底驚いたものだ。とにかく他に行きようのないヤスさんのために私はその五万円を滞納した家賃に使い、薬代は伯母に借りた。やがて私は胃ににぶい痛みを感じるようになり、病院へ行ったら胃潰瘍と診断された。

「あなたのような若いお嬢さんでは珍しいですよ。何かよっぽどのご心配ごとがあったんですな」

と医者は言ったものだ。

何とか薬を送ったものの、静枝はこちらの気配を察したらしい。

「なんなら里子さんを私のさういふ係りにたのんで下さい」

と追伸に書いた手紙が来た。東大病院に火傷の治療に通っていた里子は、静枝のおかげで救われたと心から信じている。私はああした純情な女まで巻き込む気はまるでなかった。ただ一度だけ郵便局に行ってもらったことはある。しかし世のめぐり合わせというのは奇妙なもので、何も知らない里子が送ったこの荷物が、ロンドンの税関でひっかかり没収されることになる。

そして私は再び「薬送れ」の電報に悩まされ始めた。何とか工面し、読売新聞のロンドン支局に頼んだ私の元に、今度は一通の封書が届いた。阪急航空の佐藤という男からで、なんと静枝はアメリカ及びロンドンまでの往復航空代三十五万円を、まだ支払ってなかったのである。

ヒロポンというのは、幻想や妄想《もうそう》の症状が出るという。見るもの聞くものすべてに緊張と興奮がつきまとう遠い異国で、静枝がやがて異常な行動に走ったということを私はたやすく想像出来る。手紙でも静枝のそれはあきらかだ。薬がうまく手元に届いた時の静枝は、

「マイディヤ　コケシちゃん」

という朗らかな書き出しだ。文藝春秋の池島さんがコケシちゃんのことを誉めていて、あの娘だったらうちに欲しいと言ったけれど、私の大切な人だから絶対にあげない、などと私に世辞まで使う。

「今度会ったらうんと大事にしてあげる。あなたのお坊ちゃんパパより大事にしてあげる」

などと甘たるい文章まで書いてくる始末だ。しかしひとたび薬が切れた時の凄まじさは、海をはさんだこちら側の私をも怯えさせるに充分であった。

薬を送ってくれ、いったいどうしたのだと乱れた筆跡が延々と続く。そのかすれた判読しづらい文章は、髪をふり乱した初老の女そのものであった。火野葦平さんたちが静枝に会ったのは薬が切れた時だったろう。火野さんが「新潮」に書いた「淋しきヨーロ

ッパの女王」によると、静枝は必ずといっていいほど時間を守らず、そのためにペンクラブの一行は、列車に乗り遅れることもたびたびだったという。すると静枝は「顔をかがやかして」こう言ったという。

「駅から電話をかけて、次の駅で列車を止めてもらふのよ。そして、あたしたちがそこまでハイヤーを飛ばして行つて乗りこむ」

仰天して女史の顔を見たと火野さんは書いている。その他にも約束をすっぽかしたり、読売の支局員たちを顎でつかったりと静枝は我儘の仕放題だったらしい。これが私にはいささか奇異に思えた。静枝という人は確かに自分勝手な女であるが、小心さもひといち倍である。人前では必要以上に殊勝に振るまうことが多いのだ。特に男性作家の前では、甘くやさしい声を出すことが多い。こんな風に強く自分の要求を通そうとする女ではないのだ。夜遅く火野さんの部屋をノックし、ひとりで口三味線で踊るシーンを読んでいて、私は今さらながらことの怖ろしさがわかった。

薬はここまで静枝を侵していたのだ。

だからといって私は静枝を弁護するつもりはない。ヒロポンを甘く見て、いつでもやめられる、自分は医学的知識を持っているのだと思ったのは静枝の自惚れであった。誰がしているのでもない。ヒロポンは静枝自身がその手でうっているのだ。すべて静枝の責任である。静枝は彼女よりもはるかに冷徹な目を持った作家の前に、あらわな自分を曝け出してしまったのだ。それは静枝のはっきりとした過失というものである。静枝は私が、私はそれでもやはり、幾つかの場面において静枝に同情しているのだ。一流の作家の仲間の知っている限り野心に追いつくほどの向上心を持っていなかった。しかし静枝は気に入った入りをあれほど願っていたのに、意欲作に挑んだこともない。しかし静枝は気に入った幾つかのことはコツコツと努力していた。英語もそのひとつだ。恋人リチャード・レインのためだ、と茶化すことは簡単だろう。けれども私は、静枝が夜遅くまでラジオの前でテキストを拡げていたことを知っている。ロンドンでは、特別に英語のレッスンを受けていた。

しかも植民地育ちの静枝には、普通の日本人の女にはない演技力がある。それは臆面《おくめん》の無さといってもよい。日本においてはいびつな形に隠されている自己顕示欲や華やかな好みは、さまざまな足枷《あしかせ》を解かれたとたん、ぱあっと光り出す。私はそのありさまが見えるような気がした。

火野さんは静枝の様子を、

「外人の渦のなかに入りこんで、例の調子で自由にのびのびと外交をしてゐるのであつた。女史の美しい振袖姿は人気の焦点になつた」

と素直に感嘆している。火野葦平という作家は噂どおりなかなかの人だと思う。他の部分はかなりの苛立ちや嫌悪を込めて書いても、このパーティーの光景だけは静枝に賞賛をおくっているのだ。英語も喋ることが出来ず、敗戦国の劣等感をひきずったまま、会場の隅から静枝のダンス姿をじっと見ていた男たちの中で、火野さんがひょっとしていちばん静枝を買っていたのではないだろうか。

静枝は現地の幾つかの新聞に取り上げられ、その着物姿がでかでかと紙面を飾った。「日本のムラサキシキブの再来」と書いたところもあったようだ。ロンドンでの戴冠式でも、読売特派員の肩書きを貰った静枝はウエストミンスター寺院の前につくられたスタンドに入り、しかも最前列に座ることが出来た。

静枝は得意満面でこの原稿を書いて日本に送ったかと思うと、次の日は不機嫌そのものになり、日本人一行が自分だけを仲間はずれにするとわめいたりしたらしい。躁鬱《そううつ》の症状はかなり進行していったようだ。

そして忙しいスケジュールにもかかわらず静枝はせっせと手紙を書いてよこした。相変わらず「薬送れ」の内容であったが、次第に切羽詰まっていくのが手に取るようにわかる。ダブリンへ送った小包みが行方不明になったのだ。

彼女が旅立ってからもう五カ月になろうとしていた。

「私はロンドンを十日迄《まで》に引きあげて、ニューヨークに行く前にパリ、ドイツ、デンマーク、イタリー、スペインをまはります。原稿はこの調子では何もかけません。どうでもなれ、といふ気になりました。只《ただ》一つ、大至急にこの事をやってみて下さる事をたのみます。といふのは、第一によみうり井上さんか河辺さんに電話で、（夜、井上嬢の自宅にかけるのが、いちばんいゝと思ひます）極《ごく》最近インド人が、よみうりから、ロンドンにくるとの事、（もうたってしまったのではないか？）若《も》し間に合へば、何も説明せずに、私にカン入りのアワオコシか、その他何でもよい、カン入りのお土産をぜひ一つ、そのインド人にたのんで下さい。私にぜひたべさせねば体に必要なたべ物だからと、云《い》って、小さいものを一つたのんで下さいませ。勿論《もちろん》カンが新しい事、外包みまで新しい事が、その外観をつくるに最も必要です。そしてその内味は決して音などする心配のないやうに、よく綿とか紙に包んで、青山のを入れて下さいませんか。できるだけ、これをやってみて下さいませんか」

　青山というのはヒロポンを売ってくれる、薬局の名前だ。

　改行もなく、判読しがたいほどに乱れた文字で綴られたその手紙は、静枝が狂っていることを確かに示している。そう、狂っていなければ誰がこれほど自分勝手なことを言ってくるだろうか。私は浅ましさのあまり思わず身震いをしたものだ。

　阪急航空の未払いの件も、静枝はそう慌てる様子がない。産経新聞に話をつけてあるというのだ。静枝は産経に記事を書くことによって航空代をもたせようと目論んでいたらしい。が、当然のことながら産経はそんな大金を出す道理がないと私に告げたものだ。

　ニューヨークに飛んでから、薬と共に金の無心が多くなった。誰々のところへ行き、金を借りてくるようにと私のところへ指示が来る。

「文春へ行って、佐々木茂索さんに会って、眞杉から、手紙でお願ひした事、何卒《どうぞ》よろしく、といって、お金を四万円借りて、ミセス・リスターにたのんで、百ドルの小切手をかいて貰って、すぐニューヨーク支局あてに空便で送って頂戴」

「で、あと百ドルを、読売出版部の田中さんといふ出版部長さんのところへ行って下さいませんか。今、やはりこれと同時に手紙かきます。田中さんの方は、五十ドル（二万円）しかだめかもしれませんが、少しはして頂けると思ひます。できれば四万円といって頂きたく存じます」

「主婦之友の石川社長さんに、借金二百ドル八万円のお手紙をこの便と一緒に出しました。主婦之友の返事判《わか》り次第、電報をお願ひします」

私は静枝から一銭も給料を貰わないまま、毎日のように駆けずりまわらなくてはならなくなった。静枝は知り合いという知り合いに片っ端から手紙を書いて金策を頼んでいたのだ。私はこのひとりひとりを訪ねていったが、小娘の私に金を渡してくれる人など当然のことながら誰もいなかった。

彼女の昔の男たち、武者小路、中山義秀、中村地平たちに金を借りてくれという手紙が来たのもその頃だ。しかしただ一人会ってくれた武者小路からもていよく借金を断わられ、私は途方に暮れた。どうして私がこんなことをしなくてはならないのだろうかと、最後は静枝に対して本気で怒りの感情さえ抱いたものだ。そんな時に限って静枝からは呑気な手紙が届く。パール・バック女史の肝煎《きもい》りで、今度「人生案内」を英訳してこちらで出版することになった。ついては四季社から出ている本を送って欲しい。そしてこちらの雑誌に何か短かいものを書いてくれと頼まれたので張り切っている……。

しかしあの旅行から二年近く経った今でも出版の気配もない。

私は今、あれらのことは静枝の妄想ではないかと思うようになっている。

昭和二十九年になっても、私の胃の痛みはいっこうに治らず、薬を飲み続けなければならなかった。郵便局と借金を頼む人、出版社との間を行き来する日が続いた。読売新聞の原稿料はずっと先まで前借りしているので、ニューヨークまでの電報代や郵送料は父が負担してくれた。

「お前もあんな女にかかわり合っていると、ろくなことにならないぞ」

父の「眞杉先生」という言い方が、いつのまにか「あんな女」になっていたのはやはりつらかった。けれどそれにしても、私は静枝のいったい何に期待していたのだろうか。静枝が帰国したとたんに流行作家となり、ヨーロッパを舞台にした力作を次々と描く、などということを本気にしていたわけでもあるまい。作品のことなど手紙にも書いてこなくなった静枝は、確実にデラシネへの道を歩いているかのようにさえ見えた。いつのまにか「自信」という双児《ふたご》の姉は死んで、「怯え」という妹だけを連れて静枝は旅を続けているのであった。一ドル三百六十円というレートでは、正規の留学生や駐在員たちも大変な苦労をしている。ましてや借金だらけの静枝が、世界漫遊など続けられるはずはなかったのだ。静枝は自分が持っていった着物やアクセサリーを現地の女たちに売ることを思いついた。日本からの金は、向こうに着いたとたん十分の一に下落するが、現地の金を貰う分には何の支障もない。

静枝は着物を次々と手放し、真冬のイタリアで単衣二枚を残すだけとなった。これは後から聞いた話であるが、ローマで静枝はほとんど浮浪者のような格好をしていたらしい。あまりの汚さに、大使夫人が自分の着物や下着を分けてやった上に、幾ばくかの金を渡したらしい。それでも静枝はなかなか日本に帰ろうとはしなかった。それは当然といってもいい。日本に帰ったとしても待っているものは、借金だけである。ダブリンのペン大会での悪評も、先に帰国して静枝を待ち構えていた。帰朝者として華々しい凱旋《がいせん》など遠い夢だということに静枝は気づき始めていた。

フィレンツェで偶然会った学者から百五十ドル借りた静枝は、もはや限界と悟ったらしい。帰りのチケットは、例の阪急航空で既に買ってある。

「帰ったら甘い汁粉をお腹いっぱい食べたいわ」

という書き出しの手紙が私の手元に届いたのは、一月の十日頃だったと記憶している。

甘い菓子はアメリカやヨーロッパにいくらでもあるが、小豆《あずき》の甘さにずっと飢えているという。

「この手紙が私の外国からの最後のものとなるでせう。ほんとにお世話さまになってすみませんでしたね。私は一月九日早朝ローマ発のBOAC会社、BA九〇六号にのります。九日（土曜日）にのり、ラングーンとホンコンのホテルに一泊づつして、火曜日午後七時四十五分に羽田に着きます。

私の羽田着の時、あなたはきっと迎えに来て下さいね。その時、格子《こうし》の毛のコート（紺と白の）と、ヒョータンの羽織をもって来て下さいね。私は単衣もので歩いてゐるのですよ」

火曜日といえば十二日かと私はカレンダーを眺めた。私は決心していたのだ。今度こそ静枝と別れよう。羽田への迎えを最後の仕事にしようと。

私はくたくたになり、しんから疲れていた。二十三歳の私が、毎日のように未知の人たちに借金を申し込んでいたのだ。ヒロポンを分からぬように荷づくりする苦労ときたら、並たいていのことではない。私の実家の隣りは郵便局であったが、

「もし何かあったらことだから」

という父の忠告に従って、わざわざ本局まで自転車で出かけたものだ。もう許さないと私は思った。きっぱりと静枝とすべての縁を切る。出来るだけのことはしたのだ。文

句は絶対に言わせない。

私は手紙を読んだ後電話をかけ、読売新聞の井上さんと羽田に出かける打ち合わせをした。

「社のハイヤーが出るかどうか」

井上さんはあきらかに渋っていた。ロンドンで静枝は読売支局にさんざん迷惑をかけていたのだから仕方ない。結局講談社の柳川さんに車を頼むことにした。しかし私も柳川さんも知らなかった。羽田には私たち以外にもう一人出迎えの者がいた。それは死神であった。

第十四章　マグロ

羽田空港に降り立った静枝は、死の予感をまとっていた。それは彼女の着物についていた垢《あか》や血痕《けっこん》と同じように、うっすらとはしていたが確かに見ることが出来たはずだ。それなのに私は、静枝から逃げた。死に向かって歩み始めた彼女を見限ったのだ。けれども誰が私を咎めることが出来るだろうか。私は二十三歳で新しい生活を始めようとしていた。採用が決まった法律事務所は給料も安く、どうということもない職場であったが、少なくとも平穏というものがあった。

帰りの車の中で、早くも静枝は私にさまざまな命令を下したのだ。

「やっと日本に帰ってきたんだから、これからばりばり仕事をしなくっちゃね。コケシちゃん、私、ヨーロッパでのことすぐに原稿にするつもりだから、明日からでも口述筆記してね」

それから柳川さんの方に向き直り、静枝は講談社は幾らぐらい金を貸してくれるだろうか、などということを相談し始めたように思う。静枝から出るものは、言葉というよりも口臭のようであった。何の意味も持たず、ただ顔をそむけたくなるだけだ。また元の生活が始まるのだろうかと、私は幾つかの記憶を咀嚼し始めた。私が書いた何通もの借金申し込みの手紙、出版社の応接間での冷たい仕打ち、そうしたものが込み上げてきて、私は吐き気さえおぼえた。

あの時、もしかするとそれは静枝の体臭が原因だったかもしれぬ。子宮ガン末期の静枝からは、何とも形容しがたい異臭が漂ったという。体の奥のものが饐えて、それに臓物から出る汁がふりかけられたようなにおいだったそうだ。

羽田からの車の中、その兆候は確かにあった。私は耐えられなくて、車の窓を少し開けたはずだ。一月の風は頬につきさすように冷たく、それでかえって私は救われたような気分になったものだ。

何度でも言うように私は二十三歳だった。窓はいくらでも開けることが出来、風は豊富に私の頬に向かって吹いてくる。何も耐えてこの異臭漂う車の中にとどまっていることはないと、私ははっきりと思った。

そして私は、静枝の元を離れたのだ。あの時、私を非難する人は誰もいなかったと思う。それよりもほとんどの人が、今までよく我慢したと同情的な言葉を送ってくれた。ああした女のところへ、若い女が寄りつかない方がいいとはっきりと言った人さえ何人もいる。ただ広島から上京して、原爆の治療を受けていた里子が、私に恨みがましく訴えたものだ。

「洋子さんがいなくなったらどうなるんですか。私のところへお鉢がまわってくるんじゃけんね」

確かに静枝が死ぬまでの一年半、里子は私の代わりを務めた。焼津の病院に通い、かつて私がした口述筆記から借金の申し込みまで、すべて彼女は命じられるまま動いたのだ。が、借金ということにおいて、里子は私よりもはるかに腕がよかった。平林たい子、円地文子といった人々からもかなりの額をせしめ、なんと井上靖《やすし》さんからは、

「これが最後だよ」

と念を押されたものの、三十五万円という大金が借りられたのだ。

「それって、三万五千円の間違いじゃないの」

電話でその報告を受けた時、私は思わず大きな声を上げたものだ。それまで私が静枝から示された借金を申し込む人のリストの中に、井上靖という名前は入っていなかったし、彼とそれほど親しいという話も聞いたことがない。

「いいえ、三十五万円です。千円札がこんなに束になってて、私、ちゃんと数えてみたけんね。でもよかった、これで付き添いさんのお給料が払える……」

なんと里子は電話口で泣いているのである。私が胸の痛みを感じなかったといったら嘘になる。私のように作家志望の勝気な女でさえ、静枝の毒は耐えがたいほどきつかっ

た。ましてや里子は、女学校の時に被爆して以来、家の中でひっそりと暮らして来た全くの世間知らずの女だ。そんな彼女に静枝を押しつけてしまったことの重大さに、私はどれほど謝罪してもしたりないような気分になる。

が、私がどうして謝らなければいけないのだという思いが、すぐに頭をもたげてくる。私は静枝の肉親ではない。弟子兼秘書という名目で、いいように使われてきただけではないか。気がつくと、私は強い声で里子に命じているのだ。

「いい、あの人に対してほどほどにしなければ駄目よ。先生には妹さんがいるんだから。あなたがそこまですることはないの。いくら世話になったからって、そこで甘い顔をしては駄目。あの人はいくらでもつけ込んでくるのよ」

こうした会話は、どうやら少しずつ静枝の耳に入っていたらしい。病室のベッドで、彼女が私のことを「恩知らず」と罵っていると聞いたこともある。

私が彼女と最後に会ったのは、死の十日前、東大分院であった。焼津の病院から、彼女がここに移ってきたのは、おそらくまわりが死の準備を考えてのことに違いなかった。私は一年半ぶりに静枝と会ったが、あれは果たして和解というものであったろうか。なぜなら静枝は一方的に私に謝るだけだったからだ。

「ご免なさい、許してね、コケシちゃん。本当にごめんなさい……」

見る影もないと何人もの人から言われていたが、死ぬ間際《まぎわ》の人間の顔というものはこうも凄まじいものだろうかと、私は後ずさりしたいような思いにかられた。羽田に着いた時も頬骨がはっきりと出て、貧相な顔つきになっていたが、あれとも比較出来ない。髑髏《どくろ》に薄い肉が貼りついているという表現がぴったりだ。目だけが異様に大きくなっていたが、それは完全に焦点を失い、口だけがぱくぱくと動いていた。

「あなたにはすまないことをしたわ。迷惑ばっかりかけて……」

私が怖れていたあの異臭でさえ、もはや揮発する力を失っていたようだ。静枝の体からはただ強い消毒液のにおいだけがした。静枝はそろそろと両の手を出し、私の手を握った。ああ、この癖だけは前のままだと、私はいささか安堵したはずだ。静枝は握手をする時、必ず両方の手で相手の手を握った。日本舞踊を始めてから、その動作はなめらかに、なかなか優雅なものになった。静枝はほんの少し手間をかけることにより、自分の女としての効力を試してみる気だったのではないだろうか。事実、それによってやに下がる男もいたのである。

指は顔以上に痩せ衰え、まるで力がなかった。しかし静枝はありったけの誠意を込め、私の手をとろうとした。長い入院生活で彼女の手は、奇妙ななめらかさを持っていたので、私の掌《て》をつかもうとしてもするりと滑った。

「本当に、ごめんなさい、許してね」

最後まで静枝は「ごめんなさい」と「許して」を繰り返していたのだ。それは死後も遺書の中で続けられることになる。

　通夜の席で、静枝の遺書が公開された。遺書といっても、走り書きのメモのようなものので、それは彼女のハンドバッグから発見された。

「この頃のやうに、死を近く感じたことはありません。

そして、私の現身の罪が、死の瞬間どんなに、おそろしい私への責めになるかを、知りました。私は宗教の型式によつて、その罪が救はれるものなら、まだ時間があれば、それを求めてみやうと思ひます。

只今は、ただひたすら、せめて、こゝに書いておく事で、おわびしたい。解きほどかれたい。みんな、いろ〳〵ないみで、私と大小の御縁のあった人々に、お願ひします。何卒《どうぞ》私を浄めて、許して、見送つて下さい。現世においての、多小の私とのつながりを、何卒御心から、洗ひ捨てて下さい。だれのためにも、祝福をのこさない私の苦しみを、何卒たすけて下さい。許して下さい。どなたも――」

しかしこの書き置きは、遺書というものにふさわしい畏敬《いけい》の念を人々に与えなかった。

通夜の客の中には、

「本当にあの人らしいね。最後の最後まで芝居がかっているんだから」

と鼻白む者が何人もいたのだ。静枝のために弔辞を読み、冷徹な同情を寄せていた高見順さんでさえ、

「眞杉さんは、これほど謝らなきゃいけないことをしてきたのだろうか」

と訝しがっていた。

これは私の推理であるが、ひたすら謝り、ひたすら許しを乞うことで、静枝は人々から愛されたかったのではないだろうか。自分の幕切れを「やっぱりいい人だった」という言葉で飾って欲しかったのだ。

考えてみると、あれほど子どもじみた執拗さで、えらくなりたい、人に認められたいと願った女を私は知らない。飴を欲しがるように、賞賛や愛情をねだった大人の女が他にいるだろうか。しかし多くの人々は、静枝のその強欲さに辟易し、ほとんどは去っていったのだ。

人々がやっと彼女のために集い、花を捧げてくれたのが通夜と告別式であった。死の少し前に洗礼を受けた彼女は、白い百合を敷きつめられた棺に寝かされたが、私は静枝の最後の虚栄心を見たような気がしたものだ。

「先生ったら……」

私の言葉が途切れたのは涙のせいではなく、非難がましい言葉をまわりに聞かれたくなかったからだ。

「あの人のために本気で泣いている人はいやしない。洋子ちゃんは悲しいことも悲しいだろうけど、これでもう迷惑をかけられることもないわ、存分に泣きなさい」

宇野千代さんがいたわるように言ってくれたが、そうではない。私は人の死がこれほど淋しくみじめなことに心を奪われていたのだ。

女流文学者会が仕切っているので、参列者は意外なほど多かった。みな喪服に身を包み、沈痛なおももちで祭壇の前に立つ。しかしこの中で、本当に彼女の死を悲しんでいる者が何人いるだろうか。さまざまな好奇心を押しとどめようとしているのであるが、時々それはしのび笑いのようにこみ上げてくる。親しい者に会うと、人々は声をかけ合い、その明るさがせっかくの黒い服を台なしにしてしまう。

「やあ、先生。先月号の『オール讀物《よみもの》』の短篇よかったですな」

「このあいだの日食、見ましたか。いやあ、黒い下敷を買ってしまいましたよ」

葬儀というものも、人の日常のひとコマに過ぎないのだ。愛されることのなかった者の死は半日と持たない。花を捧げた人々も、家路につく頃にはその死を忘れている。悲しまれることがなくても、人は死んでその肉体は消えていくのだ。

私はいつのまにか、静枝のことを記憶にとどめていくのは、この世で私たったひとりだけではないかと思うようになっていた。

静枝が死んで一年たった。私は今静岡県の焼津に来ている。私が密かに書き綴っていた、眞杉の伝記の最後の章を書くためである。

柳川さんは私に言ってくれたものだ。もしその出来がよかったら、出版部にかけ合ってきっと本にしてみせると。私のような新人が、講談社から本を出せるというのはまるで夢のようなことだ。けれども私は書きためた三百枚の原稿を柳川さんに見せることをためらった。一行も書いていないと嘘をついた。羞恥とわけのわからぬ不安が、そうした方がいいと私に命じたのだ。が何も知らない柳川さんや宇野千代さんは私を励ましてくれる。

「洋子ちゃんは眞杉さんのために、作家になる芽をつぶされたようなものよ。今度のことはあの人があなたに何かしてくれるたった一つのチャンスなのよ」

二泊三日の小さな旅だが、私は鞄《かばん》の中に取材ノートと人から借りたカメラをしのばせていた。

ここ焼津は、帰国した静枝がしばらく暮らしたところだ。彼女がここに地を移した理由は「転地療養」ということになっている。暖かい静岡の地で体を癒すことが目的だった。けれども静枝はどうやらここで最後の賭けをしようとしていたことを、私は里子から聞いて知っている。

水爆実験の灰を浴びた漁船のことが、連日新聞の一面を飾ったのは、昭和二十九年、おととしのことだ。いわゆる第五福竜丸事件のことである。静枝はこのことに深い興味を持っていたという。おそらく里子たち被爆者の援助で得た知識もその底にあったはずだ。

「人間と原爆という関係をテーマに、大きな小説を書きたいの」

と里子に何度も語っていたらしい。そのために取材も開始していたというが、私はそのことについて半信半疑だ。静枝とその壮大なテーマとが、私の中でどうしても一致しない。

「俺もそんなこと、眉つばものだと思っているんだよな」

駅まで迎えに来てくれた盛雄さんがいう。彼は静枝の妹・勝代の息子で、静枝の甥にあたる。年が近い彼と私とは、いってみれば「被害者同盟」のような立場で、以前から電話や手紙をやりとりする仲だ。

「ねえ、洋子さんも伯母の性格を知っているでしょう。死んだ人のことを悪く言いたくないけれど、あの人はそんな深いことを考えるような人じゃなかったよ。考えていたらもっとマシなものを書いていたよ」

例の出版社を辞めた後、盛雄さんはこの焼津の目抜き通りにある映画館で働いている。静枝が焼津に引越してきたのは、もちろん盛雄さんというあてがあったからだ。

「あの人はさっさと家を見つけてきてね、しかも女中もすぐに雇った。当然みたいに請求はうちにくる。おかげで月給もボーナスもほとんど吹っとんじゃったよ。新婚ほやほやだっていうのに、女房は毎日泣いていたっけ」

死者に対する悼みと怒りとが半々に混じった盛雄さんの声であった。私はふと静枝が私に打ち明けたことを思い出す。

「私と中山が別れた原因は盛雄なのよ。あの予科練上がりの乱暴者が、あの人の娘を殴らなかったら、私はまだ中山とやっていけたわ、あの子が私の人生を狂わせたのよ。だからあの子は、私のめんどうをみてくれてもいいの」

焼津は途方もなく大きな港が完成しつつある最中で、何台ものトラックが連なって走っていく。港造成とマグロ景気で、町は日に日に賑やかになるばかりだと盛雄さんは言った。

「魚はうまいしね、人情は篤《あつ》いしね。ここはとてもいいとこだよ。東京で食いっぱぐれたあの人が、ここを選んだのは賢明だったかもしれないな」

途中、静枝が入院していたという協立病院を見た。古い木造のままで学校のような建物だ。個室はなく、東京に移されるまでここの大部屋に静枝は入院していたというが、里子に先生、先生と呼ばせて極めて異質な存在だったという。

「読売新聞もいい迷惑だったろうな。ちょっと身の上相談やってもらったぐらいなのに、あの人はここの読売の通信部におんぶにだっこだった。生活のめんどうもみさせるつもりだったんだから」

盛雄さんは独特の発音で「あの人」と呼ぶ。ほっそりとしていた伯母とは対照的に、肩幅のあるがっちりとした体格だ。大きな二重の目が、静枝と似ていないこともないが、彼女のように目の大きさだけが目立つアンバランスなところはない。美男といっても通るほど鼻も口も明るくまとまっている。

そして焼津の町は、この住民にふさわしく陽ざしがまぶしく躍っている。盛雄さんが映画館から借りてきたというダットサンは、海から離れた商店街を走っているというのに潮の香が確かにする。海に反射する光は、町中にふんだんに散らばっているらしい。

私たちは焼津の通信部で、安部光恭《あべみつやす》さんと会うことになっているのだ。彼の名前を私は何度も目にしたことがある。昭和二十九年三月、読売新聞焼津通信部員だった彼は、下宿のおばさんから奇妙な話を聞く。帰港したばかりの第五福竜丸の船員たちが、口々に体の異状を訴えているという。何でも太陽がのぼるような閃光《せんこう》を見、きのこのような雲を見て、それから空から灰が降ってきたというのだ。彼はさっそく船主を取材しに行き、これが後に第五福竜丸事件として大スクープとなる。彼はジャーナリストとして大きな栄誉である菊池寛賞さえ受賞しているのだ。しかし目の前の男には、そういった気負いやてらいがない。

「そうですか、あなたがコケシちゃんですか」

安部さんが私を懐かしそうに見たのは意外であった。いかにも新聞記者らしい粋《いき》なネクタイが似合う、おしゃれな青年だ。空手をやったことがあるという体は精悍《せいかん》そのもので、私はいま流行の太陽族を思いうかべた。

「先生からよくあなたの話は聞いていましたよ。とても頭がよくて、将来は作家を目ざしているそうですね」

普通だったらうつむいてしまうところであるが、安部さんの声も態度も屈託というものがなく、私は曖昧《あいまい》に笑った。

「先生はここにいらしてすぐに入院なさったけど、残念でしたよね。もうちょっとお元気だったら、きっと念願のお仕事も出来たでしょうけど」

「あの、その仕事っていうの、安部さんは具体的にお聞きになってましたか」

「ええ、この焼津の町を舞台に小説を書くって。そのために僕と一緒に、いろんなところへ取材に行きました」

東京の本社から確かに彼は依頼されていたという。身の上相談の回答者、眞杉静枝氏のめんどうをくれぐれも頼むと、学芸部長の名で文書も受け取ったそうだ。

「といっても、僕も福竜丸のことや何やで忙しい時でしたから、そんなにお世話は出来ませんでしたけど」

安部さんははきはきと答えるのであるが、私の中に大きな疑問が湧き上がる。そしてその質問を盛雄さんは私よりも早く口にした。

「その、伯母がここに引越してきた当初は、私もそれなりに尽くしたんですが、気まずいこともいろいろあって……。その後、安部さんと親しくさせていただいていたわけですが、あの、伯母はあなたに迷惑をかけなかったでしょうか。さぞかし大変なことがありだったんじゃないでしょうか」

「いえ、そんなことは何もなかったですよ」

安部さんはやおら立ち上がり、通信部の二階から見える焼津の町並を指した。

「ほら、眞杉先生のお住まいは、あの通りの角にあったんです。一軒家のなかなかしゃれたつくりでした」

盛雄さんが密かに苦笑いをした。一カ月一万円という家賃のために、どれほど苦労したかを思い出しているのだ。東京から来た有名作家という見栄《みえ》で、静枝は昔のカツオ長者が建てたという一軒家を借りたのである。

「僕がね、ちょっといい魚を手に入れた時があるでしょう。するとね、あの家の前に立って、先生ーって呼ぶんです。すると先生が窓から顔を出して中に入れてくれる。だけど先生は料理がヘタだったなあ。男でも伊東生まれの僕の方がずっと包丁さばきがうまいんです。だからマグロもちゃんとお刺身にしてあげました。先生はお魚、特にマグロが好きでした。だからこの町は本当に気に入ってたみたいです。時々はお酒も一緒に飲みに行きましたよ」

静枝の晩年は決して不幸なことばかりではなかったという温かいものが、湯のように私の心を満たしていく。この明るい焼津の町で、快活な青年にやさしくしてもらった日々は、静枝にとってどんなに慰めとなっただろう。

「先生に言われて、何人かの人たちをご紹介しました。漁業組合長や助役さん、学校の先生なんかです。そうです。先生の残したメモがありますからご覧になりますか。どういうわけか私が持っているんです」

なんのへんてつもない大学ノートの表紙には、読売新聞という名前とマークが入っている。ここの記者を気取っていた静枝の姿が目に見えるようだ。中を開ける。

いくつかの文章が断片的に記されている。

「焼津、やがて東洋一の港が出来る」

「第五福竜丸の乗組員の後遺症は今も続いている」

「原爆乙女と焼津。二つの点を結ぶものは何か」

「やがて人々が世界平和のために立ち上がる日が来るのではないか」

二ページしか使っていないところがいかにも静枝らしい。いつもそうだ。小説のプロットを考え始めるのはいいのだが、それを大きく構成していく力がない。取材もすべて中途半端のまま終わってしまう。

「病院へも何度かお見舞いに行きましたが、いつもこの小説のことを気にかけていました。早く元気になって小説を完成させなきゃとおっしゃっていました」

「いいえ」

私の喉から声が漏れる。私の意志とは全く関係なく、鋭く強い言葉がいくつか発せられていく。

「あの人に小説は書けなかったと思います」

安部さんと盛雄さんが驚いたように私を眺めている。

「あの人はあと十年かかっても、おそらくちゃんとした長い小説なんて書けなかったと思うわ。そういう人ですもの――」

私の頰が熱いもので濡れている。なんと私は泣いているのだ。葬儀の日以来の涙が、一年の月日を経て再び私の目から溢れている。

この遺されたメモの拙《つた》なさといったらどうだろうか。原爆乙女と第五福竜丸とを結びつけようとする安易さといったらどうだろう。どうしてこんなものから「大きな小説」を書こうとするのだ。私は静枝の最後のあがきが見えるようであった。私にささやきかける彼女の声が聞こえる。

「今にえらい作家になって、私をいじめた人たちを見返してやるの」

「すごい小説を書くわ。見ててちょうだい。本当に私は書くわ」

そんなことまでして小説を書く必要など何もなかったのに、それでも静枝は書こうとした。女流作家という名称を守るためにだ。そして彼女が嘲笑されながらも、すがりついた女流作家に、いま私もなろうと必死になっている。

私は家に置いてある原稿用紙の束を思い出した。眞杉の人生を描くことで、世の中に出るのだとペンを握りながらつぶやいた幾つかの夜。もうじき小説は完成する。けれどもそのことが今私を苛《さいな》んでいる。他人の人生を凝視することの怖ろしさ、そして自分の書いたものなど、とるに足らないものだという不安。私はこの大きさに耐えられそうもない。

そしていまやっとわかった。私は静枝なのだ。静枝は死に、そして私に自分の代わりをさせようとしている。私は彼女に何も悪いことをしてこなかったが、彼女は私に復《ふく》讐《しゅう》を遂げようとしている。私に野心を芽ばえさせ、自分の死を踏み台にして、小説を書かせようと導いている。黄泉の世界から、静枝は糸を引いて、にんまりと笑っている。お前も書くのだ。そして一生、書けないことの苦悩と認められないことの苛立ちに苦しむのだと。

帰りのダットサンの中、盛雄さんはひと言も言わず、私も黙って海を見ていた。早く東京に帰るのだと私はそのことばかり考えている。そして柳川さんに電話をかけよう。私はやはり書かない、一行たりとも書かないと。もし静枝のことを書き終えて一冊の本にしたならば、その言霊《ことだま》は彼女を呼び戻してしまう。そして彼女は私を呪うはずだ。私に女流作家になることを強いるであろう。

私は妻となり、母となり、早く静枝のことなど忘れてしまおう。本は時々読むだけの人生を私はおくろう。

吉屋信子、林芙美子、宇野千代、平林たい子、大田洋子、私が出会った何人かの女流作家たちの顔が、走る風景のように私の前を通り過ぎる。彼女たちにとりついた魔が、はっきりと見える。いったいあの人たちの誰が、幸福な人生をおくったであろうか。

ハンドルを握る盛雄さんがぽつりと言った。

「今だから言うけど、俺は中山義秀さんのお嬢さんにそんなにひどいことはしなかったよ。そうするようにし向けたのは、あの人だよ」

「いいのよ、そんなこと、とっくにわかっていたわ」

私はハンカチをギュッと握る。暮れていく海は灰色の巨大なだんだら模様を描いていくが、私はそれについて何の感興ももよおさない人間になるのだとぼんやりと考えた。

参考文献（順不同）

【書籍】

花怨　眞杉静枝　六興出版部
帰休三日間　眞杉静枝　秩父書房
南方紀行　眞杉静枝　昭和書房
台上の月　中山義秀　新潮社
厚物咲（中山義秀全集第一巻）　中山義秀　新潮社
私の履歴書（第十二集）　中山義秀　日本経済新聞社
私の文壇風月（中山義秀全集第九巻）　中山義秀　新潮社
悪評の女　十津川光子　虎見書房
中山義秀の生涯　清原康正　新人物往来社
物語女流文壇史（上・下）　巌谷大四　中央公論社
小林秀雄の思ひ出　郡司勝義　文藝春秋
いまなぜ青山二郎なのか　白洲正子　新潮社
ある回想　小林秀雄と河上徹太郎　野々上慶一　新潮社
高見順日記（第二巻ノ上・下）　高見順　勁草書房
昭和文学盛衰史（一・二）　高見順　文藝春秋新社
理想の文壇を　大久保房男　紅書房
武者小路房子の場合　阪田寛夫　新潮社
中村地平全集　中村地平　皆美社

太宰と地平　森永国男　鉱脈社
自伝的女流文壇史　吉屋信子　中公文庫
ひとつの文壇史　和田芳恵　新潮社
風貌・姿勢　井伏鱒二　講談社
回想の文士たち　小田嶽夫　冬樹社
私の文学的回想記　宇野千代　中央公論社
年輪—大阪ＹＷＣＡ50年　大阪ＹＷＣＡ編
台湾中心航路案内　大阪商船株式会社
他

【雑誌】
戴冠式陪観の記　眞杉静枝　「小説新潮」一九五三年八月号
台湾の女性達　眞杉静枝　「婦人公論」一九三九年五月号
小魚の心　眞杉静枝「婦人文芸」一九三七年一月号
或る女の生立ち　眞杉静枝　「新潮」一九五三年五月号
駅長の若き妻　眞杉静枝　「大調和」一九二七年八月号
随想　真杉静枝　中村俊輔　「朝」六号〜九号
台湾風景　林芙美子　「改造」一九三〇年三月号
真杉静枝の生涯（上・下）　十津川光子　「文学者」一九六七年二月・三月号
回想の鎌倉文士　北畠八穂　「新潮」一九五七年四月号
鎌倉の紳士たち　今日出海　「新潮」一九四九年十二月号
淋しきヨーロッパの女王　火野葦平　「新潮」一九五五年一月号

さまよえる善女　真杉静枝　今日出海「オール讀物」一九六三年四月号
眞杉静枝さんのおもいで　村岡花子「小説新潮」一九五五年九月号
中山義秀　青山二郎「新潮」一九五五年九月号
発端　中村地平「ポリタイア」十号
亡友中村地平　井伏鱒二「新潮」一九六三年五月号
都新聞時代　小田嶽夫「龍舌蘭」第二十五号
義秀帖　後藤杜三「新誌」第二十一巻〜第二十三巻
日向堂雑記　武者小路実篤「日向堂通信」第七号
片隅の交友録　坪田譲治「新潮」一九六二年九月号
志賀直哉氏の日常時　青井岩雄「文章倶楽部」一九二六年九月号
他

取材協力
巌谷大四、加藤英子、山岡ミチコ、安西篤子、安部光恭、宇尾房子、大久保房男、秦薫、眞杉盛雄、道野勝代、森永国男、柯焖珠、朝海さち子（順不同、敬称略）
武者小路実篤記念館、大阪商船三井船舶、宮崎県立図書館、焼津市立図書館、大阪府立中之島図書館、大阪ＹＷＣＡ

解説

中瀬ゆかり

この作品は月刊誌「新潮45」で、一九九四年の一月号から九五年の五月号まで連載されたものだ。最初に特筆すべきは九〇年代は林真理子文学史上に燦然《さんぜん》と輝く評伝小説作品を次々と発表した大豊作の年代であることだ。八六年に直木賞を受賞され、押しも押されもせぬ売れっ子作家となった林さんは、数年後に新境地を開拓する。まず一九九〇年には下田歌子の宮廷スキャンダルを描いた『ミカドの淑女』、九四年には柳原白蓮と宮崎龍介の物語を綴《つづ》った『白蓮れんれん』そして、九五年にこの『女文士』を上梓されている。しかもその翌年には評伝ではないが、社会現象をも引き起こした人妻不倫小説の金字塔『不機嫌な果実』という大収穫も得ている。

今作は二十年も前に、四十歳で脂の乗り切った林さんが、今の言葉では当たり前のように定着した「痛い女」（共感力が乏しいため空気が読めず、溢れる自己顕示欲が抑えられずに自分のことしか考えていない振る舞いで、まわりから痛々しい女、とドン引き気味に思われている女性のこと）、を材にとり見事に描ききった小説となる。愛されたい、認められたい、という「自己承認欲求」の塊のような女、眞杉静枝——。彼女の五十三年の人生を、若き秘書・洋子の目から描き、暑すぎる通夜の弔問客たちの噂話のざわめきの渦から物語の幕は上がる。あまりにも見事な表現がちりばめられたこの小説は女性の痛さを語る名言の宝庫だ。もったいないので、私の言葉などより、本文からの引用を多く使わせていただきたい。

若い頃の眞杉静枝には男を振り向かせる美貌があった。加えてささやかな文才と、過剰な自己顕示欲。四十歳に差し掛かる時分には「若い頃は薄桃色の肉でおおわれたものが削がれていくと、静枝の顔は〝貧相〟という表現がぴったりになった。しかし若い頃からの美人という呼称が静枝に矜持《きょうじ》と、周りの者たちに錯覚を与えている」風貌となる。彼女に対比する存在として宇野千代がいる。中年になっても衰えぬ華やかな美貌、そして文才、名声ともに恵まれた女。静枝は「どうしてこの女だけに幸運は次々と舞い込むのだろうか」と強く嫉妬する。通夜の席上で宇野は静枝を可哀相と断じる。「男の人と別れるたびにあの人はみすぼらしくなって」と評したあと、こう続ける。「女の文士なんてね、途中で死んだら汚名を全部ひっかぶらなきゃいけなくなるのよ。男の分もね。私、そんなことはまっぴらだから、私はきっと長生きしてやる」。その言葉どおり、宇野は同時代作家のなかで文壇で誰よりも長く、静枝の遥か倍近くの九十八歳まで生きた。誰の汚名もかぶることなく、ひたすら見送り続けたのだ。「長生きしたもんが勝ち」とはどの世界でも言われるが、物書きがその代表なのかもしれない。宇野は多くの文士の横顔をたっぷりと自分の目線で書き残した。

武者小路の愛人となった静枝が彼のあとをつける場面では、自分の住む別宅を出てから三人の娘と正妻・安子の待つ家に迎えられる姿をのぞき見、こう思う。「世の中にはふた通りの女がいる。幸福な結婚を手に入れられる女とそうでない女だ。手に入れることが出来る女はすべて武者小路安子だと思う。そしらぬ顔をしてこの世のおいしい果汁をすべてすする女たち。彼女たちは、自分のような女を冷たく見据えるのである。そして忠告という名のナイフでこちらの肌を薄く傷つけていく」。静枝は妻であるだけですべてを手に入れたような顔をする女を憎んでいた。裏を返せば、その地位を誰より恋焦がれていたのだ。

武者小路との愛人生活のあとに暮し始めた恋人・中村地平とは、静枝の初めての本となった「小魚の心」という小説をめぐって、本の出来上がった日に言い争いになる。「眞杉静枝はかつての恋愛騒動をやっと文学に昇華することが出来た」とある評論家からの評価を受けたこの作品で、静枝は、「年上の愛人」として武者小路を、そのあとの「年下の同棲相手」として地平のことを描いた。「あなたが私のことを軽蔑しているのは知っているわ。でも私は書かなきゃならないのよ。私に出来ることはこれだけなんですもの」。と、すでに冷め切った男の前で女文士のサガを吐露する静枝の声が切実に響く。

地平との別れを経てついに念願の二度目の結婚を、売れっ子作家の中山義秀と果たした時に、文壇のキラ星の集まる祝言の席上で、「もう誰も私に手出しは出来ない」と満ち足りて微笑む。しかし、その結婚生活も長くは続かなかった。

離婚後の静枝は新聞の身の上相談の回答者をつとめた。短い原稿を、美容院の椅子に座ってあえて口述筆記をさせたという。人前で小説家として見られることが好きで、その顕示欲からであることを、若い秘書は見抜いていた。女流文学者会の理事や、女流文学賞の選考委員など名誉職にはついてはいるが代表作もない作家。林芙美子や平林たい子、宇野千代ら、かつての仲間はもはや静枝の手の届かない大きな存在になっていた。と同時にその頃の静枝は更年期の不正出血や痔で着物の裾を血で汚すという、女性として恥ずかしい状態を恥とも思わない女にも成り果てていた。このずれきった自己認識力と鈍感力、いわば「過剰と欠落」は彼女の人生全般に散見される。

さらに洋子は考える。静枝はよく「男と女の間で、最良にして最大なもの、それが友情なのよ。女も気品と誠実をもってすればそれを手に入れることが出来るのよ」と言っている。「しかし静枝は本当にそんなものを望んでいたのだろうか。静枝は生涯男女の友情などというものには無縁であった。静枝にその濃度がわかるはずはない。親しくしよう、気に入られようと、静枝はありったけの粉末をそそぎ込む。おかげでもはや友情と呼べるほどの薄さではなく、濃厚などろりとした液体になってしまうのであるが、それはそれで静枝はその濃くなった男という液体が気に入ってしまうのだ」。いる、こういう人。私もよく知っている。この種の女は他人との距離感がない。必要以上に近づきすぎたり、勝手に傷ついて被害者意識を持ったり。だから男との友情どころか女の友人もいないはずだ。宇野も含めここに出てくるほかの女文士たち、誰一人として静枝と友情をつむげていた人がいたとは思えない。

最晩年、静枝はヨーロッパに旅立つ。ペンクラブの仕事と称してダブリンで行われた世界ペン大会、その前のロンドンでのエリザベス女王の戴冠式の記事を新聞社に依頼されたという名目だ。まずアメリカにわたり、そこからヨーロッパへと向かう。その間中、ヒロポンの催促、金策の依頼と、日本で留守を任された洋子の気苦労は絶えなかった。日本からそうそうたる作家の集まったこの旅行で静枝は大変な醜態を演じ続ける。遅刻の常習犯でもあった彼女の奇行を火野葦平が傍らで観察しており、昭和三十年「新潮」新年号に「淋しきヨーロッパの女王」というタイトルでエッセイを寄稿している。ヒロポン中毒であり、空気を読まない自己顕示欲の塊。出たがりの目立ちたがりの五十路の「元美人」。痛い女丸出しである。この機会に全文を読んでみたが、火野の筆はその「痛さ」の片鱗《へんりん》を捉えてはいるものの、男文士の目線のものであり、女の「痛さ」を抉《えぐ》り出させれば当代随一の林さんの筆は、さらに容赦なく描き出してみせる。

帰国した静枝は死神に迎え入れられた。若い洋子は常軌を逸した静枝の要求に耐えきれず、静枝のもとを離れることになる。死の十日前に病院を訪ねた洋子はそこで、「ごめんなさい」「許して」という謝罪の言葉ばかり浴びせられるのだった。通夜の席で公表された走り書きのような遺書にも、「許して下さい」という題がつけられており、人々への許しを乞う言葉に終始していた。

洋子はこう思う。「ひたすら謝り、ひたすら許しを乞うことで、静枝は人々から愛されたかったのではないだろうか。自分の幕切れを『やっぱりいい人だった』という言葉で飾って欲しかったのだ」「考えてみると、あれほど子どもじみた執拗《しつよう》さで、えらくなりたい、人に認められたいと願った女を私は知らない。飴を欲しがるように、賞賛や愛情をねだった大人の女が他にいるだろうか。しかし多くの人々は、静枝のその強欲さに辟易《へきえき》し、ほとんどは去っていったのだ」。泣いてもいいのよと気遣う宇野の傍らで、この若い秘書はまったく違うことを考えていた。「私は人の死がこれほど淋しくみじめなことに心を奪われていたのだ」と。「私はいつのまにか、静枝のことを記憶にとどめていくのは、この世で私たったひとりだけではないかと思うようになっていた」。

静枝の死後、洋子は筆をとり、作家を目指すため書き始めた静枝の伝記の完成を目前にこう気づく。「そしていまやっとわかった。私は静枝なのだ。静枝は死に、そして私に自分の代わりをさせようとしている。私は彼女に何も悪いことをしてこなかったが、彼女は私に復讐を遂げようとしている。私に野心を芽ばえさせ、自分の死を踏み台にして、小説を書かせようと導いている。黄泉の世界から、静枝は糸を引いて、にんまりと笑っている。」「お前も書くのだ。そして一生、書けないことの苦悩と認められないことの苛立ちに苦しむのだと」。そのことに気付いた洋子は、自分にかけられた呪いから解き放たれるために、女としての幸せをまっとうしよう、と誓い、「書かない」選択をする。それでなければ洋子も得体のしれぬ「魔」の餌食になっていた。

女文士――書くことの「陶酔」、己やかかわった人々の臓物をさらけ出すことの「恍惚」、その「魔」のとりことなった女をこれほどまでに抉り出した小説を私は知らない。「眞杉」という名前すら、「魔が過ぎた」というように呪文めいて読めてしまう。

林さんは静枝の墓のある鎌倉の東慶寺を訪れた時、突如、原因不明の気分の悪さに襲われたという。あとになって、「あれは静枝にとりつかれたのかも」と話されたのを聞いた。洋子風に言えば、私にはわかる。「ようやく本当にわたしを理解して評価してくれる仲間が現れたのね。私を書いて、私を見て、もっともっと。そう、私を文字に刻み、永遠に忘れさせないで！」過剰なる自己承認欲求を「許して下さい」と変換して遺した静枝の念が、同じ「女文士」である林さんに死してなおすがるように抱きついたとして、なんの不思議があろうか。

そして、林さん自身は、伴侶や子供、作家としての名声、男女問わず親しい友など静枝が欲したすべてを手にいれ、最近では『野心のすすめ』（講談社）という大ベストセラー新書も出された。その輝かしい野心溢るる作家人生の足跡の途上で、この寂しき女文士・眞杉静枝を材にとったことは、必然だったのかもしれない。

林さんにあえてお聞きしてみたい。静枝のような女、お好きですか？　友にしたいですか？

答えの予想はむろん「ＮＯ」だ。でも、己の承認欲求の片隅に魍魎《もうりよう》のように巣食う静枝の気配に怯えない女はいない。だからこそ、この小説はこんなにも凄く、古びず、二十一世紀にも屹立《きつりつ》し続ける名作になりえた。

（なかせ・ゆかり　新潮社編集者）

この作品は一九九八年十一月、新潮文庫として刊行されました。

単行本　一九九五年、新潮社刊

初出誌　『新潮45』一九九四年一月号~九五年五月号

林真理子の本

白蓮れんれん

七百通あまりの恋文を元に「筑紫の女王」と呼ばれた美しき歌人・柳原白蓮と、年下の帝大生・宮崎龍介との狂おしくも激しい恋を描き出す伝記小説の傑作。第八回柴田錬三郎賞受賞作。

林真理子の本

本を読む女

山梨の裕福な菓子商に生まれた万亀。突然の父の死と戦争の始まり。進学・就職・結婚という人生の岐路において、常に時代に翻弄され続けた一人の文学少女の半生を描く長編小説。

集英社文庫

集英社文庫

女文士《おんなぶんし》

2015年9月25日　第1刷
2023年8月12日　第3刷

定価はカバーに表示してあります。

著者　林《はやし》　真理子《まりこ》

発行者　樋口尚也

発行所　株式会社　集英社
東京都千代田区一ツ橋2-5-10　〒101-8050
電話　【編集部】03-3230-6095
【読者係】03-3230-6080
【販売部】03-3230-6393（書店専用）

印刷　大日本印刷株式会社

製本　大日本印刷株式会社

フォーマットデザイン　アリヤマデザインストア　　マークデザイン　居山浩二

ISBN978-4-08-745362-1 C0193